MICA HEALAND

BRIGHTER THAN light

Brighter than Light

Bad Hero Romance
Band 2 von 2 einer Reihe

Bildmaterial: Rawpixel, Freepik
Korrektorat: Johannes Eickhorst

Bestellung und Vertrieb: Nova MD GmbH, Vachendorf

ISBN: 978-3-96966-530-5

Druckerei Smilkov Print Ltd
Pokrovnishko shose
2700, Blagoevgrad

Federherz Verlag
Süntelstraße 70
31848 Bad Münder
www.federherzverlag.de
Instagram: @federherz.verlag

Für alle Frauen, die aufstehen wollen, um sich zu wehren. Für alle, die für das einstehen, an das sie glauben, und sich das nehmen, was sie verdienen. Ihr seid die wahren Heldinnen!

Du willst ein König sein?
Dann stoß mich nicht von dir.
Denn jeder König braucht eine starke Königin an seiner Seite ...

VORWORT

Wenn du dir dieses Buch zur Hand genommen hast, kennst du höchstwahrscheinlich die Vorgeschichte von Lis und Carlos. Du weißt, dass uns keine leichte Liebesgeschichte bevorsteht, sondern wir in die Tiefen ihrer Seele blicken. Bitte mach dich gefasst auf Themen wie häusliche Gewalt, Alkoholmissbrauch, Waffengewalt und Drogen. Wenn du mit *Darker* bereits an deine Grenzen gestoßen bist, solltest du lieber die Finger von *Brighter* lassen. Denn wie wir in diesem Roman erfahren: Es geht immer noch weiter bergab. Viel Spaß mit Lis und Carlos auf dem Weg zu ihrem Happy End.

PROLOG

CARLOS

Ihr Blut klebt an meinen Händen. Es ist klebrig und dunkel. Erinnert mich daran, dass ich gescheitert bin. Ich konnte sie nicht retten. Ich kann niemanden retten. Alles, was mir wichtig ist, wird in meine Dunkelheit gerissen und vernichtet.

Ich habe es nicht verdient, ihren Herzschlag unter meinen Fingern zu spüren. Ihr Gesicht berühren zu dürfen oder ihr die blutverschmierten Haare aus dem Gesicht zu streichen.

Ich habe sie nicht verdient. Denn das hier ist allein meine Schuld.

Ich sollte in diesem Bett liegen. Verwundet und gebrochen. Stattdessen stehe ich hier und starre ihren geschundenen Körper an.

»Es tut mir leid«, flüstere ich und gebe ihr einen federleichten Kuss auf ihren Handrücken.

Ich sollte gehen. Sie endlich aus meinem Schatten befreien und ins Licht lassen.

LIS

Damals

Ich schreckte auf. Das Shirt klebte mir am Leib und meine Beine zitterten unkontrolliert. Noch bevor ich meine Atmung wieder in den Griff bekam, schaltete ich die alte Nachttischlampe an und sah mich hektisch um. Ich hatte nicht einschlafen wollen. Nach stundenlanger Diskussion mit meiner kleinen Schwester hatte ich mir fest vorgenommen, wach zu bleiben und aufzupassen, dass sie nicht auf dumme Ideen kam. Umso beruhigter war ich, als ich ihren zarten Körper auf der anderen Seite des Zimmers ausmachte. Eingekuschelt in die ausgeleierte Decke des Motels breiteten sich ihre dichten Locken auf dem Kopfkissen aus.

Selbst nach Stunden hatte ich mich nicht an den modrigen Geruch und die feuchte Luft gewöhnt. Aber mehr als dieses schäbige Zimmer konnten wir uns nicht leisten. Wäre ich allein gewesen, hätte ich einfach im Auto übernachtet, um nach ein paar Stunden Schlaf weiterzufahren. Ich wollte so schnell es geht tausende von Meilen zwischen uns und unseren Dad bringen. Nicht eine Minute länger hätte ich es in unserem Haus ausgehalten. Ich wollte niemals erfahren, wie brutal er erst geworden wäre, wenn die Trauer um Mom ihn in die Knie gezwungen hätte. Seine Antwort war immer Alkohol und Gewalt, ganz gleich auf welche Frage.

Und diesmal wäre niemand da gewesen außer Kim und mir. Das hätte ich nicht zulassen können.

Es fühlte sich richtig an, ihn zu verlassen. Nicht zuletzt, weil es Moms Bitte an mich gewesen war, meine kleine Schwester vor ihm zu beschützen und daran würde ich festhalten.

»Warum machst du das Licht an? Werden wir verfolgt oder so was?«, murmelte Kim und drehte sich auf ihrem Bett mit der senfgelben Bettwäsche zu mir um. Selbst aus dem Schlaf gerissen konnte man ihren klagenden Unterton raushören.

»Ich hatte nur einen Traum«, gestand ich ihr die Wahrheit und schaltete das Licht wieder aus.

Kim verstand mich nicht. Wahrscheinlich war sie einfach zu jung. Oder Mom und ich hatten all die Jahre gut genug vor ihr versteckt, wozu unser Dad fähig war. Ja, sie hatte blaue Flecken in meinem Gesicht gesehen oder dabei zugehört, wie er mich angeschrien hatte. Doch das Ausmaß meiner seelischen Wunden konnte sie nicht überblicken. Nicht einmal ich konnte das. Daher sah ich über die zickigen Bemerkungen hinweg, die ich den ganzen Tag über hatte einstecken müssen.

In der Dunkelheit schlug ich die Decke von meinen Beinen und starrte ins Leere. Die Albträume brachten mich zum Schwitzen. Jede verfluchte Nacht.

Kim tat mir leid. Ja, ich verstand, weswegen sie den ganzen Tag geweint hatte. Sie trauerte um unsere Mom. Und dann kam ich daher und hatte sie regelrecht ent-

führt. Aus ihrer Sicht war das nicht fair. Sie hatte nichts packen oder sich von ihren Freunden verabschieden können.

In den vergangenen Tagen hatte ich unbemerkt ein paar ihrer Sachen in den alten Buick meiner Mom geladen und nach der Beerdigung hatte ich meine kleine Schwester in den Wagen gesetzt und war losgefahren. Einfach so. In den schwarzen Kleidern, in denen wir unsere Mutter verabschiedet hatten, waren wir aus Richmond aufgebrochen, und ich hatte nicht vor, je wieder zurückzukehren.

Sie hatte sich nicht verabschieden dürfen, das konnte ich nicht zulassen. Viel zu groß war meine Angst, Dad hätte meinen Plan durchschauen und versuchen können, uns aufzuhalten.

Die ganze Fahrt lang hatte ich immer wieder in den Rückspiegel geschaut aus Angst, er könnte uns auf den Fersen sein. Ich wollte seine Reaktion auf unsere Flucht nicht abbekommen, und Kim hatte schließlich keine Ahnung, was sie erwarten würde.

Seit Monaten wachte ich jede Nacht auf, gejagt von immer wieder demselben Traum. Den gleichen Dämonen, die mich in einem Leben gefesselt hatten, das ich endlich loswerden wollte.

Ich träumte von jener Nacht, in der ich meinem Vater die Klinge an den Hals gehalten hatte. Im Traum zog ich sie durch seine Kehle, und das Blut rann über meine Finger, während er seinen letzten Atemzug machte. Doch dann wachte ich auf und wurde mir meiner Schwäche bewusst. Denn ich war nie fähig gewesen, mich zu wehren. Mir blieb nur die Flucht. Und ganz gleich, wie sehr Kim dagegen rebellieren würde, wir würden ihn nie wie-

dersehen. Das hatte ich mir selbst an Moms Grab geschworen.

Heute hatten wir es gerade mal über die Grenze von Ohio geschafft, aber morgen würden wir so viel Abstand wie nur möglich zwischen uns und unsere Heimat bringen. Morgen sollte unser neues Leben beginnen.

Heute

Ich schrecke auf. Die Träume. Sie haben sich verändert. Sind seltener geworden. Doch sie sind immer noch da. Ein stetiger Begleiter, eine Erinnerung an alte Zeiten. Bislang habe ich nur ein Mittel gefunden, sie loszuwerden. Indem ich neben Carlos schlafe.

Carlos!

Ich halte inne. Etwas stimmt nicht.

Noch ehe ich die Augen öffne, spüre ich einen stechenden Schmerz in meinem Kopf, und Schwindel überkommt mich schwallartig, als ich versuche zu blinzeln. Mir ist schlecht. So furchtbar schlecht.

Ohne die Augen zu öffnen, lasse ich mich wieder in die Laken sinken. Allerdings hindert mich irgendetwas daran, mich zu entspannen. Etwas ist anders, es war nicht nur der Traum. Etwas stimmt nicht, das fühle ich. Die Laken zwischen meinen Fingern. Der Geruch. Das Licht, das viel zu hell durch meine geschlossenen Lider dringt.

Luca!

Gegen den Willen meines Körpers öffne ich die

Augen. Dadurch lasse ich ungewollt alle schrecklichen Erinnerungen zurück in meinen Kopf.

Es war kein Traum!

Die Männer in unserem Trailer. Die Schläge. Die Tritte der Polizeistiefel. Die Angst um meine Familie. Um den Kleinen. Die Sorge, sie könnten ihn entdecken und ihm wehtun. Alles prasselt in Sekundenschnelle wieder auf mich ein, als würde ich es jetzt gerade erleben.

Mein Puls beschleunigt sich, und ich muss schlucken, um mich nicht in das riesige Holzbett zu übergeben, in dem ich liege. Wo zur Hölle bin ich hier? Ich setze mich auf, ignoriere dabei die Schmerzen in meinen Rippen. Das Stechen in meinem Kopf.

Außer meinem panischen Atem ist nichts und niemand zu hören. Ich schlage die Decke zurück und halte kurz inne. Meine Beine sind nackt und mit blauen und grünen Flecken übersät. An der rechten Wade habe ich einen Verband. Ich kann mich nicht erinnern, wieso und wer ihn mir so sorgfältig um den Knöchel gebunden hat. Jede Faser meines Körpers schmerzt. Der Kopf am meisten. Dennoch stelle ich die Beine vor das Bett und zwinge mich dazu aufzustehen.

Ich kann mich erinnern. Die Männer. Dieser McGuire. Zwei Polizisten. Einer von ihnen der Polizeichef unserer Stadt. Sie sind in den Trailer eingedrungen und haben mich geschlagen. Immer und immer wieder. Ich erinnere mich an ihr dreckiges Lachen. An den abscheulichen Ausdruck in ihren Gesichtern.

›*Mit freundlichen Grüßen an Alexander Edwards*‹, haben sie gehöhnt.

›*Ich kenne niemanden, der so heißt*‹, habe ich mich versucht zur Wehr zu setzen. Doch wie immer in meinem Leben war ich hilflos. Gefangen in meiner endlosen Schleife der Schutzlosigkeit.

Der Polizeichef hat mir mitten ins Gesicht gespuckt und mich an den Haaren dicht vor seinen widerlich riechenden Mund gezogen. ›*Ihr Nutten nennt den Bastard Carlos Alvarez. Das sollte deine Erinnerung auffrischen, Schätzchen.*‹

Ich erinnere mich an mein Würgen. Seinen angewiderten Blick.

Natürlich wusste ich, dass sie nicht zufällig bei mir waren, dennoch schmerzte es, aus ihren Mündern zu hören, dass Carlos der Grund für ihren Besuch war.

Seit Wochen hatte er prophezeit, der Moment, in dem er mich retten müsse, würde kommen, und nun war er da gewesen. Doch die Nachricht, die ich ihm geschickt hatte, noch ehe der erste die Tür eingetreten hatte, blieb unkommentiert. Er kam nicht. Niemand würde mich retten. Das war und blieb mein Schicksal.

Ich werde die Augen des Polizisten nie vergessen. Vor allem nicht, wie er mich verspottet hat. Seine Faust dicht vor meinem Auge ist das Letzte, woran ich mich bewusst erinnern kann. Danach wurde alles schwarz. Doch ein Gedanke ist geblieben. Die ganze Zeit über.

Luca!

Ich sehe mich in dem luxuriösen Raum um. Zwei Wände sind komplett weiß gestrichen und kahl, die anderen bestehen aus aufeinander geschichteten Holzstämmen. Wie in einem Blockhaus. Doch die riesige Fensterfront, die Ausblick auf einen See gibt, erinnert eher an eine Villa statt an eine einfache Holzhütte.

Was ich durch die breiten Scheiben sehe, ist auf keinen Fall Detroit. Sie haben mich verschleppt. Doch all das spielt keine Rolle. Ganz gleich, wo oder bei wem ich bin. Ich muss Luca finden. Bei dem Gedanken daran, dass ihm etwas passiert ist, erschüttert mich ein Schluchzer, den ich mit einer Hand auf meinem Mund ersticke. Unter meinem Finger spüre ich, dass meine Lippe aufgeplatzt ist. Kurz schließe ich die Augen, ehe ich die Schultern straffe und sie wieder runternehme.

»Nein«, flüstere ich vor mich hin und wage die ersten Schritte. »Nein, dir darf nichts passiert sein.«

Verzweifelt sehe ich mich nach etwas um, womit ich mich im Zweifelsfall verteidigen kann.

Auf einer rustikalen Kommode finde ich eine Art Statue. Der Stein, aus dem sie gemeißelt ist, liegt schwer in meiner Hand, nachdem ich sie ergriffen habe. Das dürfte gehen. Auch wenn ich in meinem Zustand, noch dazu barfuß nur in einem weißen T-Shirt bekleidet, nicht gerade kampfbereit bin. Für den Kleinen würde ich jeden töten, der mir in den Weg kommt. Ich zögere kein weiteres Mal.

Geräuschlos bewege ich mich auf die Tür zu und sehe durch den offenen Spalt. Noch immer kann ich nichts und niemanden hören. Ich erkenne ein großes offenes Treppenhaus. Eine Art Galerie und mehrere verschlossene Zimmertüren. Wo zum Teufel bin ich hier?

Ich habe das Gefühl, man kann meinen Herzschlag meilenweit hören, doch ich zwinge mich, so leise wie möglich, Schritt für Schritt voran. Die Steinstatue halte ich dabei so fest in meiner Hand, dass meine Knöchel weiß hervortreten.

Am Absatz der Treppe halte ich inne. Versuche in die Ferne zu lauschen, und mein Herz setzt einen Schlag aus, als ich ein Babygeräusch wahrnehme. Nur ein winziges Glucksen. Doch es war da, ganz sicher.

So schnell es meine Rippen zulassen, schleiche ich die breite Holztreppe hinab und lande in einem riesigen Wohnraum. In dem offenen Kamin knistert ein Feuer und auch hier unten sind sämtliche Außenwände verglast und präsentieren einen atemberaubend schönen Wald rund um den riesigen See.

Was mich allerdings wirklich erstarren lässt, ist eine Frau, die vor der Fensterfront steht und ein Lied summt. Sie trägt ein Baby auf dem Arm, das mit ihren langen dunklen Haaren spielt. Nicht irgendein Baby. Kims Baby! Meinen Neffen Luca!

Die Statue bereit zum Angriff in der Hand schleiche ich mich an sie heran, genau in dem Moment, in dem sie sich herumdreht.

»Elisabeth«, keucht sie erschrocken. Jedoch weicht der Schreck sofort aus ihrem wunderschönen Gesicht und ihr Mund verzieht sich zu einem Lächeln. Die Form ihres Mundes und das zaghafte Grinsen kommen mir schmerzhaft bekannt vor. Genau wie die strahlend blauen Augen. »Du bist wach.«

»Wer bist du?«, frage ich und kneife die Augen

leicht zusammen. Ich bin nur einen Hauch davon entfernt durchzudrehen.

»Elisabeth«, wiederholt sie, und die Art, wie sie meinen Namen ausspricht, erscheint mir viel zu vertraut. Ihr Blick fällt auf die Statue in meiner Hand und wird ernst. »Du musst keine Angst haben.«

»Gib ihn mir«, drohe ich und strecke beide Arme leicht aus. Den einen, um Luca zu nehmen. Den anderen, um ihr eins überzubraten, sollte sie ihn mir nicht geben. Sie beobachtet mich ganz genau. Ich ärgere mich, denn ihr wird sicher nicht entgehen, wie wackelig ich auf den Beinen bin. Ich schwanke, und weiß nicht, wie lange ich noch aufrecht stehen kann.

»Komm«, sagt sie und will mich mit Luca auf dem Arm zu einem der braunen Ledersofas führen.

»Wer bist du?«, knurre ich so laut, dass Luca anfängt, sich auf ihrem Arm zu winden. Er quengelt und wehrt sich gegen sie. Ich sehe zwischen meinem Neffen und der Fremden hin und her. Warte auf eine Reaktion.

Als sie schließlich den Mund öffnet, habe ich das dumme Gefühl, ich weiß genau, wer sie ist.

»Ich bin Esmeralda. Esmeralda Alvarez. Carlos' Schwester. Du bist hier in Sicherheit, Lis. Es ist vorbei. Du musst keine Angst mehr haben.«

Bei ihren letzten Worten sinke ich auf die Knie und die Statue zerspringt auf dem schicken Marmorboden in viele kleine Teile.

CARLOS

Damals

Der Taxifahrer war vor Stunden abgehauen. Ich hatte keine Ahnung, was er gesagt oder ich getan hatte.

Die Nacht legte sich über die Straßen, und ich spürte den Regen schon nicht mehr, der mir fortwährend ins Gesicht prasselte. Irgendwann war ich aufgestanden, hatte meine Tasche, die neben mir lag, in die Hand genommen und war losgelaufen.

Schritt für Schritt lief ich aus Seattle hinaus, ohne zu wissen, wohin ich sollte. Es gab keinen Ort mehr auf dieser Welt, an den ich gehen konnte. Keinen Menschen, bei dem ich sein wollte.

Die Tränen auf meinen Wangen hatten sich mit den Regentropfen vermischt und liefen als ein Rinnsal über mein Gesicht.

Ich hatte versagt. Ich hatte Jahre damit zugebracht, mich auf etwas vorzubereiten, wozu es niemals kommen würde. Ich hatte meine Familie für einen Krieg im Stich gelassen, den ich nicht gewinnen konnte.

Und jetzt war ich allein.

Hätte ich in diesem Augenblick eine Waffe zur Hand gehabt, ich hätte mir eine Kugel in den Kopf gejagt und mir das Gehirn weggepustet. Doch selbst das sollte mir nicht vergönnt sein. Ich war in meiner persönlichen Hölle gefangen, und mir blieb nichts, als weiter einen Fuß vor den anderen zu setzen.

Mein Handy, das nach wie vor fest zwischen meinen Fingern lag, begann zu vibrieren, und ich nahm den Anruf an, ohne auf das Display zu sehen.

»Carlos!«, keuchte eine Stimme, und ich brauchte einen Moment, um Simon Parker zu erkennen. Doch ich antwortete nicht. Meine Kehle war wie zugeschnürt. Es wollte einfach kein Ton heraus. »Sie lebt!«, brüllte er gegen die Geräusche fahrender Autos an. »Deine Schwester! Sie lebt!«, wiederholte er und alles in mir erstarrte.

Heute

Zwei Tage. So lange ist es her, dass Elisabeth mich zu Hilfe gerufen hat. Achtundvierzig Stunden und doch kann ich mein Handy nicht weglegen. Immer und immer wieder starre ich auf das Display und lese ihre Worte. Ich konnte sie nicht retten. Schon wieder war ich zu spät und habe mit ansehen müssen, wie dem Menschen, den ich liebte, wehgetan wurde. Und das nur meinetwegen.

Ja, ich liebe Elisabeth. Und exakt das war der Grund, warum ich sie weggebracht habe. Genau wie damals Esmi. Sie sind jetzt in Sicherheit. Weit weg von mir. Das ist alles, was zählt. Jetzt gilt es nur noch, Kim in zwei Tagen nach Kanada bringen zu lassen. Mehr kann ich nicht tun. Was sie aus ihrem Leben machen, liegt dann nicht mehr in meiner Hand. Doch so sehr mich das beruhigen sollte, es gelingt mir einfach nicht.

Stattdessen haben sich die Bilder der vorletzten Nacht in meine Netzhaut gebrannt und quälen mich bei jedem Atemzug. Elisabeths zarter Körper. Reglos. Blut in ihren Haaren. Auf dem Fußboden. Ich war zu spät.

Ich kann nichts Anderes tun, als an ihren leblosen Körper in meinen Armen zu denken. Und dann der Schock. Ein schreiendes Kind! Ein verdammtes Baby, Herrgott!

Ich wusste, dass sie Geheimnisse hat. Aber solche? Die Vorstellung, dass sie ein Kind von einem anderen Mann hat, macht mich fertig. Doch noch viel mehr belastet mich, dass ich keinen blassen Schimmer hatte und zuließ, ein Baby in meine unmittelbare Nähe zu bringen.

Schon seit ich ein Teenager bin, steht für mich fest, dass ich niemals Kinder in die Welt setzen und diese Blutlinie fortsetzen werde. Mal abgesehen davon, dass ich nie gelernt habe, wie eine Vaterrolle auszusehen hat. Ob meine Gene in einem Kind stecken oder nicht, ich könnte für kein Kind ein guter Vater sein. Ich wünschte, mein Dad hätte das ebenfalls so gesehen. Dann wäre mir eine Menge erspart geblieben. Und nicht nur mir. Vor allem meiner Mamá.

Ganz gleich, was ich tue. Ich erlebe diese Nacht in meinem Kopf in Dauerschleife und ich befürchte, jederzeit zu explodieren.

Noch immer sehe ich, wie Serge Elisabeth ins

Auto getragen hat. Ihr Kopf schwer wie Blei auf seinen Schultern. Überall Blut. Ihre Atmung so flach, dass wir Angst hatten, sie würde die Fahrt nicht überstehen. Serges Blick hat sich in meinen Kopf gepflanzt und will einfach nicht wieder verschwinden. Er dachte, sie stirbt. Das konnte ich sehen. Ich sehe es noch immer. Jedes Mal, wenn ich die Augen schließe. Ich bin froh, dass er weg ist. Ich vermute, ich kann ihm nie wieder ins Gesicht sehen, ohne an diesen Ausdruck zu denken.

Und dann dieser kleine Junge. Ein schreiendes Baby in einem lächerlichen Bärchenpullover. Den Kopf rot vom Schreien, griff ich zaghaft unter seine Arme und wickelte ihn in meine Jacke. Nie zuvor habe ich ein Baby auf dem Arm gehalten.

Die ganze Fahrt zu Sutherlands Haus hat er geschrien und sich gegen meine Nähe gewehrt. Doch dann ist er vor Erschöpfung eingeschlafen und sein winziger, warmer Körper hat sich an mein blutverschmiertes Shirt geschmiegt. Seine zerbrechliche Faust fest um die Kette an meinem Hals gelegt. Während mein alter Freund Elisabeth so gut es ging zusammengeflickt hat, habe ich ihn gehalten und zum ersten Mal seit sehr langer Zeit gebetet. Meine groben Hände auf dem zarten Körper habe ich Gott angefleht, diesem Jungen ein glückliches Leben zu schenken. Die Erinnerung an den kleinen Kerl ist es, die mir den Rest gibt.

Was für eine Mutter lebt mit ihrem Baby in einem Trailerpark und arbeitet nachts in einem Club? Wie konnte ich das nicht bemerken? Wie verzweifelt muss sie gewesen sein? Meine Gedanken drehen sich im Kreis.

Immer und immer wieder um dieselbe erschütternde Tatsache: Ich schaffe es nicht, die Menschen zu beschützen, die ich liebe. Darin versage ich jedes Mal aufs Neue.

Hätte ich sie bloß niemals eingestellt. Dann müsste ich nicht ständig an den Geruch denken, der mir in dem schäbigen Trailer entgegengeschlagen ist. Wie sich ihr süßes Parfüm mit Erbrochenem und Blut vermischt hat. Dabei die schrillen Töne des Kleinen in meinem Ohr, die mich seither nicht mehr zur Ruhe kommen lassen.

Egal wie weit weg ich sie gebracht habe, Elisabeth lässt mich einfach nicht los. Selbst wenn sie am anderen Ende der Welt wäre.

Der Whiskey brennt mittlerweile nicht mehr. Ich setze das Glas an und stürze es in einem Schluck meine Kehle hinunter. Mein Hals hat sich seit gestern an den Geschmack gewöhnt. Und doch betäubt er mich nicht annähernd so, wie ich es bräuchte.

»Carlos.«

Ich hebe den Kopf, der schwerfällig in meiner Hand ruht, die Ellbogen auf die Knie gestützt.

Simons Blick trifft meinen, doch ich sehe weg. Will das Mitleid nicht, das er mir zu geben versucht.

»Was willst du, Parker?«, lalle ich und knalle dabei mein Handy auf den Tisch vor mir. Er ist neben dem Zweiersofa, auf dem ich seit einer gefühlten Ewigkeit sitze, das einzige Möbelstück, das überlebt hat. Mein Büro ist noch genauso verwüstet, wie die beschissenen Bullen es nach ihrer vermeintlichen Razzia hinterlassen haben.

Ich weiß, dass Shaki und unser Team vorne mit Hochdruck daran arbeiten, den Club für eine Wiedereröffnung herzurichten. Keiner von ihnen ahnt, dass es dazu nicht kommen wird. Zusammen mit meiner Hoffnung, jemals gegen meinen Vater gewinnen zu können, ist auch das Velvet gestorben. Es ist vorbei. Endgültig.

»Die Anklageanhörung findet Montag in drei Wochen statt.«

Simon Parker hat wie immer seine alte Ledertasche fest unter den Arm geklammert, und sieht mit seinem billigen Anzug und der silbernen Brille wie der typische Anwalt aus, der er ja nun einmal auch ist. Doch dass er unruhig von einem Bein auf das andere tritt, ist nicht sein Stil. Ich blicke erneut hoch in sein Gesicht. Ignoriere die Scherben, die unter seinen Schuhsohlen knirschen.

»Und?«, schnauze ich ihn an. Ich bin es so leid zu kämpfen. »Wir wissen beide, dass er mich hinter Gitter bringen wird. Ganz gleich, was ich getan habe, oder eben nicht.«

Denn mein Vater verliert nicht. Nie. Selbst wenn ich ein Heiliger wäre. Wenn er mich hinter Gittern sehen will, werde ich in den Knast gehen und daran kann auch ein erfahrener Anwalt wie Parker nichts ändern. Auf die fucking Gefahr hin, mich zu wiederholen. Es ist vorbei!

»Na ja«, druckst er herum und geht mir langsam richtig auf die Eier. »Ich tauche in den Unterlagen für deine Kautionsabwicklung auf. Ich denke, es wird nicht lange dauern, bis dein Vater rausfindet, dass ich seit geraumer Zeit für dich arbeite.«

Ich starre ihn an. Ich bin nicht besoffen genug, um seine Worte nicht zu verstehen. Ich weiß, was er mir sagen will. Findet mein Vater heraus, dass er für mich gearbeitet hat, stirbt er.

»Du warst schon immer ein feiges Arschloch«, schnaube ich. Er zieht den Schwanz ein. So wie es jeder halbwegs vernünftige Mensch machen würde.

»Carlos«, unterbricht er mich. Seine Stimme zittert.

»Verpiss dich, Parker! Du bist gefeuert!«

»Ich habe eine Frau. Schwiegereltern. Eine große Familie. Was, wenn …«, er seufzt, und schließlich erkenne ich, dass nicht ich es bin, für den das Mitleid in seinem Blick bestimmt ist. »Wir wissen, wozu er fähig ist.«

Die letzten Worte sind nur noch ein Flüstern, doch er könnte sie mir ebenso gut mitten ins Gesicht schreien. Denn ich weiß besser als jeder andere, wozu er fähig ist. Immerhin hat er mir alles genommen, was ich je geliebt habe.

»Sieh zu, dass du rauskommst, du elender Feigling!«, brülle ich. Auch wenn die Worte mir beinahe in der Kehle stecken bleiben. Simon war immer an meiner Seite. Dass er mich nun verlassen will, ist der letzte Beweis für mein Scheitern.

»Carlos, lass uns in Ruhe reden«, fleht er, doch meine Sicherungen brennen endgültig durch.

»Ich sagte: Raus!« Zusammen mit meinen Worten fasse ich unter den schwarzen Couchtisch und schleudere ihn quer durch den Raum. Etwas in Simons Gesicht verändert sich, doch er rührt sich keinen Zentimeter.

Ich zücke das Messer, das wie gewöhnlich an meinem Gürtel hängt, und springe so schnell auf, dass er keine Chance hat, zu reagieren, ehe ich ihm die glänzende Klinge an die Kehle drücke. Seine faltige Haut gibt nach, und ich drücke gerade so fest, um ihn nicht zu verletzen.

»Du bist ein Nichts für mich. Dass ausgerechnet du meine Kaution bezahlt hast, war reiner Zufall. Du übernimmst hin und wieder Pflichtverteidigungen, da liegt es im Rahmen des Möglichen«, knurre ich dicht vor seinem Mund. Meine Knie zittern leicht und das aufrechte Stehen ist anstrengender als gewöhnlich. Doch ich bleibe standhaft. »Ich kenne dich nur, weil du vor vielen Jahren für meinen Vater gearbeitet hast. Uns beide verbindet gar nichts. Hast du verstanden? Rein gar nichts!« Mein Zorn und die Hilflosigkeit lassen das Messer tiefer in seine Haut fahren und ein winziges Rinnsal Blut verlässt an dieser Stelle seine bebende Kehle. »Und jetzt will ich dich nie wiedersehen. Komm nicht mehr her. Du bist für mich gestorben.«

Ich vermeide es, in seine warmen, braunen Augen zu schauen und wende mich ab. Die Whiskeyflasche liegt zerschmettert auf dem Boden und kann mich nicht länger retten. Nichts und niemand kann das. Meine Finger krallen sich so fest sie können um den Griff des Messers. So lange, bis ich Simons Schritte knirschen höre. Nie zuvor war mir die Schallisolierung dieses Raumes so bewusst. Meine Atmung rasselt laut und hektisch in die Stille, nachdem seine Schritte verklungen sind.

»Carlos?«, höre ich noch einmal seine Stimme, drehe mich aber nicht um. Ich will nicht, dass er die Verzweiflung in meinen Augen sehen kann. »Danke«, flüstert er nach einiger Zeit und dann bin ich allein.

So allein, dass mein Herzschlag mich beinahe in die Knie zwingt. Ohne Simon an meiner Seite habe ich keine Chance, aus der Anklage herauszukommen. Wir wissen das beide. Und dennoch kann ich nicht zulassen, dass noch mehr Menschen mit mir ins Verderben stürzen.

Das alte Jagdmesser meines Vaters fällt klirrend auf den Fußboden und ich erwache aus meiner Starre. Es wird Zeit, einen Schlussstrich zu ziehen.

Daher stürme ich aus meinem Büro durch den langen Flur, bis ich mich mitten auf der Tanzfläche meines Clubs wiederfinde.

Das Velvet war viele Jahre mein Zuhause. Dieser Laden war das Erste und Einzige, das aus meinen Händen entstanden ist. Mein Baby. Doch nun wird es Zeit, mein Leben aufzuräumen. Ich kann nicht länger Menschen an mich binden.

Der Alkoholpegel in meinem Blut scheint binnen Minuten auf null gesunken zu sein. Jetzt, da ich hier stehe. Dort, wo nachts für gewöhnlich bunte Lichter flackerten und die Menschen fröhlich und leidenschaftlich tanzten, nehme ich alles überdeutlich wahr.

Shakira, die mit den Mädchen aus dem Service die Theke neu befüllt. Das Lachen meiner rechten Hand, während sie mit Eifer versucht, alles wieder ins richtige Lot zu rücken.

Mike und die Jungs, die dabei sind, die leuchtenden Wandelemente wieder zu befestigen. All das, was mein Onkel mit seinen korrupten Bullenschweinen zerstört hat. Und immer wieder taucht Elisabeth in meinem Kopf auf. Elisabeth und ihr Baby, die ich weggebracht habe. Weg von mir. Weg von ihm. Sie haben ein Leben verdient. Ein echtes Leben. Ein Leben im Licht. Mit Sonnenschein, der morgens durch die Fenster scheint. Mit Picknicks im Frühling und langen Spaziergängen im Winter.

»Raus.« Meine Stimme ist dünn und zittrig, sodass niemand auch nur meine Anwesenheit zu bemerken scheint. Im Hintergrund läuft leise spanische Musik. Ich kann sie nicht ertragen. Weder meine Muttersprache noch die zarten Klänge, die von Wellen und Meeresrauschen erzählen. »Raus!«, brülle ich etwas lauter, und Shakira und die Mädchen sind die Ersten, die mich bemerken.

»Carlos?«, fragt sie und allein meinen falschen Namen noch einmal zu hören, lässt alle Sicherungen durchbrennen.

»Ich sagte: Verpisst euch! Das Velvet ist tot! Seid ihr zu bescheuert, das zu kapieren?« Ich werfe die Hände in die Luft, sehe die Menschen an, mit denen ich die letzten Jahre verbracht habe. »Was frag ich? Natürlich seid ihr so dumm«, schreie ich so laut ich kann und meide den Blick in ihre erstarrten Gesichter. »Sonst würdet ihr schließlich nicht für mich arbeiten. Aber wisst ihr was?!« Ich befürchte, es spricht doch der Restalkohol aus mir. Ich überlasse ihm die Bühne. Egal. Er hat die Lage besser im Griff als ich. »Ich verrate euch was: Ihr seid gefeuert! Alle! Ich kann so schwachsinnige Wichser wie euch nicht gebrauchen! Verschwindet! Verpisst euch in die Löcher, aus denen ihr gekrochen seid! Ich will keinen von euch mehr sehen. Und ich werde mich nicht wiederholen!«

Mit den letzten Worten drehe ich mich um, und setze einen Schritt vor den anderen, ohne zu wissen, wohin ich gehen soll. Zu den Menschen, bei denen ich sein will, kann ich nicht gehen. Denn ich bin die Dunkelheit, die ihre hellen Lichter erlöschen lässt. Und das kann und werde ich niemals wieder zulassen.

LIS

Damals

»Was ist mit Birmingham?«

»Du willst in Alabama wohnen?«, stieß Kim aus, und auch ohne zu ihr hinüber zu sehen, wusste ich, dass sie die Nase krauszog. Das machte sie ständig, wenn ihr was nicht passte.

Den ganzen Vormittag waren wir schweigend mit Moms altem Buick auf der 64 Richtung Westen gefahren. Da ich die Ältere von uns beiden war und ich Kim unseren Neuanfang irgendwie schmackhaft machen wollte, hatte ich ein Gespräch angefangen. Seit ungefähr einer halben Stunde diskutierten wir nun also über unseren zukünftigen Wohnort. Mir war es im Grunde genommen völlig egal, wo wir strandeten, solange ich es schaffte, sie in Sicherheit zu bringen. Und das bedeutete nach meiner Definition – weit weg von Richmond.

»Warum nicht? Wir könnten doch richtige Südstaatengirls werden.«

Meine kleine Schwester täuschte würgende Geräusche vor und sah weiter aus dem Beifahrerfenster. Mir war bewusst, wie viel ich ihr abverlangte. Sie hatte ihre Mom verloren und ich hatte sie mehr oder weniger entführt.

Das in Kombination mit dem typischen Verhalten einer Vierzehnjährigen, die sowieso alles scheiße findet, war allerdings kein leichter Brocken. Und dabei wollte ich mit jeder Meile, die wir uns aus Virginia entfernten, laut singen und tanzen. Ich fühlte mich zum ersten Mal in meinem Leben frei. Arm und ohne Zuversicht auf eine glorreiche Zukunft. Aber frei.

Eine ganze Weile fuhren wir schweigend weiter. Kauften uns an der Raststätte viel zu teure Süßigkeiten, und ich erlaubte Kim, sich für zwanzig Dollar eine neue Sonnenbrille zu gönnen. Im November. Doch aus irgendwelchen unerfindlichen Gründen konnte ich nicht nein sagen. Ich wollte ihr Vertrauen. Ihr Verständnis.

Nach einer stundenlangen Fahrt ging die Sonne über den dürren Wiesen von Missouri unter. Ich hatte die Hoffnung auf ein Gespräch schon aufgegeben, da räusperte sich meine Schwester und drehte sich in meine Richtung. Ich ließ meinen Blick nur kurz von der viel befahrenen Straße zu ihr schweifen, um sicher zu sein, dass sie wirklich mich ansah.

»Letzte Woche hat Aaron Manduli mir gesagt, dass er mich liebt.«

So sehr ich wie die coole große Schwester reagieren wollte, entwich mir dennoch ein leichtes Glucksen. Aaron Manduli war ein hagerer Junge aus der Nachbarschaft. Seine Haare waren feuerrot und er trug ständig zu kurze Hosen.

»Okay«, murmelte ich schnell, damit Kim mein belustigtes Geräusch nicht mitbekam.

»Ich liebe ihn auch. Und jetzt konnte ich es ihm nicht

mehr sagen. Immerhin hast du mich einfach verschleppt und mein Handy weggeworfen.«

Es war ihre leicht bebende Stimme, die mich erstarren ließ. Ich war vielleicht frei. Hatte nichts und niemanden, an den ich gebunden war. Doch Kim hatte jemanden zurücklassen müssen, und ich hatte nichts Besseres zu tun, als darüber zu lachen. Ich war hiermit offiziell die mieseste Schwester aller Zeiten.

Ich klammerte meine Hände fest um das Lenkrad. Gerne hätte ich kurz die Augen geschlossen, um mir die passenden Worte zurecht zu legen, doch ich war auch so schon viel zu nervös auf der dreispurigen Straße.

»Wie hat er es gesagt?«, fragte ich und versuchte mein schlechtes Gewissen zu beruhigen und mich stattdessen voll und ganz auf Kim zu konzentrieren.

Es funktionierte. Meine Schwester erzählte mir, wie sie sich vor drei Monaten in Will's Supermarkt über den Weg gelaufen waren und sich von da an heimlich auf dem Spielplatz getroffen hatten. Sie berichtete schmachtend von ihrem ersten Kuss und ich musste mich wirklich zusammenreißen. Wie es aussah, war es nämlich nicht nur beim Küssen geblieben.

»Du bist erst vierzehn«, kreischte ich vielleicht eine Spur zu schrill.

»Na und?« Sie verschränkte die Arme vor der Brust und starrte wieder aus dem Beifahrerfenster. Mittlerweile war es dunkel und das lange Fahren fiel mir immer schwerer. Doch solange Kim so redselig war, wollte ich auf keinen Fall anhalten. »Er hat ein Kondom benutzt. Und außerdem war es auch sein erstes Mal. Es war komisch, Lissybär. Es hat wehgetan. Ätzend weh«, sie gestikulierte wild mit den Armen, um ihren Schmerz zu untermalen. »Und doch wollte ich es wieder tun.«

Ich wusste nicht, was ich sagen sollte. Ich wollte eigentlich nur noch schreien. Vor nicht einmal vierundzwanzig Stunden hatten wir unsere Mom beerdigt, doch nun fuhr ich mit meiner viel zu kleinen Schwester durch Warrenton und hörte mir ihre Sexgeschichten an. Dabei war ich selbst viel zu jung für all das hier.

Ich hätte in diesem Augenblick alles dafür gegeben, dass meine Mom bei uns wäre. Dass sie sich ans Steuer setzen würde, mich im Rückspiegel anlächeln und dann Kim für all ihre Fragen zur Seite stehen würde. Doch sie war nicht da. Ich war allein, und es lag einzig bei mir, was ich daraus machte.

Ohne länger darüber nachzudenken, lenkte ich den Wagen mit quietschenden Reifen in eine Abfahrt, für die ich mich im letzten Moment entschieden hatte. Denn ich wusste plötzlich, was ich tun musste.

»Ahhhh«, schrie Kim und hielt sich am Türgriff fest. »Was machst du denn?« Wir fuhren von der Interstate und ich bog sofort auf den erstbesten Parkplatz ab. Er gehörte zu einem Diner und mehreren Geschäften. Die ersten Weihnachtsdekorationen schmückten bereits die Schaufenster und die Läden waren gut besucht. »Willst du uns umbringen?«

»Nein.« Ich stellte den Motor ab, was mir eine ungemeine Erleichterung verschaffte und wendete mich Kim zu. »Da«, deutete ich mit dem Zeigefinger auf ein Münztelefon, das zwischen den Geschäften hing. Die Klinkerwand mit dem kleinen Vordach schien einzig auf diesen Einsatz gewartet zu haben. »Wir rufen Aaron an.«

»Was?« Die Innenbeleuchtung des Buick erlosch und somit auch Kims erstauntes Gesicht. Ich öffnete die Tür und ihre braunen Augen strahlten wieder im spärlichen Licht. »Du kannst doch nicht mit ihm schlafen, ohne ihm

zu sagen, dass du ihn auch liebst. Das geht gar nicht. Wenn du Gefühle für ihn hast, sollte er das wissen.«

Ihr Blick wanderte zwischen mir und dem Telefon hin und her.

»Dein Ernst? Was ist mit ...«

Ich hatte ihr hundert Mal eingebläut, dass wir niemandem sagen dürfen, wo oder wer wir sind. Ich konnte nicht ausschließen, dass unser Dad uns suchen würde, daher ging ich auf Nummer sicher.

»Du musst ihm ja nicht gerade unsere Koordinaten nennen. Außerdem denke ich nicht, dass die Mandulis angezapfte Telefone haben.«

Ich kramte in meinem Geldbeutel, der gefüllt mit unseren Pässen und dem letzten Geld vor dem Schaltknüppel lag, und hielt ihr ein paar Dollar hin.

»Ich besorge uns solange irgendwo in der Nähe ein Zimmer.«

Die Zeit schien still zu stehen, während wir uns ansahen, bis Kim sich nach vorne fallen ließ und ihren Kopf auf meine Brust legte.

»Danke«, flüsterte sie und ich strich ihr die dicken Locken aus dem Gesicht.

»Dank mir nicht«, hauchte ich gegen ihren Kopf. Denn noch hatte ich ihr Leben nicht gerettet.

Heute

Beim nächsten Wachwerden bin ich wesentlich ruhiger. Keine Ahnung, warum.

Ich schrecke nicht hoch, sondern spüre, wie ich langsam zu mir komme. Ich nehme den Geruch des Holzes wahr und das Knistern des Feuers hinter mir.

»Bitte erschreck dich nicht.«

Zaghaft öffne ich die Augen und sehe in Esmeraldas Gesicht. Sie sieht ängstlich aus. Fast zerbrechlich. Offensichtlich bin ich bewusstlos gewesen.

Ich liege auf einem der Sofas. Es sind insgesamt vier, die in einem Quadrat um einen großen Steintisch stehen. Und dann spüre ich ihn.

Luca. Er liegt neben mir. Zugedeckt mit einer hellblauen Babydecke, die ich nicht kenne, schmiegt sich sein kleiner Körper an meine Seite. Er sieht entspannt aus. Nuckelt wie immer an seinem Zeigefinger. Kim und ich haben uns schon oft Gedanken darüber gemacht, wie wir ihm das abgewöhnen können.

»Ich glaube, er hat dich vermisst«, spricht Esmeralda ein zweites Mal und ich sehe wieder zurück zu ihr. »Er hat nicht viel geweint, aber ich hatte die ganze Zeit das Gefühl, ihm fehlt etwas.«

Sie trägt eine schwarze Leggings und eine lange graue Strickjacke legt sich um ihren schlanken Körper. Ihr Gesicht sieht Carlos so ähnlich, dass ich schlucken muss. Die ganze Zeit war ich so voller Angst und Sorge, dass in meinem Kopf kein Platz für ihn war. Doch jetzt trifft mich die Sehnsucht so hart, dass es wehtut. Schlimmer als alle Verletzungen an meinem Körper.

»Wo ist dein Bruder?«

Meine Stimme ist kratzig, und ich muss mich räuspern, um überhaupt klare Worte hervor zu bringen.

»Er ist nicht hier. Er hat dich und den Kleinen vor zwei Tagen hergebracht und ist direkt wieder los. Nur Serge ist geblieben.«

»Serge ist hier?«, frage ich, und spüre, wie mein Herz schneller klopft. Der Security ist nicht eine Minute von Carlos' Seite gewichen, seit ich ihn kenne.

»Er ist unten im Bootshaus. Möchtest du, dass ich ihn hole?«

Sie ist schon beinahe auf den Füßen, als ich mich aufsetze und sie zurückhalte.

»Nein«, keuche ich, meine Rippen erschweren mir das Atmen. Sie sind ganz sicher angebrochen. Das spüre ich. Wenn man einmal eine gebrochene Rippe hatte, weiß man, wie sich so was anfühlt. Und ich bin schließlich Expertin darin. »Schon okay.«

Ich lasse mein Gesicht in die Hände sinken, nachdem ich mich vergewissert habe, dass Luca weiterschläft. Er hatte schon immer einen festen Schlaf.

»Brauchst du eine Schmerztablette? Ein Wasser?«

Esmeralda verschwindet, ohne meine Antwort abzuwarten, in der offensichtlich angrenzenden Küche, und ich lasse meine Hände vollständig sinken und sehe mich um. Dieses Haus ist wahnsinnig schön. Alles sieht hochwertig und edel aus, aber auch total gemütlich durch das viele Holz.

»Wo zur Hölle sind wir hier?«, frage ich. Ich blinzele am Körper der mir eigentlich Fremden hinauf, die wieder vor mir aufgetaucht ist. Ich kann mir selbst nicht erklären, warum, aber ich vertraue ihr.

»Bruce Peninsula National Park«, murmelt sie viel leiser, beinahe als ahne sie, dass mir die Antwort nicht gefallen wird. Und damit liegt sie goldrichtig.

»Oh mein Gott. Ist das ...?«

»Kanada. Ja.«

»Er hat mich nach Kanada geschleppt? Was ist

mit Kim? Und dem Velvet? Der Trailer? Wie zur Hölle hat er uns überhaupt über die Grenze gebracht?«

Meine Gedanken überschlagen sich. Warum bringt Carlos mich und Luca nach Kanada? Warum ist seine Schwester hier und was hat all das zu bedeuten? Das war doch dieser McGuire, der im Trailer war. Was wollten sie von mir?

»Mein Bruder hat jede Menge gefälschte Pässe. Aber ich bin mir sicher, dass er die Zollposten schmiert. Anders kann ich es mir nicht erklären. Aber ehrlich gesagt weiß ich es selbst nicht und will es auch lieber gar nicht wissen.«

Esmeralda zuckt entschuldigend mit den Schultern. Als wäre Bestechung das Schlimmste, wozu ihr Bruder fähig ist.

»Ich muss Carlos anrufen.« Denn das ist der einzige Weg, ein paar Dinge in meinem Kopf klarzustellen.

Verzweifelt suche ich nach meinem Handy. Mir ist klar, dass sie jeden meiner Schritte genau beobachtet. Esmeralda scheint in meinem Alter zu sein, wirkt jedoch mit dem streng gebundenen Knoten auf ihrem Hinterkopf viel älter. »Wann genau hat Carlos mich hergebracht? Hat er irgendwas gesagt? Hatte ich das Handy dabei?«

So viele Fragen. Mein Kopf droht jede Sekunde zu zerspringen. Ich massiere mir die Schläfen in der Hoffnung, so den Druck etwas loszuwerden.

»Elisabeth.« Esmeralda schiebt mir zwei Tabletten und das Glas Wasser zu. Sie seufzt, und ich spüre schon, dass diese Unterhaltung jeden Moment eine Wendung nehmen wird, die mir sicher nicht gefällt. »Carlos kommt nicht wieder. Er will, dass du dich hier erholst.«

»Ich soll mich erholen?«, keife ich, senke jedoch meine Stimme, weil Luca sich neben mir regt. »Wie kann ich mich erholen? Ich habe keine Ahnung, wo oder wie ich hergekommen bin. Ich kenne dich nicht. Und ich muss zu meiner Schwester.« Nur noch wenige Tage und Kim kehrt vom Mullet Lake zurück. Was, wenn sie einen leeren Trailer vorfindet?

»Du hast eine Schwester?«

»Ja!«, schnauze ich die schüchterne Frau an, die am wenigsten für meine Situation kann. »Lucas Mom.«

Sie sieht zum Baby, dann wieder zu mir.

»Er ist nicht dein Sohn?«

»Was?«, keife ich. »Nein. Natürlich nicht.«

»Carlos hat gesagt …«

Sie unterbricht sich, sobald ihr mein Gesichtsausdruck auffällt.

»Denkt er, Luca ist mein Baby?«

Wahrscheinlich bemerkt sie meine Panik, denn sie fummelt immer nervöser an ihrer Strickjacke, und nickt schließlich nur zögerlich.

»Scheiße«, stoße ich hervor. »Ich muss ihn anrufen.«

Er wird denken, ich habe ihn die ganze Zeit belogen. Er wird davon ausgehen, dass alles, was zwischen uns gelaufen ist, nur gespielt war.

Vor lauter Aufregung bemerke ich erst nicht, wie Esmeraldas Augen bedrohlich glänzen und sie es meidet, mich anzusehen.

»Was ist?«, blaffe ich und schon im selben Moment tut es mir leid. »Esmeralda«, seufze ich deshalb, und stehe auf, nur um mich neben sie zu setzen. Wir beide schauen auf Luca, der sich von unserer Unterhaltung nicht im Geringsten stören lässt. »Ich weiß, ich war nicht besonders nett zu dir und überhaupt ist das alles hier ...« Ich finde keine Worte, »aber ...«, ich lege meine Hand auf ihr Knie. Ob es an meinen eigenen Erfahrungen liegt, die mich sensibel gemacht haben, oder ich einfach nur ein guter Beobachter bin, aber ich spüre ganz deutlich, wie sie vor meiner Berührung zurückzuckt. Daher nehme ich meine Hand sofort wieder weg. Denn ich kenne die Angst in ihren Augen nur zu gut. »Ich ... dein Bruder ... also wir.«

Leider kann ich dem Stöhnen nicht freien Lauf lassen. Bei jedem tiefen Atemzug brennt meine Brust wie Feuer.

»Ich bin vielleicht das dumme, einsame Mädchen aus der Waldhütte, aber ich weiß längst, dass ihr euch liebt.«

Die Stärke in ihrer Stimme überrascht mich. Hastig wischt sie sich eine winzige Träne aus den Augenwinkeln.

»Ja«, lache ich, lasse es aber sofort, weil die Schmerzen in meinem Brustkorb sich anfühlen wie Messerstiche. »Ja, ich liebe ihn. Deshalb muss ich dringend zu ihm. Hast du ein Auto hier, das ich mir leihen kann?«

»Lis«, mahnt sie mich erneut. Ich bin gedanklich schon auf der Fahrt. Grübele, wie ich Luca ohne Kindersitz über die Grenze bekomme. Wie zur Hölle sind wir überhaupt hierhergekommen? Es gibt so vieles, das ich wissen muss. »Es ist nicht so, dass ich ihn nicht für dich kontaktieren will. Ich bin nicht freiwillig so weit weg von meinem Bruder. Wir haben so gut wie keinen Kontakt. Und das hat seine Gründe. Normalerweise kommt er alle paar Monate für ein Wochenende her. Ich kann ihn nicht einfach anrufen. Das ist mir nicht erlaubt.«

Ich lege den Kopf schief, betrachte den Ausdruck in ihrem Gesicht und versuche mir all das zu erklären, was sie sagt.

»Es ist dir nicht erlaubt?«, wiederhole ich ihre Worte.

»Ja. Und der Russe würde uns sowieso niemals einfach wegfahren lassen.«

Ich kenne die Angst in ihren Augen. Sehe die Not, sich versteckt zu halten. Doch ich muss Carlos sehen.

»Sag mir bitte die Wahrheit. Gibt es irgendeine Möglichkeit, ihn zu kontaktieren?«

Sie senkt die Lider.

»Bitte«, flehe ich.

Sie sieht sich im Zimmer um. Langsam verglüht das Feuer im Kamin und es wird frisch.

»Ich habe ihn Keeran genannt«, flüstert sie schließlich, ihr Blick bleibt an Luca hängen. »Wir wussten ja nicht, wie er heißt und ich wollte ihn nicht tagelang mit Baby ansprechen.«

»Keeran«, wiederhole ich. »Das klingt schön. Kim wollte ihn unbedingt Luca nennen«, gehe ich auf ihren Themenwechsel ein. Ich muss einen Draht zu ihr finden, denn nur so komme ich an Carlos.

»Mir gefällt Luca«, seufzt sie und presst anschließend die Lippen fest aufeinander.

Wir beobachten beide, wie dieses unschuldige kleine Wesen an seinem Finger nuckelt. Wie die zarte Haut im Schein der sanften Beleuchtung schimmert. Ein Baby. So unschuldig und rein. Er hätte nie und nimmer in dieses ganze Chaos hereingezogen werden dürfen. Nicht zu wissen, was ihm in den vergangenen Tagen widerfahren ist, macht mich wahnsinnig.

»Es gibt ein Notfallhandy. Ich kann die SIM einlegen und Carlos eine Nachricht schreiben. Doch ich weiß, er kommt nur im absoluten Notfall.«

»Dann lass es wie einen aussehen«, bitte ich. Ich lege meine Hände auf ihre, ignoriere ihre Abwehr und flehe sie stumm an, mich anzusehen. »Bei allem, was dir je wichtig war. Ich schwöre dir, du kannst mir vertrauen.«

Ihre Augen suchen in meinen eigenen nach der Wahrheit, und wir fechten stumm eine Diskussion aus, ehe sie mich schließlich erlöst.

»Geh mit Luca in dein Zimmer, damit der Russe dich nicht sieht. Ich bin sicher, wenn ich ihm weismache, dass es dir schlecht geht, wird er kommen.«

Ich drücke ihre Hände noch fester. Sie sieht auf unsere verflochtenen Finger und ein winziges Lächeln umspielt ihr Gesicht.

»Danke.« Mehr bringe ich einfach nicht heraus, ohne in einen wahrscheinlich nie wieder endenden Heulkrampf zu verfallen.

Esmeralda nickt. Ich glaube ... ihr geht es genau wie mir.

CARLOS

Damals

Der Morgen war schon längst erwacht, während ich mir immer wieder die Augen reiben musste, um den Leihwagen ohne Katastrophe durch den Berufsverkehr zu schlängeln.

›Sie lebt! Deine Schwester. Sie lebt!‹, rief ich mir wieder und wieder Simons Worte ins Gedächtnis, um wach zu bleiben. Der schrullige Anwalt meines Vaters hat mich auf ein Neues verblüfft. Gerade als er gestern Abend in das Parkhaus zu unserer Wohnung hatte einbiegen wollen, hatte er den Wagen meiner Mom gesehen und aus einem Instinkt heraus war er ihnen gefolgt. Durch das Ablenkungsmanöver hat er den Unfall zwar nicht gesehen, doch er war erster am Unfallort gewesen und hatte meine kleine Schwester aus den Trümmern bergen können.

Die Hilflosigkeit, die ich empfunden hatte, in diesem Moment noch auf der anderen Seite des Kontinents gewesen zu sein, hat mich beinahe erschlagen. Und doch habe ich mich auf direktem Weg zum Flughafen gezwun-

gen, ein Vermögen für den nächsten Flug nach Denver bezahlt, nur um dort zwei Stunden auf den verdammten Anschlussflug nach Toronto zu warten. Ich hatte die Stewardess und die Mitarbeiterin am Zoll unnötig angeschrien und hätte beinahe den Kerl an der Mietwagenzentrale erschlagen. Doch nun war das Krankenhaus von Windsor schon zu sehen und ich würde in wenigen Minuten bei meiner Schwester sein.

Es war ihr schlecht gegangen. Sie hatte mehrere Brüche und innere Verletzungen gehabt. Sie war operiert worden. Simon hatte mich die ganze Zeit auf dem Laufenden gehalten, und auch wenn seine Anrufe das wilde Tier in mir nicht zum Schweigen gebracht hatten, war ich ihm dankbar. Wir verdankten ihm ihr Leben.

Es war nicht leicht gewesen, ihn davon zu überzeugen, Esmeralda in sein Auto zu laden, statt einen Krankenwagen zu rufen. Doch wir durften nicht zulassen, dass sie jemals mit dem Unfall in Verbindung gebracht wurde. Er musste sie ungesehen über die Grenze schaffen. Mein Vater sollte denken, sie sei tot. So tot, wie er es gewollt hatte. Ich weiß nicht, womit ich ihn schließlich habe überzeugen können, doch er hatte sie schlussendlich in seinen Kofferraum geladen und war ohne große Vorkommnisse über die Grenze gekommen. Die Brücke zwischen Detroit und Kanada war nicht sonderlich bewacht. Solange man einen gültigen Ausweis aus dem Fenster halten konnte, ließ man jeden passieren.

Parker hatte den Schwestern in der Notaufnahme erzählt, er habe sie in Windsor in einer dunklen Gasse gefunden, kenne weder ihren Namen noch ihre Herkunft. Ihre neuen Papiere wogen wie Blei in meiner Tasche.

Sally Stewart war heute Nacht mit ihrer Mutter bei einem tragischen Autounfall gestorben. Im Feuer des Wa-

gens verbrannt. Ich würde jeden Forensiker der Welt schmieren, damit er bestätigte, zwei Frauenleichen gefunden zu haben. Sie war ermordet worden. Vom eigenen Vater in den Tod getrieben.

Doch Esmeralda Alvarez lag in dem Krankenhaus, durch dessen Flure ich in diesem Moment panisch lief, um sie zu finden. Esmeralda hatte eine Zukunft. Weit weg von Detroit. Weit weg von all dem Bösen. Ich würde sie davon fernhalten. Das war alles, wofür ich noch atmete.

Heute

Zeit und Raum spielen keine Rolle mehr. Ich kann nicht sagen, ob es Minuten, Stunden oder Tage sind, die ich auf dem Boden meines Büros hocke und in die Dunkelheit starre. Der Raum ist voll von unausgesprochenen Gedanken. Sie schweben um mich herum und hüllen mich ein, in einer Mischung aus schmerzhaften und wundervollen Erinnerungen und Gefühlen.

So lange, bis das Display meines Handys aufleuchtet. In der hintersten Ecke des Büros wirft es einen kleinen Schatten an die Wand. Doch es ist nicht das Licht, das mich aufspringen lässt. Es ist der Ton. Denn dieser Klingelton ist einzig für das Notfallhandy meiner Schwester gespeichert. Ich springe auf, hechte über die Trümmer meiner Büroeinrichtung und entsperre das Display.

Elisabeth geht es sehr schlecht. Es wäre besser, du kommst her, ehe es zu spät ist.

Wir haben eine klare Vereinbarung. Eine SMS im Notfall. Anschließend nimmt sie die SIM-Karte wieder heraus. Daher ist es unnötig, sie zurückzurufen.

Stattdessen springe ich auf, renne in meine Wohnung und bin in weniger als fünf Minuten abfahrbereit. Der Whiskey in meinen Venen ist kaum noch zu spüren. Und wenn schon. Ich muss hoch zur Hütte. Jetzt gleich. Es sind über vier Stunden Fahrt, doch mit dem Motorrad schaffe ich es vielleicht in drei, wenn ich Vollgas gebe. Ganz sicher ist das um diese Jahreszeit keine so gute Idee, doch ich werde es nicht darauf ankommen lassen, dass mein Kennzeichen erkannt wird. Ich bin lediglich auf Kaution draußen und darf das Land selbstredend nicht verlassen.

Wenn Esmi das Notfallhandy benutzt, ist es auch ein Notfall. Das weiß ich. Ich muss zu Elisabeth. So schnell es irgendwie machbar ist.

Mein Haus liegt dunkel im Schutz des hohen Kiefernwaldes. Nur eine kleine Lampe auf der Veranda leuchtet. Das Bootshaus, in dem Serge derzeit wohnt, liegt still und verlassen in der Dunkelheit. Kein Mensch ist weit und breit zu sehen, als ich den Motor der Yamaha abstelle und mir den Helm vom Kopf ziehe. Meine müden Beine vibrieren von der langen Fahrt und zittern leicht unter der schweren Maschine.

Das Mondlicht spiegelt sich auf der Wasseroberfläche des Sees und der Wind rauscht in den Blättern. Es wirkt friedlich. Genau aus diesem Grund habe ich das Haus vor fünf Jahren bauen lassen. Hier herrscht Frieden.

Die Technik ist auf dem neuesten Stand. Kein Mensch kommt auf das riesige Grundstück ohne Fingerabdruck. Dieses Terrain hier ist so sicher wie Fort Knox.

Ich schwinge mich von der Maschine und nehme immer zwei Stufen auf einmal hinauf zur Veranda, die einmal um das ganze Haus führt. Die Eingangstür ist mit einem Code gesichert und springt erst auf, nachdem ich den Geburtstag meiner Mamá eingegeben habe.

Alles ist dunkel. Die Haustür führt direkt in den Wohnbereich, der sich beinahe über die gesamte Etage erstreckt. Doch alles liegt ruhig und verlassen da, und mich beschleicht das Gefühl, irgendetwas stimmt hier nicht.

Ich lege den Helm und meine Handschuhe, ohne ein Geräusch zu verursachen, auf den Boden und zücke die Glock in meinem Rücken. Die Pistole im Anschlag schleiche ich vorbei an der ersten Couch. Ich bewege mich beinahe lautlos um die Möbel herum, versuche in der Dunkelheit etwas zu erkennen. Im Kamin glühen noch die letzten Holzscheite.

»Ich denke nicht, dass die Waffe nötig ist.«

Ich zucke zusammen, richte die Glock in die Richtung, aus der die Stimme kommt.

Plötzlich wird es hell im Raum und ich erstarre. Die Halogenbeleuchtung blendet mich und doch sehe ich die Situation glasklar. Und werde wütend. So richtig wütend.

»Was zur Hölle soll das?«, brülle ich Elisabeth an.

Sie sitzt auf einer der Holzstufen, die Ellbogen auf die Knie gestützt, den Kopf in die Hände gebettet. Und sie sieht scheiße aus.

»Tja, das wollte ich eigentlich dich fragen.«

Noch immer geschockt stehe ich mit rasendem Herz da, und Adrenalin rauscht durch meinen Körper wie auf einer Achterbahn. Während mein Brustkorb sich hastig hebt und senkt, sehe ich direkt in ihre Augen. So muss ich wenigstens nicht die aufgeplatzte Lippe und die Platzwunde an ihrer Stirn betrachten. Denn diesen Anblick kann ich einfach nicht ertragen.

Sie funkelt mich wütend an, doch ich erkenne auch noch etwas Anderes. Sie ist verletzt. Nicht körperlich. Ihre Seele. Ihr wurde wehgetan. Ich habe das hier zu verantworten. Und diesen Schmerz in ihren Augen zu sehen, ist schlimmer als jede Wut.

So sehr ich sie einfach in den Arm nehmen und ihre Wunden heilen möchte. Es geht nicht. Sie kann nicht in meiner Nähe bleiben. Warum versteht sie das einfach nicht? Gerade nach dieser Geschichte müsste sie es doch begriffen haben.

Meine Verzweiflung schlägt langsam wieder in Zorn um, denn ganz offensichtlich bin ich mitten in eine Falle getappt.

»Es geht dir nicht schlechter«, stelle ich unnötigerweise fest. Ich sehe mich um. »Wo ist Esmeralda?«

»Es ist vier Uhr morgens. Sie schläft. Genau wie dein toller Wachhund.« Sie nickt Richtung Nebengebäude. »Warum hast du mich allein gelassen?«

»Du bist nicht allein. Du bist hier in Sicherheit.«

Ich nehme die Glock herunter und stecke sie zurück in meinen hinteren Hosenbund.

»Das beantwortet meine Frage nicht.«

Schnaubend marschiere ich in die Küche und schalte das Licht ein.

»Er ist nicht mein Sohn.«

Mit dem Glas, das ich mir genommen habe, halte ich unter dem Wasserhahn inne. Drehe mich aber nicht um.

»Kim ist seine Mom.«

Ich fülle das Glas bis zum Rand und leere es in einem Zug.

»Das tut nichts zur Sache«, lüge ich. Denn es ändert alles, worüber ich in den vergangenen Tagen nachgedacht habe.

»Ist das alles, was du zu sagen hast?«

Ich kann hören, wie ihre Stimme kippt und sie zu weinen anfängt. Das Glas in meiner Hand zerspringt jede Sekunde in Scherben, wenn ich es noch fester umklammere. Die enge Lederkombi lässt mich kaum atmen.

»Ich werde dafür sorgen, dass deine Schwester hergebracht wird. Ihr bekommt neue Papiere und ihr seid sicher. Das ist alles, was zählt«, knurre ich, und stelle das Glas neben die Spüle, ehe ich es zerbersten lasse.

»Das ist alles, was zählt?«, keift sie und ich spüre ihren warmen Körper dicht hinter meinem. Ich stütze mich auf der Arbeitsfläche ab und schließe die Augen.

»Elisabeth«, flehe ich.

Ihr Schluchzen erfüllt den Raum, doch ich bin nicht stark genug, um mich umzudrehen und sie zu trösten. Sie darf nicht in meiner Nähe sein. Nie wieder.

»Ich weiß, was du vorhast. Du versuchst, mich wegzustoßen. Mich von dir fernzuhalten. Ich verstehe es, Carlos. Ich verstehe all das«, schluchzt sie. »Aber ich bitte dich. Tu das nicht.«

Ohne die Augen zu öffnen, schüttele ich bei jedem ihrer Worte den Kopf.

»Es geht nicht«, bringe ich unter größter Mühe hervor.

»Das ändert nichts? Es geht nicht?« Ich spüre ihre Hand auf meinem Unterarm. Selbst durch die dicke Lederjacke habe ich das Gefühl, ihre Berührung verbrennt mich. »Das ist alles, womit du mich abspeist? Ist das dein Ernst? Sieh mich gefälligst an!«, brüllt sie, und ich öffne die Augen, wende mich ihr zu und schaue direkt in ihre. Nehme die Tränen wahr, die sie meinetwegen vergießt. »Mein Vater hat mich jahrelang geschlagen, gedemütigt und misshandelt! Dein Onkel und dieser McGuire haben dasselbe getan! Doch sie haben es nicht geschafft, mich zu brechen.« Sie schreit und heult bei jedem ihrer Worte und mein Herz bricht entzwei. »Keiner von ihnen hat mir je so wehgetan wie du jetzt gerade! Hat dir all das zwischen uns denn gar nichts bedeutet? Bin ich doch nur eine deiner Huren, die du gesund pflegen lässt und dann wegschickst?«

Ich drehe den Kopf zur Seite, nicht fähig, ihr länger ins Gesicht zu sehen.

»Bitte! Sieh mich an«, heult sie. Und dann spüre ich ihre Hand an meiner Wange. »Bitte«, fleht sie ein weiteres Mal und meine Vernunft lässt mich im Stich.

»Du darfst nie wieder nach Detroit!« Mit diesen Worten senke ich den Kopf und blicke direkt in ihre wunderschönen braunen Augen.

»Carlos«, flüstert sie und fängt eine einzelne Träne auf, die sich aus meinem Augenwinkel geschlichen hat.

»Versprich es mir. Versprich mir, dass du hierbleibst. In Sicherheit.«

Ihre Miene wird weich. Sie teilt meine Verletzlichkeit mit mir. Bei allem, was ich schon mit einer Frau geteilt habe, ist das der intimste Moment, den ich je erlebt habe. Die Mauern sind gefallen. Wir sind beide schutzlos. Unsere Seelen sind nackt.

Sie legt auch ihre zweite Hand an meine Wange. Hält mein Gesicht in ihren zarten, kalten Händen. Ich bin so verdammt erleichtert, dass es ihr gut geht und möchte gleichermaßen etwas kaputtschlagen, weil sie und Esmi mich reingelegt haben. Mich hergelockt und weichgekocht haben.

»Versprich mir hierzubleiben«, fordere ich ein weiteres Mal.

»Ja«, haucht sie. Das Bedürfnis, sie zu berühren, wächst ins Unermessliche. »Ja, ich verspreche es.«

»Du bleibst in Sicherheit. Ihr alle.«

Noch einmal nickt sie nur und ich kann mich nicht länger zurückhalten. Beuge mich hinunter und drücke ihren schlanken Körper an mich. Doch sie zuckt in meiner Umarmung zusammen und saugt zischend Luft zwischen die Zähne.

Ich will mich von ihr lösen, doch sie lässt es nicht zu. Klammert sich an mich wie ein Äffchen.

»Nur die Rippe«, flüstert sie gegen meinen Hals.

Nur die Rippe ... Ich kann nicht in Worte fassen,

wie wütend ich bin. Sie muss meinetwegen leiden. Der Schmerz, den sie aushalten muss, geht einzig und allein auf meine Kappe.

»Es tut mir leid«, murmele ich sinnlos Entschuldigungen und löse sie gegen ihren Willen von mir. Dabei betrachte ich den Schaden, den diese Wichser angerichtet haben. Meine Finger fahren über die Schrammen an ihrer Lippe, während unsere Augen stumm miteinander kommunizieren. Ich versuche, ohne ein einziges Wort, ihr zu erklären, wie leid es mir wirklich tut, während ich vorsichtig über den Rand des Pflasters an ihrer Stirn fahre.

Elisabeth überrascht mich, indem sie auf die Zehen geht und ihre Lippen hauchzart auf meine legt.

»Komm mit mir nach oben«, haucht sie dicht vor meinem Mund. Ich kann ihren Geschmack bereits auf meiner Zunge schmecken.

»Elisabeth«, flehe ich ein weiteres Mal. Ich darf die Grenze nicht erneut übertreten.

Sie verschränkt ihre dünnen Finger mit meinen.

»Du allein kannst es heilen«, flüstert sie.

Ich habe keine Chance. Kann einfach nicht widerstehen und ihr diese Bitte abschlagen. Ich kann nicht. So gerne ich auch stark sein möchte. Mein Körper ist erschöpft, mein Geist am Ende. Ich brauche sie mindestens genauso sehr, wie sie mich will.

Und dennoch weiß ich bei jeder Stufe, die uns hinauf ins obere Stockwerk bringt, dass es ein Fehler ist. Spätestens, nachdem die massive Kieferntür hinter uns ins Schloss fällt.

Ich müsste der Starke sein. Doch ich bin es nicht.

Ich bin niemand mehr. Sie jetzt in Sicherheit zu wissen, sollte alles sein, was noch zählt.

»Das hier ändert nichts.« Dennoch lasse ich die schwere Lederjacke von meinen Schultern gleiten und steige dabei aus meinen Stiefeln.

Elisabeth steht vor mir in einer Jogginghose und einem meiner Shirts, das sie sicher im Schrank gefunden haben muss. Es ist ihr viel zu groß. Ich streiche über die Ärmel, die sie mehrfach umgekrempelt hat.

»Das ist dein Zimmer, oder?«, fragt sie, ohne auf meine Worte einzugehen. »Du hast mir dein Zimmer gegeben.«

Zur Antwort küsse ich sie. Denn nicht ich bin es, der sie heilen muss. Sie ist wie Balsam, der sich auf meine Wunden legt. Alles an ihr.

Sie öffnet die Knöpfe meiner Lederhose, doch ich halte sie zurück.

»Du bist verletzt.«

»Es sieht schlimmer aus, als es ist«, flüstert sie gegen meine Lippen. »Und ich brauche dich.«

Ihre zarten Finger nesteln an meiner Hose.

»Ich werde dich nicht ficken.«

»Ich will es fühlen.«

»Was?«, frage ich, während ich meine Hand in ihren Nacken lege und mein Daumen über die zarte Haut ihrer Wange streichelt. »Was willst du fühlen? Sag's mir, Princesa. No sé qué hacer.«

»Ich will mich stark fühlen«, gesteht sie mit gesenktem Blick und zerrt am Saum meines Shirts. Ich greife in meinen Rücken und ziehe es mir aus, um ihr wenigstens den Schmerz der Bewegung zu ersparen. »Ich will mich nicht einsam fühlen. Ich will …«, sie hält inne und schlägt die Augen auf. Neue Tränen lauern in ihren Augenwinkeln. Sie schluckt, ehe sie den Satz beendet. »... fliegen.«

Und damit reißt sie den letzten Rest meiner Beherrschung ein. Ihren angeschlagenen Kopf in meiner Hand führe ich sie rücklings zum Bett und lege sie sanft ab.

»Wo hast du Schmerzen, mi amor?«

»Ich weiß nicht«, druckst sie, und ich ziehe eine Augenbraue in die Höhe, während ich meine Waffe weglege, die Lederhose ausziehe und auf den Boden werfe. »Vielleicht am Kopf«, antwortet sie zögerlich.

Meine Müdigkeit und mein Zorn sind verschwunden. Alles, was in diesem Augenblick auf der Welt für mich zählt, ist Elisabeth. Ich möchte, dass es ihr gut geht. Dass sie glücklich ist und ... sie fliegt. Daher beuge ich mich über sie und verteile winzige Küsse auf ihrem Gesicht. Auf ihrem Hals und auf dem Schlüsselbein.

Während ich ihr langsam das Shirt über den Körper ziehe, zuckt sie schmerzerfüllt zusammen und ich lege ihren Oberkörper behutsam zurück auf die Matratze.

Die blauen Verfärbungen an ihrem Rumpf lassen meinen Atem stocken.

»Findest du mich jetzt nicht mehr attraktiv?«, fragt sie leise, und ich werde so wütend, dass ich mich kaum noch kontrollieren kann.

»Denk so was nicht«, bringe ich mühsam hervor. »Du bist die schönste Frau auf der Welt für mich.«

Sie lächelt nicht. Ich auch nicht. Stattdessen streift meine Nase zart über die Verfärbungen und ich wandere tiefer. Sie hebt ihr Becken, damit ich die

Jogginghose von ihren Hüften ziehen kann. Ganz langsam lasse ich meine Zunge an ihrem Schenkel entlangwandern und sie öffnet seufzend die Beine. Ich zögere. Die Innenseite ihres rechten Schenkels ist grün und blau geschwollen.

Und zum ersten Mal in meinem Leben ... kann ich nicht ...

»Ich kann das nicht«, gebe ich zu und lasse mein Gesicht neben ihrer Hüfte in die Laken sinken. »Ich kann einfach nicht«, wiederhole ich. »Es geht nicht.«

Sämtliche Müdigkeit der letzten Tage überkommt mich. Alle Verzweiflung, aller Zorn. Die Gefühle schlagen über mir zusammen. Ich balle die Hände neben ihrem Körper zu Fäusten. Hasse mich dafür, dass ich ihr nicht geben kann, was sie braucht.

Elisabeths Schluchzen vermischt sich mit meiner Hilflosigkeit. So verharre ich, bis sie meine Hand greift und mich zu sich hinaufzieht. Nebeneinander liegen wir da. Regungslos. Sehen uns im Schein des Mondes an und sagen kein Wort. Doch auch ohne mit ihr zu reden, weiß ich es. Ich muss sie gehen lassen, ehe ich sie zerstöre.

LIS

Damals

»Vielleicht müssen wir eine Zeit lang irgendwo bleiben und ich gehe erst mal ein bisschen arbeiten.«

Ich stützte meinen Kopf in die Hände und hielt mein Seufzen nicht zurück. Ich hatte es mir leichter vorgestellt. Seit nunmehr einer Woche fuhren Kim und ich quer durch das Land. Die Nächte in Motels waren teuer, und ich hatte Angst, dass uns das Geld ausging.

»Du bist neunzehn und hast nichts gelernt. Was willst du denn bitte schön machen?«, beschwerte sich meine Schwester und biss genüsslich in ihren Burger. Ich selbst hatte es bei Pommes belassen, um zu sparen. Dadurch, dass wir keine Küche hatten, waren wir auf Fastfood angewiesen. Das war teuer und machte nicht mal lange satt.

»Ich könnte kellnern«, schlug ich vor. Wir betrachteten beide die Kellnerin, die in diesem Moment mit einem Tablett in der Hand an uns vorbeilief.

»Oder wir fahren einfach zurück. Das war doch so-

wieso eine dumme Idee. Komm schon, Lissybär. Ich will zurück zu Aaron und sicher sind Grandma und Dad schon ganz krank vor Sorge.«

Bei ihren Worten schnaubte ich nur. Die Diskussionen, zurück nach Hause zu fahren, führten wir mittlerweile mehrmals täglich. Kim verstand es einfach nicht.

»Sicher wird Dad es verstehen, wenn wir es ihm in Ruhe erklären. Wir können ihm sagen ...«

»Kim«, unterbrach ich sie und schlug dabei mit meiner Faust auf den Tisch. Sofort hatte ich die Aufmerksamkeit des gesamten Diners und senkte betreten den Blick. »Es tut mir leid«, murmelte ich.

»Sicher wird es nicht so schlimm, wie du denkst«, brachte sie nur noch kleinlaut hervor und schürte damit meine Wut erneut.

Ich hob den Kopf und funkelte sie böse an.

»Er bringt mich um«, zischte ich und sie hielt während des Abbeißens inne. Langsam ließ sie den Burger sinken und sah mich an.

»Das sagst du nur so.« Meine Lippen waren fest aufeinandergepresst. »Oder?«

Es wurde Zeit, dass sie endlich die Wahrheit verstand.

»Nein, Kimi. Das sage ich nicht nur so. Er würde mich umbringen. Denn das hat er schon mehrmals angedroht, und ein paar Mal wäre es ihm fast gelungen.«

»Aber du ...«

»Ich habe es dir nie erzählt«, unterbrach ich sie, »und das werde ich auch nicht im Detail. Das alles sind schlimme Dinge, mit denen du dich nicht belasten musst. Aber du kannst mir glauben, wenn ich dir sage: Er wird mich umbringen.«

Sie schluckte, ohne abgebissen zu haben. Wir sahen

uns eine Zeit lang in die Augen, ehe sie schließlich flüsterte: »Ich könnte Zeitungen austragen, während du kellnerst.«

Ich griff nach ihrer Hand, und während unsere Finger sich miteinander verflochten, lächelte ich. Das war das letzte Mal, dass wir darüber diskutierten, nach Hause zurückzukehren. Kim würde Aaron vergessen. So wie ich ebenfalls eines Tages vergessen würde ...

Heute

Seit über einer Stunde sitze ich auf dem Sessel vor der malerischen Aussicht und betrachte Carlos' Gesicht im Sonnenschein. Er schläft so friedlich. Die halbe Nacht habe ich wachgelegen und ihn beobachtet. Wie die tiefen Falten auf seiner Stirn sich langsam geglättet haben und die Schatten unter seinen Augen nach und nach verschwanden.

Die letzten Tage haben ihn gezeichnet. Das merkt man. Ich habe den Schmerz gestern in seinen Augen gesehen. Die Schuld droht ihn innerlich aufzufressen und er wehrt sich gegen seine Gefühle. Es muss einfach so sein. Denn allein der Gedanke, er weist mich aus einfachem Desinteresse ab, würde mir mein Herz brechen und dafür bin ich momentan einfach nicht stark genug.

Ich stehe auf, und streichele seine makellose Haut, die der Schein des ersten Tageslichtes erleuchtet. Schiebe ihm die langen Haare aus der Stirn, die wilder denn je um sein Gesicht liegen.

Viele Nächte habe ich neben ihm gelegen, doch so müde habe ich ihn nie erlebt. Weder mein vieles

Herumwälzen, noch, dass ich aufgestanden und duschen gegangen bin, hat ihn geweckt. Er muss fix und fertig gewesen sein.

Aus der unteren Etage höre ich Stimmen und mein Magen knurrt laut vor sich hin. Deshalb beschließe ich, ihn schlafen zu lassen. Unsere Probleme laufen nicht davon. Die Enttäuschung über seine Zurückweisung. Unsere Wunden, die nur verheilen, wenn wir ihnen Zeit und Raum dafür geben. All das kann warten bis nach dem Frühstück.

Ich ärgere mich über mich selbst. Ich hätte nicht versuchen sollen, mich in Sex zu flüchten, statt mit ihm zu reden. Das war falsch. Doch Flucht ist der einzige Weg, den ich bislang kenne. Und eine Flucht in Carlos Alvarez' Arme ist besonders verlockend. Ich wollte vergessen, anstatt zu verarbeiten. Meine größte Schwäche.

Wir müssen reden. Die Karten offenlegen und zusammen eine Lösung suchen. Das weiß ich jetzt und dazu haben wir heute alle Zeit der Welt.

So sehr mich das Bücken schmerzt, ich beuge mich nach vorne und küsse ihn sanft auf die Stirn. Wir werden das schaffen. Dessen bin ich mir sicher. Ich glaube fest daran.

Mit dieser Gewissheit schleiche ich aus dem Zimmer die Treppen hinab. Esmi hat mir Kleidung und alles, was ich brauche, bereitgelegt, doch ich ziehe genau wie am Vortag die viel zu langen Ärmel von Carlos' Shirt über meine Hände. Es gibt mir ein beruhigendes Gefühl, seine Sachen zu tragen. Am Eingang zur Küche halte ich kurz inne.

»Meine Mom hat die Pfannkuchen auch immer mit extra vielen Eiern gemacht.« Esmeralda sitzt am runden Küchentisch, ein Bein an ihren schmalen Körper gezogen. Vor ihr steht ein Hochstuhl, in dem Luca sich offenbar nicht wirklich halten kann, denn sie hat den Sitzbereich mit einem Handtuch ausgestopft. »Es sind dann Omelette«, plappert sie weiter und stochert in ihrem Frühstück. Dabei kichert sie und reicht Luca mit der freien Hand einen Löffel Brei.

»Guten Morgen.« Mein Blick zuckt zum Herd, an dem Serge steht und mich mit einem Pfannenwender in der Hand ansieht.

»Äh ... Morgen«, murmele ich. Für meinen Geschmack ist diese Situation schon etwas eigenartig. Ich schlurfe zu Luca, der seine Ärmchen nach mir ausstreckt. Sofort hellt sich meine Stimmung auf. Er bekommt einen Kuss auf den Kopf und ich drücke seinen schmalen Körper vorsichtig an mich. Wie immer duftet er nach Babyöl und Milch. Ein Geruch, der mich glücklich macht. Ich wünschte, ich könnte ihn noch tiefer in mich aufsaugen, aber meine Rippen machen jeden Atemzug zu einer Qual. »Hey, Schatz. Geht´s dir gut?«, frage ich ihn. Zum Dank versucht er nur glucksend, an die Wunde an meiner Lippe zu greifen.

»Ich habe drei verschiedene Sorten Brei versucht, und heute Morgen endlich einen gefunden, den er wirklich gerne mag. Oder vielleicht liegt es auch daran, dass du wieder da bist.«

Ich sehe Esmeralda an. Ihre Lippen sind zusammengepresst und sie kann ihre Nervosität nur schlecht verbergen. So wie ich mein schlechtes Gewissen.

»Es tut mir leid«, mit meinen Worten lasse ich

mich auf den freien Stuhl neben ihr sinken. »Es tut mir wirklich aufrichtig leid, Esmeralda. Was du für Luca getan hast … wie du für ihn sorgst.« Unsere Blicke treffen sich und ich bin mutig genug und greife nach ihrer Hand. Ich schließe meine Finger um ihre und sie lässt die Gabel darin sinken und erwidert meine Berührung. »Das ist wirklich toll. Ich bin dir sehr, sehr dankbar. Das hätte ich gestern schon sagen sollen, anstatt mit einer Statue auf dich loszugehen.« In meinem Nacken grunzt Serge auf, doch ich ignoriere ihn. »Ich hoffe, du kannst mir verzeihen. Ich bin kein schlechter Mensch. Es war einfach ein bisschen viel los in den letzten Tagen.«

Es ist wunderbar, dabei zuzusehen, wie sich die vollen Lippen, die exakt geschwungen sind wie die ihres Bruders, zu einem Grinsen verziehen. Sie trägt ihre dunklen Haare oben auf dem Kopf zu einem Dutt gebunden.

»Serge hat Omelett gemacht. Hast du Hunger?«, fragt sie grinsend und ich erkenne das Friedensangebot dahinter.

Ich schaue zu Carlos' Leibwächter, der in Jeans und weißem T-Shirt ganz fremd aussieht. Doch auch mit Eiern in der Hand und Mehl an der Wange macht er mir nach wie vor Angst.

Wir sehen uns an, und ich bin kurz davor zu verneinen, als auch seine Mundwinkel langsam nach oben wandern.

»Es sind Pfannkuchen«, kichert er mit seinem tiefen Bariton. Langsam sacken meine Schultern nach unten, und ich beginne, mich zu entspannen. Denn für den Moment ist alles gut. Wir sind alle in Sicherheit. Kim genießt ihre Zeit am Mullett Lake,

Luca wird von Esmeralda mit Grießbrei mit Schokoladengeschmack verwöhnt und Carlos liegt oben und schläft tief und fest.

»Ich habe einen Riesenhunger. Ganz gleich, ob Omelette oder Pfannkuchen«, antworte ich, und beinahe kann man hören, wie alle erleichtert ausatmen.

»Na dann«, sagt der zwei Meter große Riese und schwingt weiter seinen Pfannenwender.

Carlos' Schwester gießt mir einen Kaffee ein und ich spüre permanent ihre Augen auf mir.

»Hast du all diese Sachen für ihn gekauft?«, frage ich und sehe zu Luca, der einen blauen Pullover trägt, den ich nicht kenne.

Sie und Serge werfen sich einen Blick zu und kichern.

»Carlos hat ihn beauftragt, alles zu kaufen, was man für ein Baby braucht. Der Kleine hat genug Klamotten, bis er achtzehn ist«, lacht sie.

»Ich habe genommen, was mir die Verkäuferin empfohlen hat«, verteidigt sich der riesige Kerl mit den kurzgeschorenen Haaren.

»Danke«, ich muss bei der Vorstellung von ihm in einem Babygeschäft lachen. Ich kann mir den glatzköpfigen Riesen mit den stechend grünen Augen einfach nicht zwischen Windeln und Feuchttüchern vorstellen. »Das ist toll.«

»Wir haben sogar einen Kinderwagen und eine Schaukel«, kichert Esmeralda.

»Na ja … Der Boss hat gesagt, ich soll nicht geizig sein, sonst reißt er mir den Kopf ab.«

Unser Lachen erlischt nach und nach. Erwartungsvoll sehen Esmi und Serge zu mir. Wahrscheinlich, weil ich die Einzige bin, die die Höhle des Löwen schon von innen gesehen hat.

»Ist er sehr wütend?«, fragt Esmeralda und knibbelt dabei nervös an den Bändeln ihres Hoodies.

»Nein. Das geht schon in Ordnung«, beschwichtige ich sie und hoffe, dass ich damit richtig liege.

»Du hättest das nicht tun sollen«, murmelt Serge und widmet sich wieder seinem Frühstück.

»Ich konnte nicht anders«, verteidige ich mich und straffe die Schultern. Nicht ich bin diejenige, die hier einiges erklären sollte. »Wie habt ihr es eigentlich geschafft, mich und Luca ohne Pässe hierher zu bringen?«

Serge hält mit der Kelle in der Hand inne. Er dreht uns zwar den Rücken zu, doch ich sehe genau, wie er die Schultern sacken lässt und schließlich redet: »Carlos hat ein paar der Grenzsoldaten auf seiner Gehaltsliste.«

Das ist alles, was er zu dem Thema sagt, während Esmi nur die Lippen zusammenpresst und mich ansieht, als müsse sie sich rechtfertigen. Dabei kann sie am allerwenigsten für diese Situation.

Für eine Zeit schweigen wir, nur Luca brabbelt munter vor sich hin. Es ist ein komisches Gefühl, auch nur zwei Tage seines Lebens verpasst zu haben. Ehrlich gesagt ist es sogar ein Scheißgefühl.

»Er hat so schöne Augen. Damit wird er später die Mädels umhauen«, meint Esmeralda kauend und ich lächele sie kurz an, ehe ich mich wieder dem Kleinen widme. Seine speckigen Fingerchen versuchen einen Klecks Brei auf der Tischplatte zu verschmieren.

»Stimmt«, gebe ich ihr lächelnd recht. »Die hat er von seiner Mom. Kim hat genauso blaue Augen.«

»Wie alt ist deine Schwester?«, will sie wissen, doch schon wird die kurze Idylle abrupt unterbrochen.

»Was wird das hier? Du sollst auf sie aufpassen und nicht die Waltons spielen«, blafft Carlos seinen Security-Mann an.

»Carlos«, ruft Esmeralda und springt auf. Sie fällt ihrem großen Bruder um den Hals und er erwidert die Umarmung bedingungslos.

»Hermanita«, flüstert er und streicht ihr über das Haar.

»Serge hat gekocht und Lis und ich …«

»Esmeralda«, unterbricht Carlos seine Schwester und ihre Schultern sacken nach unten.

»Kannst du aufhören, das Hausmütterchen zu spielen, wir haben etwas zu besprechen«, herrscht er Serge an, statt weiter mit seiner Schwester zu reden. Noch immer hat er mich nicht angesehen und mein Herz zerreißt mit jeder weiteren Sekunde mehr in meiner Brust.

»Klar, Boss«, grummelt Serge und stellt die Pfanne mit meinem halbgaren Omelette beiseite.

Luca erregt mit einem schrillen Ton unser aller Aufmerksamkeit, und ich beobachte Carlos, der den Kleinen mit einem Ausdruck ansieht, den ich nie zuvor bei ihm gesehen habe. So weich, voller Wärme und Liebe für ein völlig fremdes Baby. Und dann treffen sich unsere Blicke und ich sehe es. Wie ein Blitzschlag trifft mich die Erkenntnis mitten ins Mark. Hastig sehe ich an ihm herunter. Er ist bereits komplett angezogen. Stiefel, Lederjacke, die Handschuhe, bereit zur Abfahrt, in der Hand.

Der Stuhl schabt laut über den Steinboden, so schnell erhebe ich mich.

»Nein«, flehe ich nur mit einem einzigen Wort und unterdrücke den stechenden Schmerz in meinem Oberkörper.

»Es muss sein«, erwidert er und ich kann die Tränen in meinen Augen nicht länger zurückhalten. Er wird gehen. Ohne ein Wort, ohne eine Berührung. Ohne mich.

Hilfesuchend wende ich mich zu Esmeralda, die wieder am Tisch sitzt und lediglich hinunter auf ihren Schoss starrt. Mein Blick wandert wie von selbst zu Serge, der mit einem entschuldigenden Schulterzucken sein erstes Mitgefühl mir gegenüber zeigt.

Tränen laufen über mein Gesicht, während ich zurück zu Carlos sehe.

»Können wir wenigstens kurz reden?«, bitte ich und komme mir so dumm vor. Ich bettele um eine Liebe, die er nicht bereit ist zu geben. Ich flehe um den Beistand, den ich solange gesucht und bei ihm zum ersten Mal gefunden habe.

Seine Kieferknochen mahlen. Ich fühle mich von dem harten Ausdruck in seinen Augen in die Ecke getrieben, doch ich recke das Kinn, halte demonstrativ dagegen. Carlos schluckt, dann öffnet er den Mund.

»Es gibt nichts zu bereden. Es ist alles gesagt.«

Zwei Sätze. Meine Welt wird ein weiteres Mal aus ihren bereits wackeligen Angeln gehoben.

Ohne dass jemand etwas unternimmt, kommandiert er Serge nach draußen. Ich lasse mich auf meinen Stuhl fallen, und schluchze bereits laut los, noch ehe er die Tür hinter sich ins Schloss gezogen hat.

Er geht ... und ich, ich bin allein einfach nicht stark genug. Noch nicht.

LIS

Damals

»Tja … es ist nicht gerade eine Villa«, murmelte ich und ließ meinen Rucksack auf den fleckigen Teppich fallen.

»Es ist okay.« Kim machte seit mehreren Tagen einen gefassteren Eindruck, und mich ließ das Gefühl nicht los, dass es dafür einen Grund gab.

Seit zwei Wochen waren wir nun in Haysville, Kansas. Anfangs hatten wir nur eine Nacht in dem beschaulichen Örtchen verbringen wollen. Das Geld wurde knapp und wir hatten die meiste Zeit im Auto irgendwo abseits des Freeway verbracht. Doch der Dezember war gekommen und es wurde eiskalt. So waren wir im Sleep Inn gelandet. Es sollte nur ein kurzes Luftholen in diesem Motel werden, doch bereits am zweiten Tag entdeckte ich die Stellenausschreibung und ausnahmsweise hatten wir Glück.

Ich bekam einen Job als Zimmermädchen und wir durften vergünstigt dort wohnen. Es war keine an-

spruchsvolle Arbeit, doch wir konnten unsere Reserven auftanken und uns einen Plan überlegen.

Mittlerweile bestand dieser daraus, erst einmal in Haysville zu bleiben. Der Job im Inn brachte gutes Geld und Kim fühlte sich hier wohl. Sie hatte Freunde gefunden. Meiner Schwester waren soziale Kontakte schon immer sehr wichtig gewesen. Seit ein paar Tagen traf sie sich zusätzlich mit einem Jungen aus der Nachbarschaft.

Umso mehr freute es mich, dass sie unseren ersten eigenen Wohnsitz nicht nur akzeptierte, sondern sogar guthieß.

Es war nicht leicht gewesen, den Vermieter davon zu überzeugen, dass mein Ausweis verloren, ich aber auf jeden Fall einundzwanzig sei. Wenn die Leute in Haysville mitbekamen, dass ich erst neunzehn war, würde uns die Sache hier um die Ohren fliegen. Doch vorerst war alles okay.

»Wir könnten einen Überzug über die Couch werfen und vielleicht haben wir irgendwann ein bisschen Geld für Vorhänge«, schlug Kim vor und in diesem Moment wäre ich ihr am liebsten um den Hals gefallen. Sie war bei mir und inzwischen spielten wir im selben Team.

Nebeneinanderstehend betrachteten wir das trostlose Ein-Zimmer-Apartment. Es war winzig. Ein Bett, ein Sofa und zwei Kochplatten in einer Küchennische. Aber es war unser Ort. Unsere sichere Burg, in der uns nichts und niemand etwas antun konnte. Nur darauf kam es an.

»Weißt du was«, ich grinste bis über beide Ohren, »wir gehen jetzt gleich Vorhänge kaufen.« Ich griff ihre Hand, die unmittelbar neben meiner lag und drückte sie. Wir sahen uns an und auch auf ihrem Gesicht erschien ein Lächeln.

Ja, vorerst waren wir angekommen.

Heute

Ich weine zwei Tage lang. Ich habe das Gefühl, in dem Meer meiner Tränen zu ertrinken und doch kann ich einfach nicht aufhören zu heulen.

Ich überlasse Luca Carlos' Schwester, obwohl das überhaupt nicht zu mir passt. Doch ich fühle mich zu schwach. Alles, was ich fertigbringe, ist, im Bett zu liegen, um mich selbst zu bemitleiden. Denn ich trauere. Ich trauere um so viele Dinge, die ich viele Jahre beiseitegeschoben habe. Mit jeder Stunde, die vergeht und Carlos länger von mir getrennt ist, kommen weitere Dämonen ans Tageslicht, die ich nicht ertragen kann.

Ich weine um meine Mom. Eine Frau, die keine hohen Ansprüche an ihr Leben hatte. Sie war mit so wenig zufrieden und doch konnte das Schicksal ihr nicht einmal das kleinste bisschen Glück schenken.

Ich bemitleide meinen Dad. Was musste ihm angetan worden sein, damit er so geworden war, wie wir ihn erleben mussten? All das erscheint mir einfach nicht fair.

Menschen wie Kim und ich, aber auch Carlos und Esmeralda. Unser ganzes Leben ist vorherbestimmt durch die Eigenschaften unserer Eltern. Unser Weg ist festgelegt. Einbetoniert und mit einem hohen Zaun abgetrennt von einer strahlend schönen Welt.

Wird es Luca genauso gehen? Wird er die Fehler der Erwachsenen in seinem Leben mit sich tragen und darunter beinahe zerbrechen?

All das beschäftigt mich rund um die Uhr. Doch am allermeisten schmerzt mein Herz vor Sehnsucht. Lange Zeit bin ich allein am besten zurechtgekommen. Keine Menschen bedeutete keine Gefahr. Allein zu sein, hieß Sicherheit. Doch dann kam Carlos Alvarez und hat all meine Moralvorstellungen auf den Kopf gestellt. Er verkörperte alles, was ich mied, und doch zog er mich seit unserem ersten Blickkontakt zu sich wie ein Magnet.

Ich habe mich verliebt. Habe ihm meinen Körper und mein Herz geschenkt. Zwei Schätze, die ich niemals hatte hergeben wollen. Und er ... er will sie nicht.

Die schwere Holztür zu meinem Zimmer öffnet sich. Ein neuer Schluchzer durchfährt meinen Körper.

»Okay, Elisabeth. Zeit zu duschen. Und dann gehen wir spazieren.« Esmeralda stiefelt mit Luca auf der Hüfte in mein Zimmer und geht geradewegs zu der großen Fensterfront. »Du hast lange genug hier gelegen und geweint. Damit ist jetzt Schluss. Die Sonne scheint. Es ist ein wundervoller Tag. Du bist eine starke, selbstbewusste Frau! Lass uns ein bisschen spazieren gehen. Und anschließend kochen wir eine leckere Suppe und heizen den Kamin an.«

Das Gesicht noch nass von meiner Heulerei starre ich sie an. Mit einer nicht zu stoppenden Energie reißt sie die Vorhänge auf und ich muss gegen das helle Sonnenlicht blinzeln. Luca quietscht vergnügt, weil sie sich dabei mit ihm im Kreis dreht und ihn mit einem Finger in den Bauch piekst.

Ich weiß nicht, ob es die Sehnsucht zu meinem

Neffen und meiner Schwester ist oder die hoffnungsvollen Augen, die mich so sehr an die von Carlos erinnern, aber ich leiste keinen Widerstand. Auch nicht, als sie mir frische Socken und Unterwäsche an den Kopf wirft und aus dem Zimmer tänzelt.

»Ich hätte nicht gedacht, dass das Grundstück so groß ist.«

Seit einer Stunde schlendere ich mit Esmeralda und Luca in seinem neuen Hightech Kinderwagen durch die Natur. Und es tut unglaublich gut. Die Bäume verfärben sich allmählich in kitschige Herbstfarben und die Luft ist so rein und klar, dass man gar nicht tief genug einatmen kann. Ein Jammer, dass ich es nicht kann. Auch wenn meine Rippen schon nicht mehr so wehtun wie noch vor zwei Tagen, spüre ich sie nach wie vor bei jedem Atemzug.

»Es grenzt im Osten schon fast an Miller Lake, ein winziges Örtchen mit einem Bed and Breakfast und einem Gemüsehändler. Manchmal kaufe ich dort ein. Wir können mal zusammen hin, wenn du magst.«

Carlos' Schwester schiebt den Kinderwagen über den mit Laub bedeckten Boden und ihr Strahlen ist ansteckend. Auch wenn mir kein bisschen zum Lächeln zumute ist. Mit der blauen Mütze auf dem Kopf strahlen ihre Augen sogar noch heller. Sie wirkt so … jung.

»Wie alt bist du?«, frage ich und halte den Ast einer Tanne zur Seite, damit wir darunter hindurchschlüpfen können. Die Natur hier hat so etwas Ursprüngliches, Reines.

»Ich werde im Frühling vierundzwanzig. Und du?«

»Ich im Sommer«, antworte ich und denke daran, wie unterschiedlich und andererseits doch gleich unsere Leben sind. Ich lächele sie an, und traue mich zu fragen, worüber ich in den vergangenen Tagen oft nachgedacht habe.

»Findest du es schlimm, hier eingesperrt zu sein?«

»Ich bin doch nicht eingesperrt«, lacht sie und schubst mich mit der Schulter an. »Ich bin in Sicherheit. Das ist Carlos sehr wichtig. Und mir auch.«

»Aber bist du nicht einsam?«

Ein paar Schritte lang blickt sie zu Luca, der schlafend in seinem Wagen liegt.

»Schon. Manchmal. Aber das Internet bietet viele Möglichkeiten. Ich arbeite viel. Und ein paar Kontakte im Ort habe ich ja auch.«

Ich glaube ihr kein Wort.

»Was arbeitest du denn? Gehst du nicht aufs College?«

»Nein«, lacht sie, »Ich schreibe Bücher. Das kann ich online und unter falschem Namen. Es hilft mir, einiges zu verarbeiten, und dadurch erlebe ich eine Menge Abenteuer«, schwärmt sie und ich presse die Lippen zusammen. Esmeralda flüchtet. Genau wie ich. Nur, dass sie sich in virtuelle Welten rettet.

»Hm. Klingt gut«, murmele ich. Erst kurze Zeit später merke ich, dass sie stehengeblieben ist und drehe mich um.

»Ich habe ein paar schlimme Dinge erlebt, Lis«,

gesteht sie und mir gefriert trotz der Sonne in meinem Gesicht das Blut in den Adern. »Mein Leben hier ist vielleicht nicht so, wie ich es mir vorgestellt habe, doch wenigstens habe ich eins. Und das verdanke ich meinem Bruder. Ich bin dankbar für das, was ich habe.«

Dass sie sich ausgerechnet vor mir rechtfertigen muss, ist nicht fair, und sie soll nicht denken, ich verachte sie für das, was sie tut. Denn das würde ich niemals. Ganz im Gegenteil. Wahrscheinlich kann kaum jemand sie so gut verstehen wie ich.

»Es ist wegen deinem Vater, oder?«, frage ich, die Hände in den Taschen meines geliehenen Mantels zu Fäusten geballt. Ich muss herausbekommen, was genau damals passiert ist. Nur so kann ich Carlos' Verhalten verstehen.

Ihr Blick senkt sich.

»Mein Vater ist ein grausamer Mann«, nuschelt sie, während wir einen breiten Schotterweg erreichen, der am Seeufer entlangführt.

»Ja, das ist meiner auch«, flüstere ich und rücke etwas dichter an sie heran. Ich mag sie, und es wird Zeit, dass ich ihr das auch zeige. »Du kannst mit mir reden, wenn du willst. Ich weiß, wie schwer es ist, wenn man mit niemandem darüber sprechen kann.«

Die Steinchen knirschen unter unseren Füßen und in der Ferne landen ein paar Enten geschmeidig auf der Wasseroberfläche des kalten Sees. Alles hier ist so friedlich. Ich verstehe, warum sie sich hier wohlfühlt. Und doch glaube ich, die Einsamkeit nagt mehr an ihr als sie zugeben will.

»Eigentlich wurde es erst richtig schlimm, nachdem Carlos zum Studieren nach Seattle gegangen ist«, beginnt sie schließlich zu erzählen und ich hake mich bei ihr unter. Ich möchte, dass sie mir vertraut. Es geht nicht nur um Carlos. Gerade im Moment haben wir beide nur uns. Niemanden sonst auf der Welt. »Mein Dad. Er wurde Bürgermeister und mit wachsender Macht immer unberechenbarer.«

»Hat er dich geschlagen?«, frage ich vorsichtig, nicht sicher, ob ich damit eine Grenze überschreite. »Du musst es mir nicht erzählen. Es ist nur ... ich kenne das«, flüstere ich beinahe.

»Nein«, stößt Esmeralda mit einem hysterischen Lachen aus. »Das musste er gar nicht. Er hatte andere Methoden. Und seine Leute ... oder Onkel Steve.«

Beim Erwähnen des Polizeichefs wird mir übel und ich muss schlucken.

»Ich habe viele schlimme Dinge miterlebt, Elisabeth.« Ich kann hören, wie ihre Stimme kippt und klammere mich noch fester an ihren Arm. »Mein Dad. Er ... er ...«

Wir bleiben stehen, und ich bitte sie stumm, mich anzusehen.

»Du kannst mir vertrauen«, beteuere ich.

»Er hat jemanden umgebracht.«

Mein Herz setzt einen Schlag aus. Esmeralda starrt in mein geschocktes Gesicht. »Entschuldige, ich hätte nicht ...«

»Doch«, unterbreche ich sie und zwinge uns beide weiterzugehen. Schritt für Schritt. Ich weiß nicht, was ich erwartet habe. Einiges. Vieles. Doch das sicher nicht. Dennoch möchte ich die Last mit ihr tragen. Ich kenne ihren Vater nicht. Doch ich sehe den Schmerz in ihrem Gesicht, genauso wie ich ihn in Carlos' Augen sah. »Erzähl es mir.«

Sie atmet tief ein und aus und klammert sich wieder an meinen Arm.

»Es passierte, als ich neunzehn war. Ich erinnere mich gut an diesen Tag. Ich war so sauer auf meinen Dad. Er hatte meine Collegebewerbungen sabotiert. Damals war ich in einen Wide Receiver namens Terrence verliebt. Wir wollten unbedingt zusammen auf die NYU. Doch er hat mich nicht gehen lassen. Stattdessen hat er meinen Freund ans andere Ende des Landes befördert und mich ans Haus gefesselt mit seinen ätzenden Machtspielchen.«

Sie wischt sich die Tränen von den Wangen. Ich wünschte, ich könnte mehr tun.

»Jedenfalls wollte ich ihn damals deshalb gerade zur Rede stellen. Doch ich hörte komische Geräusche durch den offenen Spalt seiner Bürotür. Ich trat näher und entdeckte ihn zusammen mit seiner Geliebten. Meredith«, spuckt sie ihren Namen aus, als sei er Gift. »Offensichtlich hatten sie gerade Sex gehabt, denn sie zog sich den Rock runter und er streifte sein Hemd wieder glatt, wobei sie sich furchtbar stritten. Ich konnte nicht genau verstehen, worum es ging, doch sie wurde immer wütender. Meredith schrie ihn an, drohte, ihn für irgendwas ans Messer zu liefern.«

Esmeralda stoppt in ihrer Geschichte, und ich denke schon, sie würde nicht weitererzählen, bis sie abrupt stehenbleibt und mich ansieht. Ich hoffe, ich wirke nicht ganz so schockiert, wie ich es eigentlich bin.

»Er hat sie erschlagen, Elisabeth.«

Ich wende mich zu ihr und nehme ihre Hände. Fest drücke ich ihre Finger in meinen, damit sie sich nicht so einsam fühlt. Auch wenn mir klar ist, dass, ganz gleich was ich tue, sie diese Erinnerung allein tragen muss. Ich weiß das besser als die meisten Menschen.

»Er hat sie einfach erschlagen. Hat ihr einen Schlag verpasst. Sie ist mit dem Hinterkopf auf den Schreibtisch geknallt und war tot. Ich wusste es sofort. Man erkennt, wenn jemand tot ist, auch wenn man nie zuvor eine Leiche gesehen hat.«

All mein Schmerz. Meine Verzweiflung und mein Selbstmitleid sind verschwunden. Das, was Esmeralda durchmachen musste, ist nicht zu vergleichen mit dem, was mir passiert ist. Jetzt gerade würde ich eine Menge dafür geben, ihr die Erinnerungen nehmen zu können. Sie vor dem zu beschützen, was sie erlebt hat. Doch das kann ich nicht. Ich kann nur für sie da sein. So wie Carlos für mich da war. Denn ich befürchte, bis heute hat sie niemandem von dieser grausamen Erfahrung erzählt.

»Was ist dann passiert?«

»Er hat mich entdeckt. Alles passierte innerhalb von Sekunden, ich bin gerannt, so schnell ich konnte. Habe mich in der Stadt versteckt, meine Mom angerufen und ihr alles erzählt.«

Ich erinnere mich an Carlos' Worte. *Er hat mir meine Familie genommen.*

»Was hat er getan?«, flüstere ich mit der Gewissheit, dass Esmeraldas Geschichte kein Happy End nehmen wird.

»Wir wollten weg aus Amerika. Meine Mom wusste, dass er es nicht einfach auf sich beruhen lassen würde. Immerhin hat er, ohne mit der Wimper zu zucken, seinen Sohn weggeschickt. Er sah in Carlos immer eine Bedrohung, weißt du? Wir wollten über die Grenze fliehen. Sind so schnell abgehauen, wie es eben ging. Wir konnten die Brücke schon sehen, da ...« Sie bricht in Tränen aus und wirft sich an meinen Hals. Und ich halte sie. Streichele ihr über die Mütze und hauche ein »Schhh« gegen ihren Kopf. Sie ist durch die Hölle gegangen, und ich bin diejenige, die ihr tagelang etwas vorheult.

»Er hat sie umgebracht«, schluchzt sie. »Er hat seine Leute beauftragt, seine eigene Frau umzubringen.«

»Oh mein Gott«, murmele ich, fest in unserer Umarmung.

Esmeralda löst sich von mir und sieht mich durch ihre tränennassen Augen an. »Er wollte vor allem mich aus dem Weg schaffen, aber Simon hat mich gefunden.«

»Der Anwalt?«, frage ich und sie runzelt sofort die Stirn.

»Woher kennst du den Anwalt meines Vaters?«, fragt sie und entfernt sich einen Schritt von mir. Hastig wischt sie sich die Tränen aus ihrem Gesicht und funkelt mich wütend an. Eine tiefe Furche bildet sich zwischen ihren Brauen.

»Simon Parker ist nicht der Anwalt deines Vaters. Er ist Carlos' Anwalt«, versuche ich sie zu beruhigen, aber Panik blitzt in ihrem Gesicht auf.

»Was redest du denn da?« Sie geht einen weiteren Schritt rückwärts.

»Esmeralda«, ich gehe auf sie zu, doch sie hebt

abwehrend die Hände. Entfernt sich von mir und dem Kinderwagen. »Du musst keine Angst vor mir haben. Ich bin auf eurer Seite.«

»Du konntest unmöglich von Parker wissen«, hält sie dagegen. Ihre Hände zittern und sie sieht nervös in alle Richtungen.

Ich versuche, all meine Zuneigung für diese Familie in meinen Blick zu legen. Ihr zu zeigen, dass ich Carlos liebe. Dass ich niemals etwas tun könnte, was sie oder ihn in Gefahr bringt.

»Ich habe ihn noch vor wenigen Tagen gesehen. Er war im Club, nachdem dein Onkel das Velvet auseinandergenommen hat.«

Ihrem Gesichtsausdruck nach mache ich es nur noch schlimmer, und ich verstehe nicht, wieso.

»Das hier«, sage ich und zeige auf die Wunde an meiner Stirn. »Das waren die Leute deines Vaters. Ich stehe auf eurer Seite, Esmi. Dafür habe ich bezahlt.«

Sie reißt die Augen auf und legt sich eine Hand vor den Mund.

»Hat Carlos das denn nicht gesagt?«, frage ich entsetzt. Noch immer sind so viele Fragen offen. »Er muss dir doch erzählt haben, was passiert ist.«

»Ich ... ich«, murmelt sie und lässt dabei die Hand langsam sinken.

»Hey«, ich bin mit zwei Schritten bei ihr und stütze sie am Arm. Kurz davor, gänzlich zusammenzusacken, lässt sie sich auf einen Holzstamm sinken, der am Seeufer liegt. Völlig am Ende ihrer Kräfte schüttelt sie unentwegt den Kopf.

»Es war mein Vater, der dich überfallen hat?«,

fragt sie und ihr Gesicht wird mit jeder Sekunde bleicher.

»Nicht direkt. Es war dein Onkel. Zusammen mit einem weiteren Polizisten und einem Kerl namens McGuire. Ein ekelhafter Typ, mit dem Carlos Ärger hatte.«

»Dann ist mein Dad in Chicago?«

»Was? Nein. Er ist in Detroit.«

»Aber wie kommt Carlos dorthin?«

Irgendwie nimmt diese Unterhaltung eine seltsame Wendung. Ich setze mich neben Esmeralda und stütze die Ellbogen auf die Knie. Ich befürchte, wir kennen beide nur die halbe Wahrheit.

»Carlos ist in Detroit. Er hat dort einen Nachtclub. Das Velvet. So haben wir uns kennengelernt. Ich arbeite dort. Und vor ein paar Tagen gab es eine Razzia. Er meinte, euer Dad wüsste jetzt, dass er in der Stadt ist. Ich habe das nicht verstanden. Und wir hatten keine Gelegenheit mehr, darüber zu reden, bevor ich ...«, ich scharre mit dem Fuß in den Steinen. »Bevor das hier passiert ist.«

»Oh mein Gott!«, stößt seine Schwester aus. »Er weiß, dass Carlos lebt?«

»Ja ... ja, ich denke schon. Als ...«, ich senke den Kopf, muss mich bei der Erinnerung daran sammeln, »dein Onkel mich geschlagen hat, sagte er so was wie ›mit freundlichen Grüßen an Alexander Edwards‹.«

»Oh mein Gott!«, wiederholt sie und Tränen kullern erneut über ihre Wange.

»Ich verstehe das alles nicht«, jammere ich und wische mir, bedacht, meine Stirn nicht zu berühren, übers Gesicht.

»Carlos hat mich damals hergebracht«, bringt sie erschöpft hervor. »Anschließend hat er mit einem gefakten Foto am Lake Washington und einer Sprachnachricht an unseren Dad seinen Selbstmord vorgetäuscht. Unser Vater sollte glauben, wir seien beide tot. So konnten wir unsere alte Identität ablegen und neu anfangen.«

»Und warum kämpft dein Bruder dann gerade in Detroit gegen euren Dad?«, frage ich und spüre, wie die Verzweiflung mit voller Wucht zurückkehrt.

»Das wüsste ich auch gerne.« Wütend steht sie auf. Beide Hände in die Hüfte gestützt funkelt sie mich wütend an. »Er hat mir fünf Jahre lang erzählt, er arbeitet in Chicago. Muss dort Geld verdienen, um uns beide durchzukriegen. Ich hatte keine Ahnung, dass er in Detroit ist.«

Ich stehe ebenfalls auf. Verstehe ihre Wut sehr gut. Ich kann mir all das selbst nicht erklären. Habe keine Antworten auf ihre Fragen. Nur einer hat das. Und der sitzt bald im Gefängnis für etwas, das er nicht getan hat. Ich kann das unmöglich zulassen.

»Es wurde Anklage gegen ihn erhoben.« Ich sehe in ihren Augen die gleiche Angst wie in meinen.

»Elisabeth«, sie kommt auf mich zu und krallt ihre Finger in meine Hand. »Wenn mein Dad weiß, dass Carlos lebt, dann wird er ihn umbringen. Denn offiziell ist er bereits tot. Genau wie ich.«

»Dann müssen wir das verhindern. Du kannst eine Aussage machen. Wir können ihn hinter Gitter bringen. Und Carlos da rausholen.«

»Du verstehst nicht«, knurrt sie, »Dieser Mann ist ein Mörder. Er wird uns umbringen, sobald er seine Karriere in Gefahr sieht. Uns alle.« Sie legt die

Hände vors Gesicht und weint. Ihre Schultern beben. »Wenn er Carlos tötet, habe ich niemanden mehr«, schluchzt sie.

»Hey«, ich nehme ihr die Hände vom Gesicht, »hey, sieh mich an«, bitte ich, »ich werde das nicht zulassen.«

Nie in meinem Leben habe ich etwas so ernst gemeint. Denn das hier ist der Wendepunkt. Das spüre ich so deutlich wie nie etwas zuvor. Ich bin nicht länger die kleine schwache Lis, die davonläuft und sich versteckt, wenn es ihr zu viel wird. Damit ist Schluss. Ein für alle Mal. Ich will kämpfen. Für die, die ich liebe. Ich will sie beschützen. Sie alle. Carlos, Kim und Luca. Esmeralda. Unsere Familie.

»Und wie willst du das anstellen?«

»Ich werde nach Detroit gehen und ihn da rausholen.« Seit Langem habe ich nicht mehr so glasklar in die Zukunft geblickt.

»Das wird er nicht zulassen.«

»Dann werde ich ihn dazu zwingen.« Ich nicke ihr zu. »Komm. Es gibt einiges zu regeln.« Ich nehme mir den Kinderwagen, und achte nicht darauf, ob sie mir folgt. Ich habe bereits zwei Tage damit vergeudet, mich zu bemitleiden. Es wird Zeit, dass ich endlich etwas unternehme. Heute ist der Tag, an dem ich aufstehe, um mich zu verteidigen. Mich und alles, wofür es sich zu Leben lohnt. Ab heute werde ich stark sein. Komme, was wolle.

»Was hast du denn jetzt vor?«, weint Esmeralda hinter mir. Ich stoppe noch einmal und drehe mich, voll von neu gewonnener Energie, zu ihr um.

Ich schließe die Lücke zwischen uns und sehe ihr voller Zuversicht in die Augen.

»Ich wehre mich. Denn ich bin es leid, immer nur das Opfer zu sein. Wir haben lange genug zugesehen, Esmeralda. Es wird Zeit, dass wir aufstehen und etwas tun. Wir holen uns unser Leben zurück. Scheiße nochmal, es wird Zeit zu kämpfen!«

Ich kann sehen, wie sie schluckt.

»Ich weiß nicht, ob ich mutig genug dafür bin«, gesteht sie und zieht den Kopf zwischen die Schultern. Sofort wird mein Ausdruck milder. Ich würde das nie von ihr verlangen. Ich streichele ihr über die Wange. Wische ihre Tränen weg. Carlos hat sie vor allem beschützt, genauso wie ich es mit meiner kleinen Schwester getan habe. Ich kann verstehen, wieso er das getan hat. Und ich werde es in seinem Sinne weiterhin tun.

»Du brauchst Mut.« Ich sehe hinüber zu Lucas Kinderwagen. Ihn zurückzulassen, bricht mir beinahe das Herz, doch ich kann nicht anders. Und mein Verstand sagt mir, dass er es hier guthat. Esmeralda hat sich in den vergangenen Tagen rührend um ihn gekümmert. »Denn ich lege dir meinen wichtigsten Schatz in die Hände.« Sie folgt meinem Blick und zieht dabei die Nase hoch. »Beschützt du ihn, während ich weg bin?«

»Mit meinem Leben«, flüstert sie und wir nehmen uns fest in die Arme.

»Und genau das ist es, was Mut ausmacht. Wir schützen die, die wir lieben. Und ich werde Carlos beschützen. Das schwöre ich dir. Ich lasse ihn nicht allein.«

CARLOS

Damals

»Und du versprichst mir, dass wir nie wieder zurückmüssen?«

Es kostete mich alle Überwindung, meine kleine Schwester anzulügen. Sie war alles, was mir geblieben war, und ich würde ihr das Blaue vom Himmel erzählen, wenn sie dadurch glücklicher werden würde. Die Operation war gut verlaufen. Ich hatte drei Tage lang an ihrem Bett gesessen und wir hatten gemeinsam um Mamá getrauert. Doch so langsam wurde es Zeit, Zukunftspläne zu schmieden.

»Versprochen«, log ich. Denn meine Wut hatte in den vergangenen Tagen unendlich große Ausmaße angenommen.

Ganz gleich, was passieren würde, mein Entschluss stand fest. Ich würde zurück nach Detroit gehen. Ich würde meinen Vater töten und mit ihm alle, die auf seiner Seite standen.

»Und wo sollen wir jetzt hin? Wir haben gar nichts. Kein Geld, keine Familie. Ohne Mom ...«, sie weinte.

Meine Schwester weinte ununterbrochen, seit sie wach geworden war.

»Esmi«, mahnte ich sie und wischte ihre Wange trocken. Wie sollte ich ihr Trost spenden? »Ich habe Geld. Genügend. Und ich bringe dich in Sicherheit. Das schwöre ich. Dad denkt, du seist gestorben. Ich habe ein paar Reportern gesteckt, dass zwei Leichen gefunden wurden, und Simon kümmert sich darum, alles so zu tricksen, dass die Story wasserdicht wird. Du bist frei. Er wird dich nicht suchen.«

»Und du?«, schluchzte sie.

»Ich werde ihn anrufen. Etwas vorheulen, weil er euch das angetan hat. Er wird denken, ich sei in den Lake Washington gesprungen.«

Diesen Plan hatte ich vergangene Nacht ausgetüftelt, und bereits ein paar Beziehungen spielen lassen, damit falsche Zeugenaussagen in Seattle kursierten, wie ein junger Student in den See gesprungen sei. Der Plan war genial. In einem so großen Gewässer würden sie die Suche nach einer Leiche schnell aufgeben. Meinen Vater müsse man sicher nicht lange überreden, seinen Sohn für tot zu erklären.

Die Kinder des Detroiter Bürgermeisters würden beide zu Tode kommen. Eine tragische Geschichte, die dem Wichser nur weitere Sympathiepunkte einbringen würde.

Doch Carlos Alvarez war in den letzten Tagen am Krankenbett seiner Schwester erwacht, und er würde nicht eher ruhen, bevor dieser Bastard in der Hölle schmorte. Das schwor ich meiner Mamá, die ich niemals zu Grabe tragen würde. Ich hatte ihr nicht sagen können, wie sehr ich sie liebte. Wir hatten nie die Chance erhalten, in Costa Rica gemeinsam Wale zu beobachten. Von einem Tag auf den anderen hatte er sie ausgelöscht. Ich musste schlucken, um vor meiner Schwester nicht zu heulen.

»Dann gehen wir zusammen weit weg«, jammerte Esmi, doch beim Blick in meine Richtung riss sie sich zusammen. »Oder?«, hakte sie nach, obwohl die Antwort in meinem Gesicht geschrieben stand.

»Du gehst weg, mi amor. Ich muss noch ein paar Dinge erledigen.«

»In Detroit?«, stieß sie panisch hervor und wollte sich aufsetzen. Doch der Schmerz in ihrem Körper ließ sie zurück in das Bett sinken.

»Nein«, log ich ein weiteres Mal. »Aber ich muss ein paar Geschäfte abschließen und Geld verdienen.«

»Und wo soll ich hin?«, wimmerte sie und mein Geduldsfaden war kurz vor dem Zerreißen. Ich wollte einfach hier weg und meinen Zorn ablassen. Ich konnte die Verzweiflung in ihren Augen nicht mehr ertragen. »Ich will bei dir sein.«

»Nein!«, unterbrach ich sie eine Spur zu barsch. Schockiert riss sie die Augen auf. »Nein«, wiederholte ich etwas sanfter. »Das geht nicht. Aber wir werden einen wunderschönen Ort für dich finden. Ich werde immer für dich sorgen und so oft wie möglich bei dir sein.«

»Weit weg von ihm«, flüsterte sie und schloss die Augen. Die Verletzungen setzten ihr noch immer zu.

»Ja«, gab ich ihr recht und streichelte ihre Hand. »Weit weg von ihm. Wir werden dir ein Haus bauen.«

»Mit Blick aufs Wasser«, murmelte sie und ich war sicher, sie träumte sich an jenen Ort in ihrer Fantasie.

»Unbedingt«, schmunzelte ich, »mit Kamin und einer Veranda.«

»Mit einem Whirlpool und einer Sauna.«

»Von mir aus auch das.«

Ich beugte mich vor und küsste ihren Handrücken. Ich würde ihr alles bauen, wozu ich fähig war, wenn ich für sie dadurch die Ereignisse der letzten Tage ein winziges bisschen schmälern könnte.

Heute

Die vergangenen Tage habe ich Akten sortiert. Die Zeit des Selbstmitleids geht mir richtig auf den Sack und ich muss dringend Vorkehrungen treffen. In nicht mal mehr drei Wochen werden sie mich hinter Gitter bringen. Im besten Fall. Im schlechtesten sterbe ich vorher. Es gibt Dinge, die bis dahin geregelt werden müssen.

Mein Vater hätte leichtes Spiel, mich umzubringen. Meine DNA existiert nirgendwo. Alexander Edwards ist bereits vor vielen Jahren offiziell gestorben. Doch ich bin sicher, dieser Wichser will mich seinen Zorn spüren lassen. Darum geht es bei dem Anklagetheater schließlich. Um nichts Anderes. Er hat seinen Sohn verloren, doch Carlos Alvarez will er hinter Gittern sehen. Ich zweifle nicht einen Moment an seiner Macht, mich im Knast elendig leiden zu lassen. Ausgeliefert und gefangen wie ein Tier im Käfig.

Ich habe so gut wie alle Immobilien, die ich besitze, schon heute Vormittag zum Verkauf ausgeschrieben, und sämtliche Beweise vernichtet, die Parker oder irgendeinen anderen Menschen auf diesem Planeten mit mir in Verbindung bringen. Die Liste derer, die unter meinen Fehlern litten und immer noch leiden, muss nicht noch länger werden.

Das Geld aus dem Verkauf meiner Häuser reicht aus, um Esmi und Elisabeth mit ihrer Familie ein glückliches Leben zu ermöglichen. Einen Teil werde ich Shakira und den Jungs geben, damit sie für die kommenden Monate auskommen und irgendwo von vorne anfangen können.

Ja, ich gebe mich geschlagen. Und das ist okay. Es gäbe sowieso nichts mehr für mich zu holen in dieser Stadt. Die Frauen, die ich liebe, sind aus der Schusslinie. Allein das zählt. Das ist mein kleiner persönlicher Sieg. Er kann mich gerne haben und mit mir machen, was immer sein sadistisches Hirn sich vorstellt. Ich werde mit einem Grinsen im Gesicht abtreten. Denn sie sind in Sicherheit. Und das werden sie immer sein, auch wenn ich weg bin.

»Ja«, gehe ich ans Handy, das mich bei meinen triumphierenden Gedanken stört. Ich weiß gar nicht, warum ich überhaupt noch rangehe. Ich habe sämtliche Pflichtverteidiger abgelehnt. Es gibt nichts mehr zu verteidigen.

»Du musst mir helfen.«

»Elisabeth?«, raune ich und springe von meinem Sessel auf. Ich nehme das Smartphone vom Ohr und starre auf eine Detroiter Vorwahl. »Wo zur Hölle steckst du?«

»Ich bin in einem Hotel an der Grand River Avenue und ich brauche deine Hilfe.«

»Du bist in fucking Downtown?«

Mein Adrenalinpegel schießt in die Höhe. Ich klemme das Handy mit meiner Schulter fest und zücke die Pistole aus der obersten Schublade meines notdürftig zusammengebauten Schreibtisches. Nach wie vor sitze ich zwischen den Trümmern meiner Einrichtung, doch irgendwo musste ich meine Geschäfte schließlich zu Ende bringen.

»Es ist das Major Western. Zimmer 362. Beeil dich.«

Sie hat aufgelegt. Ich starre auf mein Telefon und drücke sofort die Rückruftaste. Doch niemand nimmt ab.

»Fuck«, fluche ich und tippe so wütend auf meinem Handy herum, dass ich drei Anläufe brauche, um Serge anzurufen. Warum zur Hölle hat er mich nicht kontaktiert? Wie kann es sein, dass Elisabeth nicht mehr in Kanada ist?

Spätestens, als er sich nicht meldet, gehen all meine Alarmsignale an.

Ich renne in die Garage, schnappe mir einen Helm und springe auf die Yamaha. Mit der Maschine kann ich in unter fünfzehn Minuten in Downtown sein.

Im Endeffekt schaffe ich es in zehn, und meine Nerven sind genauso erschöpft wie meine Beine, während ich durch die schmalen Flure des Hotels renne, um das verdammte Zimmer zu finden.

Ich glaube nicht daran, dass Elisabeth ernsthaft in Gefahr schwebt. Das darf einfach nicht sein und dafür klang sie auch ungewöhnlich gefasst. Doch meine Knie zittern allein durch die Möglichkeit, sie jede Minute wiederzusehen. Und noch dazu, weil ich so verdammt wütend auf sie bin. Was zur Hölle will sie hier?

Mich in Kanada von ihr abzuwenden und sie zurückzulassen, war das Schwerste, das ich je tun musste. Doch mein Verstand steht über meinem Egoismus. Denn ich liebe sie. Das tat ich von Anfang an. Das ist mir mittlerweile klar. Umso mehr fuckt es mich ab, dass sie ihr Versprechen gebrochen hat und hier ist.

Unmittelbar vor der vergoldeten 362 lege ich eine Vollbremsung hin und atme noch ein letztes Mal tief durch, bevor ich die Klinke drücke und alles, was ich in den kommenden Sekunden sehe, wie ein Film an mir vorbeizieht.

»Du warst schnell«, säuselt Elisabeth, die in einem Sessel in der Ecke des Zimmers sitzt. Die Vorhänge sind fast vollständig zugezogen und tauchen das steril eingerichtete Zimmer in einen angenehmen Rotton.

»Was soll das?«, frage ich und starre sie an. Wie sollte ich auch nicht?

Sie trägt nur Unterwäsche. Wobei das *nur* getrost gestrichen werden kann. Denn das nennt man verdammte *Reizwäsche*. Einen roten Spitzen-BH, der ihre Haut nicht mal im Ansatz versteckt, und den passenden Tanga. Ihre endlos langen Beine stecken in roten High Heels und schwarzen, langen Strümpfen, die am Oberschenkel von Strapsen gehalten werden. Sie ist so unfassbar heiß. Doch das ist nicht alles. Elisabeth war schon immer sexy. Aber etwas ist anders. Ihre Haltung. Wie sie dort auf dem schmalen Sessel sitzt. Die Beine gespreizt, die Arme auf den Lehnen.

Wie eine verfluchte Königin.

Ein Geräusch lässt mich herumfahren und nach meiner Waffe greifen.

»Nicht doch. So schreckhaft?«, mahnt sie mich in

einem samtigen Ton, der mir einen Schauer auf den Rücken jagt. Und doch kann ich sie nicht länger ansehen. Ich habe schon einiges erlebt, doch die Blondine, die wie aus dem Nichts auftaucht und zu Elisabeth schleicht, erwischt mich eiskalt. Sie ist so gut wie nackt. Einzig ihr perfekt geformter Arsch steckt in einem schwarzen Spitzentanga. Sie ignoriert mich vollständig, während sie vor Elisabeth auf die Knie geht. Sie geht auf ihre fucking Knie und ich weiß zum ersten Mal in meinem Leben nicht, ob ich Lachen oder Weinen soll.

»Was wird das?«, frage ich erneut, doch meine Stimme ist kratzig und kommt nur stockend über meine Lippen. Ich bin steinhart.

»Du denkst, du kannst mich einfach so loswerden, ja?«, schnurrt Lis wie eine Raubkatze und streichelt der Hure dabei über die Wange. Diese schmiegt sich in ihre Berührung und stöhnt dabei. Das hier ist doch alles ein beschissener Traum. Na ja, strenggenommen ist es ein verdammt geiler Traum.

»Ich habe getan, was getan werden musste«, bringe ich mühsam zwischen zusammengebissenen Zähnen hervor und überprüfe in meinem Rücken, ob ich die Tür vollständig geschlossen habe.

»Nein, Baby!« Sie stößt ein hysterisches Lachen hervor. »Das hast du nicht. Aber ich gebe dir die Chance, wenigstens dabei zuzusehen, wie es jemand anderes tut.«

Sie widmet sich der Blondine, die nach wie vor zwischen ihren Beinen hockt. Ganz langsam beugt Lis sich vor. Dabei lässt sie mich nicht aus den Augen.

Wie ein ausgehungerter Wolf starre ich auf ihren süßen Mund. Darauf, wie ihre Zunge genüsslich über ihre blutroten Lippen leckt, ehe sie das Mädchen küsst. Herrgott nochmal, sie küssen und liebkosen sich zärtlich. Lis erlaubt ihr, ihre Brüste zu streicheln. Königlich lehnt sie sich zurück und lässt sich verwöhnen.

Und ich sterbe dabei. Ja, ich sterbe. Weil ich einfach nicht genug Kraft habe, mich umzudrehen und zu gehen.

Ich stehe da wie ein Idiot, und beobachte die kleine Nutte, wie sie Elisabeths zarte Knospen durch die hauchdünne Spitze neckt und ihre Lippen langsam tiefer wandern.

»Lis, lass den Scheiß«, starte ich einen halbherzigen Versuch, diese Farce zu beenden.

Doch sie lächelt mich nur an. Ein teuflisches, fieses Grinsen, das ich nie zuvor bei ihr gesehen habe. Und es macht mich verdammt scharf.

Sie spreizt ihre Beine noch weiter und stöhnt laut auf, erregt durch die Küsse, die die Blondine auf den Innenseiten ihrer Schenkel verteilt.

»Du hast einmal gesagt, ich solle mich wie eine Königin verhalten.«

Ihre Stimme ist klar und deutlich und doch ist ihre Erregung deutlich zu hören. Das hier turnt sie unfassbar an. Genau wie mich. »Ich bin keine deiner Huren, die sich wegschicken lässt, wie ein Hund«, stöhnt sie, weil die verdammte Nutte ihren Tanga zur Seite schiebt und einen Finger langsam in ihre Pussy sinken lässt. Selbst im dämmrigen Licht kann ich erkennen, wie verdammt feucht sie ist. Und scheiße ... ich kann nicht mehr klar denken. Kann nicht mit ihr reden, während mein Kopf noch darüber grübelt, ob ich lieber dabei zusehen will, wie die kleine Hure es ihr besorgt, oder ich es selbst machen will.

»Elisabeth«, flehe ich, doch wir beide wissen längst, dass ich nicht gehen werde. Dafür fehlt mir einfach die Stärke.

»Carlos«, schnurrt sie zurück und lehnt sich vor, um dem Mädchen etwas ins Ohr zu flüstern. Dabei kichert diese, und ihre prallen Titten hüpfen, während sie auf die Beine kommt und sich mir nähert.

Ich mache einen Schritt rückwärts. Pralle mit dem Rücken gegen die Tür.

Sie ist hübsch. Zweifelsohne ein Mädchen, das ich hätte aussuchen können. Ohne mir in die Augen zu sehen, legt die Kleine mir eine Hand auf die Brust und flüstert dicht an meinem Ohr: »Sie schmeckt so gut.«

Dabei fährt sie mit dem Zeigefinger, der bis gerade noch tief in Elisabeth steckte, über meine Lippen. Ich lasse es zu, öffne den Mund und schmecke ihren süßen Saft auf meiner Zunge. Dabei betrachte ich meine Königin, wie sie mich anlächelt. Die unschuldige süße Lis ist verschwunden. Diese Frau hier weiß genau, was sie braucht. Die zarten Finger, die ich so oft auf meiner Haut gespürt habe, fahren über ihren eigenen Körper. Stöhnend streicht sie über ihre Mitte, während ich ihren vollkommenen Saft vom Finger einer Hure lecke. Fuck!

»Geh auf die Knie«, dirigiert Elisabeth, und die Hure führt ihren Befehl aus, wie eine fügsame Sklavin. Ich weiß nicht, ob ich in der Hölle oder im Himmel bin. »Zeig mir, ob er hart ist«, schnurrt sie und die Blondine macht sich an meiner Jeans zu schaffen. Ich halte sie nicht auf. Habe die Kontrolle längst abgegeben. Scheiße nochmal, wie sollte ich auch nicht?

Mein Schwanz springt ihr steinhart entgegen, nachdem sie meine Hosen hinuntergeschoben hat. Ich kicke die Schuhe von den Füßen und steige heraus.

»Darf ich ihn in den Mund nehmen?« Ihre Frage richtet sich ausschließlich an Elisabeth, ich habe hier nichts zu sagen. Genau wie die Kleine, die meinen Schwanz mit ihrer Hand streichelt, starre ich zu meiner Princesa. Wie sie breitbeinig dasitzt und sich anfasst. Die Augen schwarz geschminkt, die Haare auffallend sexy gestylt. Wahrhaft eine Königin. Und wir warten auf ihr Urteil.

»Ja«, haucht sie nach einer gefühlten Ewigkeit, in der sie allein durch den dunklen Blick ihre Macht spielen lässt. Die Blondine fängt direkt und ohne Vorspiel an, mich um den Verstand zu blasen. Meine Schwanzspitze kitzelt ihren Rachen und ich stütze mich an der Wand ab. Stöhne, verdammt kurz davor zu explodieren.

»Und jetzt«, unterbricht Elisabeth diesen perfekten Blowjob und winkt sie mit einem Zeigefinger zu sich. »Zeig mir, wie er schmeckt.«

Auf allen Vieren, wie ein verfluchtes Tier krabbelt mein Blowjob davon. Lis empfängt zuerst ihre Titten mit den Händen. Vollkommen in ihrer Rolle zieht sie sie im Nacken zu sich und schiebt ihr die Zunge in den Hals. Dabei stöhnen beide Frauen so eindringlich, dass ich mein Knurren nicht unterdrücken kann.

Meine letzter Rest Geduld zerspringt.

Ich streife mein Shirt ab, werfe es zusammen mit der Waffe aufs Bett und beschließe, dem hier ein Ende zu bereiten.

Und zwar auf meine Art.

Während ich mir die Haare aus der Stirn streiche, trete ich dicht neben den Sessel. Ich wickele mir den blonden Pferdeschwanz um die Hand und ziehe das fremde Mädchen auf die Füße. Dabei empfange ich allzu gerne ihre Nippel mit meiner Zunge. Schade um sie, doch es wird Zeit, die Kontrolle zurückzugewinnen.

»Die Show war nett«, säusele ich und küsse sie flüchtig auf die Wange. Mein Mund gehört nur einer Frau. »Aber jetzt ist sie vorbei. Verpiss dich!«, befehle ich, nachdem ich mich von ihr gelöst habe.

Dieses Miststück senkt doch tatsächlich den Blick und wartet auf Elisabeths Anweisung. Auf deren Gesicht erscheint ein triumphierendes Lächeln. Sie genießt diese Kontrolle und zieht die Situation quälend in die Länge, ehe sie schließlich nickt und ihr so zu verstehen gibt, dass ihr Auftritt vorbei ist.

Ich warte, bis sie gegangen ist. Ohne mich vom Fleck zu bewegen, stehe ich da. Nackt. Hart. Sehe auf sie hinab. Meine Brust hebt und senkt sich ungewöhnlich schnell. Ich befinde mich im freien Fall.

»Steh auf«, fordere ich nach einer kurzen Zeit in barschem Tonfall. Doch Elisabeth zuckt nicht zusammen. Sie weicht auch nicht zurück. In ihrem Gesicht zeichnet sich wahre Freude ab. Denn sie weiß, sie hat gewonnen. Sie ist mir ebenbürtig.

Lächelnd erhebt sie sich voller Anmut und hält

meinem Blick stand, während mein harter Schwanz die zarte Haut an ihrem Bauch berührt.

»Du hast außerdem einmal zu mir gesagt, wenn ich will, dass du mich fickst, muss ich es nur sagen«, flüstert sie und reißt damit den letzten Funken meiner Beherrschung nieder.

Eine Hand in ihrem Nacken, eine an ihrem Arsch ziehe ich sie zu mir heran. Meine Zunge taucht in ihren Mund ein und ich knurre, weil mein eigener Geschmack und der einer billigen Hure mich daran hindern, sie vollständig aufzusaugen. Ihre Fingernägel graben sich blutrot lackiert in meine Schultern, und ich hebe sie hoch, nur um sie gleich wieder auf dem Schreibtisch an der Wand des Hotelzimmers abzusetzen. Wir küssen uns, als hinge unser Leben davon ab, und doch ist es nicht genug. Mit einer Hand schiebe ich ihren Spitzentanga zur Seite und dringe in sie ein. Schnell. Fest.

Ich kann nicht tief genug in ihr sein. Sie wirft den Kopf in den Nacken. Stöhnt. Flüstert meinen Namen und krallt sich in meinen Hals, während ich sie ficke. So, wie sie darum gebettelt hat. Ich stoße in sie hinein. Immer und immer wieder. Habe keinen Platz in meinem Kopf für Gedanken an ihre Wunden oder die Konsequenzen von all dem hier. Alles, was jetzt noch zählt, ist, Elisabeth zu vögeln. Und das tue ich. Bis ihre Zähne sich in meiner Schulter vergraben und wir gemeinsam schreiend zum Höhepunkt kommen.

LIS

Damals

Die bisher schlimmste Nacht meines Lebens lag nun ziemlich genau ein Jahr zurück. Und doch schien der Augenblick, in dem ich meinem Dad das Messer an die Kehle gehalten hatte, Lichtjahre entfernt.

Die Sonne erhitzte die Straßen von Haysville während Kim und ich den Tag genossen und beinahe sorgenfrei unser Eis schleckten. Wir waren inzwischen über ein halbes Jahr hier und fühlten uns wohl.

Meine Schwester hatte einen festen Freund Namens Braydon und ein paar Freundinnen, mit denen sie sich regelmäßig die Fußnägel lackierte und über Braydon lästerte. Sie war eine normale Fünfzehnjährige. Bis auf die Tatsache, dass sie noch immer nicht zur Highschool ging. Wir gaben vor, sie sei für ein Jahr freigestellt, wegen des Todes unserer Eltern, doch langsam musste ich mir etwas einfallen lassen. Lange würden unsere Lügen nicht mehr gut gehen.

Überhaupt sah ich das Unheil nicht kommen. Viel zu

sehr suhlte ich mich in meinem Frieden. Und so rechnete ich nicht mit dem Verlauf, den dieser Tag nehmen sollte. Schon gar nicht, während ich meine Zunge tief in dem cremigen Erdbeereis versenkte und das Gesicht mit geschlossenen Augen in die Sonne hielt. Unser Apartment hatte keinen Balkon, wir hatten zwei Stühle auf den winzigen Treppenabsatz zu unserem Eingang gestellt und waren glücklich damit.

»Morgen Abend werde ich mit Braydon ausgehen, und ich schwöre bei Gott, wenn er wieder die ganze Zeit ...«, Kim setzte mitten im Satz aus, daher hob ich die Lider und sah sie an.

»Wenn er was?«, fragte ich blinzelnd, doch meine Stimme wurde mit jeder Silbe leiser. Denn ihr schockiertes Gesicht verriet den Ernst der Lage. Ich konnte spüren, was auf mich warten würde, wenn ich mich erst umdrehen und dem panischen Blick meiner kleinen Schwester folgen würde.

Ich wusste es. Und doch tat ich es und sah meinem Vater direkt in die Augen. Nur am Rande bemerkte ich, wie mein Eis auf die Steinplatten klatschte.

»Kim«, flüsterte ich und suchte blind nach ihrer Hand. Der Schweiß stand mir auf der Stirn und meine Beine zitterten wie wild drauflos. »Willst du nicht zu Braydon rübergehen, dann kann ich mit Dad reden.«

»Oh nein!«, knurrte unser Vater und allein seine Stimme zu hören, machte mich winzig klein. Er trug seine Haare wie immer streng nach hinten gegelt, und sein Parfum löste ein Unbehagen in mir aus, wie es kein anderer Geruch auf der Welt konnte. Er hatte sich kein bisschen verändert. Der Teufel lauerte nach wie vor in ihm. Dessen war ich mir sicher. »Du gehst nirgendwo hin, Fräulein.«

Kim zögerte. Ganz langsam stand ich auf und schob mich vor sie. Noch immer hielt sie ihr Vanilleeis mit einer Hand fest umklammert.

»Was? Denkst du, ich tue deiner Schwester was?«, blaffte er mich an. »Ich weiß doch genau, auf wessen Mist das hier gewachsen ist. Das kannst du mir glauben. Du musst dich gar nicht so dämlich aufspielen, Rosalie.«

Ich musste schlucken. Er nannte mich bei meinem zweiten Vornamen. Moms Namen. Er hatte sie durch mich ersetzt. Und jetzt, da er uns gefunden hatte, würde ich endgültig in ihre Fußstapfen treten.

»Wir gehen nicht mit dir«, versuchte ich dagegenzuhalten, noch ehe er seine Forderungen gestellt hatte. Doch ich glaubte mir selbst kein Wort.

»Und ob ihr das werdet, du undankbares Miststück.« Er überwand die drei letzten Stufen viel zu schnell und fasste mich grob am Unterarm. »Hast du wirklich gedacht, ich würde euch nicht finden.« Mit der freien Hand kramte er in seiner Hosentasche und zog einen zerknitterten Zettel hervor. »Ein bescheuerter Strafzettel!«, donnerte er mir entgegen.

Ich wollte schreien und ihn wegschlagen, doch alles in mir erstarrte. Ich war so dumm gewesen, uns wirklich einen Moment lang in Sicherheit zu wiegen. Und jetzt war es die defekte Parkuhr an der Mainstreet, der uns verraten hatte.

»Dad«, weinte Kim leise vor sich hin.

»Mädels?« Aus dem Vorgarten ertönte eine rettende Stimme. Dave, unser Vermieter, schob seinen Bierbauch gerade durch das schmale Gartentörchen. »Alles okay da oben?«

Ich versuchte ihn mit heftigem Kopfschütteln darauf aufmerksam zu machen, dass gar nichts okay war.

»Ehrlich gesagt ist nichts okay«, ging mein Dad überraschenderweise dazwischen. Kim schnappte nach Luft. Wahrscheinlich hatte sie genauso wenig damit gerechnet wie ich. »Sie beherbergen hier zwei Minderjährige. Ist Ihnen das klar?«

Mein Vater baute sich vor uns auf.

»Sie machen sich strafbar. Also, wenn Sie keinen Ärger wollen, sollten Sie sehen, dass Sie schnell verschwinden, ehe ich die Polizei rufe. Und ihr«, er drehte sich zu uns, »habt in fünf Minuten eure Sachen gepackt und steigt in den verdammten Wagen.«

Ich sah an ihm vorbei auf den Buick, an dem meine Grandma lehnte. Ihr Ausdruck war leer und kalt. So, wie wir es gewohnt waren. Wir saßen in der Falle.

»Nein«, schluchzte ich, auch wenn längst klar war, dass er gewonnen hatte. Wir würden mit ihm zurück nach Richmond fahren. Unser kleines Zuhause mit den bunten Vorhängen und den sicheren Nächten war zerstört.

Dave schluckte und ging ins Haus, während Kim meine Hand so fest drückte, wie nur eben möglich. Ich drehte mich zu ihr und zwang mich zu einem Lächeln: »Keine Sorge, Kimi, alles wird gut. Das verspreche ich.«

Und ein weiteres Mal log ich meiner Schwester mitten ins Gesicht.

Heute

Einen solchen Orgasmus habe ich nicht für möglich gehalten. Mein Körper bebt auch Minuten später noch unter den Nachwehen, und ich wage es nicht, mich zu bewegen und den Augenblick zu zerstören.

Jede Sekunde, in der ich Carlos erhitzte Haut an meiner spüren kann, ist zu kostbar, um sie zu verschenken.

Mit aller Kraft kralle ich meine Arme und Beine um den Mann, den ich liebe, in der Hoffnung, den Moment so noch ein bisschen länger festhalten zu können. Denn er wird vorbeigehen. Wie alles Schöne immer zu schnell vorbeigeht.

»Du hast mich gelinkt«, flüstert Carlos in mein Ohr und sein Atem an meinem Hals fühlt sich an wie die Sonne, die nach einem Gewitter langsam durch die dichten Wolken blickt und die noch nassen Straßen qualmen lässt. »Schon wieder«, haucht er hinterher. Auch er bewegt sich nicht.

»Ich würde es wieder und wieder tun«, gestehe ich die Wahrheit und mit einem Finger fahre ich über den Abdruck auf seiner Schulter, den meine Zähne auf seinem Fleisch hinterlassen haben. Ich habe ihn so furchtbar vermisst.

»Elisabeth.« Seine Stimme ist ein einziges Flehen. »Du hattest es versprochen.«

»Und was ist mit deinem Versprechen?«

Die Frage schießt nur so aus mir heraus und unser besonderer Moment ist vorbei. Die Erinnerungen an die vergangenen Wochen kehren mit voller Wucht zurück.

Ich kann ihn keine Sekunde länger in mir ertragen. Er war derjenige, der sein Versprechen gebrochen hat. Er. Nicht ich. Mich zurückzulassen war herber als jeder Schlag, den ich bislang bekommen habe.

»Erzähl du mir nichts von Versprechen!«, keuche ich daher und stoße ihn von mir weg. Er hat mich allein gelassen und mich weggeschickt. Noch nie hat eine Demütigung so sehr geschmerzt. Ein Herz kann man nur von innen verletzen. Ich habe ihn hineingelassen und er hat es zerrissen.

Wie ein geschlagener Hund senkt er den Kopf.

»Ich habe dich nicht beschützen können«, jammert er und ich bin kurz davor, ihm in die nackten Eier zu treten.

»Falsch«, erwidere ich und komme von der kalten Holzplatte des Schreibtisches auf die Füße. »Du hast mir versprochen, ich müsste nicht mehr allein sein. Du hast versprochen, bei mir zu sein, lange bevor dein Onkel aufgetaucht ist. Und doch schickst du mich weg, sobald es schwierig wird.«

»Es schwierig wird?«, brüllt er zurück und baut sich vor mir auf. »Du hast ja keine Ahnung, wovon du da redest!«

Wir funkeln uns wütend an. Die Vorhänge lassen gerade genug Licht ins Zimmer, um seine Wut zu erkennen. Doch ich bin mindestens genauso sauer auf ihn. Außer unserem keuchenden Atem ist nichts zu hören. Das Zimmer ist beinahe so schalldicht wie sein Büro.

Carlos ist der Erste, der unter unserem Blickduell einknickt und zum Bett marschiert, um sich anzuziehen.

»Ich hab keine Ahnung?«, blaffe ich. So dumm wie es klingt, aber mein Aufzug verleiht mir eine Menge Mut. »Natürlich!«, lache ich sarkastisch auf. »Immerhin war ja nur ich diejenige, die deinem Onkel tief in die Augen sehen durfte, ehe er mich bewusstlos geschlagen hat.«

Mitten in der Bewegung hält er inne.

»Du hättest nie hierher zurückkehren dürfen«, bringt er zwischen zusammengebissenen Zähnen hervor. Obwohl dieser Mann fast zwei Meter groß ist, wirkt er gebrochen.

Nur mit Boxershorts, sein Shirt noch in der Hand, blickt er auf das Bett vor ihm. Die Schultern heben und senken sich unter den tiefen Atemzügen. Ich starre auf seinen Rücken und werde weich. Egal, wie sauer ich auf diesen sturen Esel bin, ich brauche ihn verdammt nochmal.

»Ganz gleich, wie oft du mich noch wegschickst. Ich bin trotzdem da, Carlos. Ich gehöre jetzt zu dir.« Langsam trete ich dicht hinter ihn. Lege meine Hände auf seine breiten Schultern und meine Lippen kurz auf seine Haut. Er muss es endlich verstehen. »Denn so machen das Menschen, die einander lieben. Sie sind füreinander da.«

Jeder Muskel in seinem Körper ist angespannt.

»Sag so was nicht«, flüstert er.

»Was?«, hauche ich gemeinsam mit einem zarten Kuss auf seinen Bizeps. »du weißt doch längst, dass es so ist, oder nicht? Muss ich es dir wirklich erst sagen?« Ich gehe neben ihn und lege meine Hand an seine Wange. Bitte ihn so, mich anzusehen. »Denn ja«, sage ich, nachdem er mir endlich in die Augen schaut. »Ich liebe dich, Carlos.«

Mein Geständnis steht zwischen uns. Ich schenke ihm meine Liebe und mein Leben. Hier und heute in einem Hotelzimmer in Detroit. Die Ungewissheit fest im Arm und ohne Hoffnung auf bessere Zeiten. Und doch hat sich nie etwas so richtig angefühlt.

Carlos schließt die Augen. Beinahe, als könne er

sich so vor dem kostbaren Geschenk, das ich ihm mache, verschließen.

»Mich zu lieben, ist gefährlich, Elisabeth.«

»Und dennoch tue ich es. Mit ganzem Herzen.«

»Selbst, wenn«, Carlos sieht mich erneut an. Vielleicht sollte mich der Abstand, den er zwischen uns bringt, nicht kränken, doch das tut er. Ohne mich noch einmal anzusehen, zieht er das Shirt über den Kopf. »Es ist vorbei. Die Anklage steht. Ich gehe ins Gefängnis und von dort kann ich dich nicht beschützen. Du musst gehen. Bleib bei Esmi. Oder fang irgendwo ganz von vorne an. Ich kann dir Geld geben. Du könntest aufs College gehen.«

»Nein.«

»Das hier ist kein verdammtes Spiel, verflucht!«, brüllt er aus heiterem Himmel. Doch ich zucke nicht zusammen. Ich weiche keinen Millimeter zurück. Im Gegenteil. Ich stütze die Hände in die Hüften und recke das Kinn. Er. Muss. Es. Endlich. Verstehen.

»Das weiß ich besser als jeder andere. Denn dieses verschissene Spiel ist mein Leben. Seit ich denken kann, renne ich davon und verstecke mich. Ich bin es leid. Ich gehe nirgendwo hin.«

»Und wie stellst du dir das vor, he? Willst du meinen Vater mit Reizwäsche von seinem Thron locken und ich zieh ihm dann eine Bratpfanne über den Kopf? Herrgott Elisabeth, sieh dich doch an. Du bist schwach. Verletzlich. Es reicht ein betrunkener Idiot, um dich in Panik zu versetzen. Du hast keine Ahnung, mit wem zum Teufel nochmal du dich hier anlegst. Ob du es nun willst oder nicht, Princesa, er wird mich hinter Gitter bringen. Im besten Fall.«

»Weißt du was?«, spucke ich ihm förmlich entgegen. Die Zeiten der kleinen ängstlichen Lis sind vorbei. »Du bist der Schwache von uns. Du bist der Feigling, der sich hinter Ausreden versteckt und im wichtigsten Moment den Schwanz einzieht.« Ich kann sehen, wie ich den richtigen Nerv getroffen habe, denn die Ader an seinem Hals pulsiert. »Ich bin hier. Bereit, alles zu tun, was nötig ist. Los, bring mir bei, wie man eine Waffe benutzt. Zeig mir, wie man kämpft oder was sonst nötig ist. Ich kann das.« Meine Nase berührt beinahe sein Kinn, so nah trete ich vor ihn. »Und ganz so schwach bin ich auch nicht, immerhin habe ich den großen König der Nacht ausgetrickst. Zweimal. Jeder Mensch hat einen Schwachpunkt. Man muss ihn nur finden. Dein Vater ist auch nur ein Mensch und er ist derjenige, der hinter Gitter gehört. Ich bin bereit, dafür zu kämpfen. Ich werde nämlich nie wieder untätig zusehen und mich verstecken. Ich bin hier nicht der Feigling!« Ich schnaube abfällig. »Du willst ihn gewinnen lassen? Einfach so? Lässt zu, dass er dir alles kaputt macht? Dass er Esmi und mir wehtut und uns den letzten Menschen nimmt, den wir auf dieser Welt haben? Du bist hier der Feigling, Alvarez! Weil du aufgibst!« Carlos beißt die Kiefer so fest aufeinander, dass ich sie mahlen sehen kann. Und ich bin noch nicht fertig. »Hör auf, mich ständig hinter dich zu stellen. Gib mir den Platz an deiner Seite. Lass uns gemeinsam kämpfen. Verdammt, hör endlich auf, dich wie ein Feigling zu benehmen.« Er schnaubt wie ein wilder Stier, doch das ist mir egal. »Akzeptier endlich, dass du nicht allein bist. Gib jetzt nicht auf. Lass uns untertauchen. Einen Plan aushecken. Denn ich werde nicht weggehen. Ich lasse dich nicht im Stich. Ich gehöre zu dir. Ein König ist nur so stark wie die Königin an seiner Seite. Oder nicht?« Ich fasse seine Hände. Öffne die verkrampften Fäuste und schiebe meine Finger zwischen seine. »Carlos«, bitte ich ihn, nicht länger nur an mir vorbeizusehen.

Sein Seufzer geht über meinen Kopf hinweg. »Ich weiß nicht, wie du dir das vorstellst.«

»Das weiß ich auch nicht«, gestehe ich und drücke seine Hände noch fester, »aber wir können uns was überlegen. Wir machen das zusammen. Gemeinsam finden wir einen Weg. Das weiß ich einfach.«

»Was, wenn dir was passiert? Wie sollte ich je damit leben können?«

Endlich senkt er den Kopf und sieht mich an.

»Das Risiko wirst du eingehen müssen. Denn die Gefahr gibt es immer, wenn man jemanden liebt.«

Ich verliere mich in seinen Augen. Dem Blau, das mich vom ersten Blick in den Tiefen seines Meeres gefangen genommen hat.

»Mein Vater kennt in seiner Skrupellosigkeit keine Grenzen. Er …«, er stockt und kann mich nicht länger anschauen.

»Er ist für den Tod deiner Mom verantwortlich. Ich weiß«, sage ich und Carlos' Miene verfinstert sich. »Esmi hat mir alles erzählt.«

»Sie hat es dir erzählt?« Sein Kopf schießt erneut in meine Richtung.

»Was?«, lache ich schrill, »hast du gedacht, du sperrst die beiden Frauen, die dich am meisten lieben, in eine einsame Waldhütte und sie reden nicht miteinander? Ich weiß von Meredith und deiner Mom. Und sie weiß, dass du hier bist, in Detroit. Und ganz sicher nicht in Chicago.«

Carlos legt den Kopf in den Nacken. Er löst seine Finger von meinen und streicht sich die wilden Haare aus dem Gesicht, die vom Motorradhelm ganz strubbelig sind. Das kratzige Geräusch seiner Finger, die anschließend über das unrasierte Gesicht fahren, stimmt mich milde.

»Sie wird es dir verzeihen«, versuche ich ihn zu beruhigen. »vor allem, wenn du wieder zu ihr zurückkehrst und dich nicht einfach geschlagen gibst.«

Eine Weile stehen wir schweigend da und sehen uns an.

Er schüttelt den Kopf, während ein winziges Lächeln an seinem Mundwinkel zupft. Es ist so schnell vorbei, wie es gekommen ist, doch es war sicher da.

»Ich muss schon zugeben, ich habe dich unterschätzt.« Er nimmt mein Kinn zwischen Daumen und Zeigefinger. »Die Nummer hier.« Seine Augen werden weicher. »Du hast mich ausgetrickst.«

»Zweimal«, flüstere ich stolz.

Ich greife nach seiner Hand an meinem Kinn, doch er zieht sie weg. Und mit jedem weiteren Augenblick, den wir uns ansehen, spüre ich, wie er die Mauer zwischen uns wieder hochzieht. Stein für Stein.

»Ich wünschte, ich wäre stark genug ...«

»Carlos«, versuche ich ihn zu unterbrechen. Mein Herz hält es nicht aus, wenn er mich noch einmal abweist. Langsam gehen mir die Ideen aus. Doch er legt seine große Hand auf meine Lippen. Verbietet mir den Mund, und ich kann ihm das

Wichtigste nicht sagen. Nämlich, dass ich ihn brauche. Dass es für mich ohne ihn keinen Ort mehr auf dieser Welt gibt.

»Ich wünschte ...«, wiederholt er und seine blauen Augen bohren sich geradewegs in meine Seele. »Ich wünschte verdammt nochmal, ich wäre stark genug, dich gehen zu lassen.«

Ein winzig kleiner Hoffnungsschimmer breitet sich in meiner Brust aus. Noch immer hält er mir den Mund zu, schiebt mich langsam aber sicher Richtung Bett.

»Ich wünschte, ich könnte dich einfach so wegschubsen. Das Theater hier ignorieren und dich nie wiedersehen.«

Seine Stimme wird mit jedem Wort herrischer. Er legt seinen inneren Schalter um und ich kann nichts dagegen tun.

Doch ich werde nicht nachgeben. Nicht jetzt, da wir endlich wieder zusammen sind. Die Hand an meinem Mund drückt fester zu und ich spüre die Matratze in meinen Kniekehlen.

»Du hast keine Ahnung, worauf du dich einlässt. Du hast keinen verfickten Schimmer, wer ich bin oder zu was ich fähig bin. Du denkst, du willst an meiner Seite sein?«

Die Kälte in seiner Stimme lässt mich frösteln.

»Was, wenn ich wie mein Vater werde? Oder wie deiner?«, knurrt er.

Schluss damit! So fest ich kann, beiße ich in seine Finger, bis ich Blut an meinen Lippen schmecke. Nie wieder werde ich wehrlos bleiben.

»Nein!«, schreie ich, nachdem er fluchend von mir abgelassen hat.

»Fuck«, knurrt er und ich hole aus. Trommele mit beiden Händen auf seinen stahlharten Oberkörper ein.

»Nein!«, keife ich erneut. »Du bist nicht wie sie. Sie sind Monster! Du nicht!«

»Warst nicht du es, die das vor wenigen Wochen auch von mir behauptet hat?«, brüllt er zurück und hält meine Handgelenke fest. Ich habe keine Chance, seinem Griff zu entkommen. »Was hat sich geändert, Elisabeth?«

»Alles«, halte ich dagegen, doch er lacht mich nur aus. Ein fieses Lachen, das mir durch Mark und Bein geht.

»Alles? Bullshit«, spuckt er mir ins Gesicht. »Nur, weil ich in der Lage bin, dich anständig zu ficken, denkst du, ich bin plötzlich doch der edle Prinz?«

»Du bist ein Arschloch«, keife ich ihm mitten ins Gesicht und zapple, damit er mich freigibt.

»Ja«, stößt er mit einem fiesen Grinsen aus. »Natürlich bin ich das. Ich bin ein elendes Arschloch. Ich handle mit Drogen und habe so viele Huren gefickt, dass ich sie nicht zählen kann.« Er drückt meine Handgelenke noch fester und hält mich weit genug von sich, dass ich ihn nicht erreichen kann. »Ich verstümmele die Menschen, die mir auf den Sack gehen und ich töte, wenn es sich nicht vermeiden lässt. Also sag mir, meine kleine Princesa, warum sollte ich besser sein als sie? Warum sollte ich derjenige sein, dem du dein Leben anvertraust?«

»Weil du für die Guten kämpfst.« Meine Stimme ist dünn und ich schlucke und schlucke, in der Hoffnung, so meine Tränen wieder in den Untergrund zu befördern.

»Für Dealer und Prostituierte? Die Leute, die du mit hochgezogener Augenbraue angesehen hast? Ach komm schon, Lis. Das kann nicht dein Ernst sein. Wenn du willst, dass ich dich ficke, schön, das tue ich mit dem größten Vergnügen.«

Er zieht mich zu sich und fixiert mir die Arme hinter meinem Rücken. Gezwungen stillzuhalten, um dem Schmerz zu entgehen, bin ich nicht stark genug, mich gegen die Anziehung zu wehren, die trotz allem in mir brodelt. Meine Brüste drücken sich gegen seinen harten Oberkörper. Es ist eine gefährliche Mischung aus seinem Geruch, dem ich einfach nicht widerstehen kann, und dem Schmerz, der hinter seinem Angriff lauert.

Carlos denkt, er sei schlecht, doch das ist er nicht. Ich habe eine Zeit gebraucht, um den Unterschied zwischen Gut und Böse zu erkennen, doch jetzt sehe ich alles glasklar. Und ich will ihn. Alle Seiten von ihm.

»Tu doch mit mir, was du willst«, hauche ich deshalb und wehre mich nicht länger gegen seinen Griff. »Ich vertraue dir.«

In seinen Augen verändert sich etwas. Zu Verlangen und dem Wunsch nach Kontrolle kommt ein Ausdruck hinzu, auf den ich die ganze Zeit über gewartet habe. Anerkennung. Anerkennung und echte Zuneigung. Er sieht mich. So wie ich bin. Mit allem, was ich ihm geben kann.

»Mierda«, flucht er und wirft mich mit einem festen Stoß aufs Bett. Es wäre gelogen zu behaupten, ich würde meine Rippen nicht mehr spüren, aber ich werde einen Teufel tun und ihm das zeigen. »Dreh dich um!«, befiehlt er und ich gehorche. Vertraue darauf, dass er weiß, wo meine Grenzen liegen, und mich an Orte bringt, an denen ich nie zuvor gewesen bin.

Erschrocken keuche ich auf, denn er hebt mit einem Ruck meinen Hintern in die Höhe und stellt mich somit auf die Knie. Der hauchdünne Stoff meines Tangas zerreißt. Ich kann nicht sehen, wohin Carlos ihn wirft.

Ich will mich abstützen, doch er greift meine Hände und legt sie erneut auf meinen Rücken, sodass ich mit dem Gesicht in die weiche Bettwäsche gedrückt werde.

»Du denkst, du bist mir gewachsen?«, raunt er und schiebt mit seinem Knie meine Beine auseinander.

»Ja«, keuche ich, gefangen in einem gefährlichen Strudel zwischen Erregung und Angst.

»Du denkst, du kannst mich kontrollieren?«

Über meine Schulter sehe ich ihn an. Mein Triumph hallt noch immer etwas nach. »Du bist hier, oder nicht?«, antworte ich daher mit einem fiesen Grinsen im Gesicht, das mir sofort vergeht, weil sein Schwanz in einem einzigen Stoß bis zum Anschlag in mir verschwindet.

Ich keuche.

»Ganz recht, Princesa«, knurrt er und stößt ein weiteres Mal zu. Die Hände nach wie vor in seinem Griff wird mein Gesicht bei jedem Stoß in die Matratze gepresst. »Hier gibt es nur einen Boss. Das nächste Mal werde ich die Nutten bestellen und dann kannst du die ganze Nacht dabei zusehen, wie ich sie ficke. Eine nach der anderen. Es ihnen besorge, während du danebenliegst und dir nichts Anderes übrigbleibt, als es dir selbst zu machen. Du irrst dich, wenn du denkst, du hättest die verdammte Kontrolle.«

Ich heule beinahe auf, weil allein die Vorstellung mich um den Verstand bringt. Es tötet mich und turnt mich genauso an. Zu gleichen Teilen. Mit jedem Stoß spießt er mich auf und ich habe das Gefühl zu zerreißen. Und doch ist es noch immer nicht genug.

»Sieh doch«, stöhne ich, und versuche mein Becken noch weiter nach hinten zu schieben, »ich habe dich längst unter Kontrolle.«

Carlos knurrt und lässt seine flache Hand auf meine Arschbacke knallen.

»Du willst das alles? Du willst es?«, bringt er atemlos hervor. Sein Rhythmus wird immer schneller. Ich habe ihn an den verdammten Eiern. Und er weiß das ebenfalls. Ganz kurz davor zu kommen, stöhne ich auf.

»Ja«, wiederhole ich. Ich will alles. Alles, was er mir geben kann. Das Licht und die Schatten. Er mag sich für die Dunkelheit halten und lange habe ich das auch getan. Doch er ist so viel mehr als das. Für mich scheint Carlos Alvarez heller als das Licht.

Mit der Zeit verlangsamt er seine Stöße und zieht sich schließlich ganz aus mir zurück. Ich will schreien. Heulen und um mich schlagen, um die Leere zu überbrücken, die er hinterlassen hat.

»Du willst alles, Elisabeth?«, wiederholt er sich. Außer Atem sehe ich ihn über meine Schulter an und nicke.

Er gibt meine Hände frei. Aufregung und Vorfreude durchfluten mich, während ich mich auf die

Hände stütze. Mit sanften Bewegungen massiert Carlos meinen Po und ich winsele jedes Mal, wenn seine Finger sich meinem Ausgang nähern.

»Wenn du alles willst, mi amor«, er beugt sich leicht über mich. Am Klang seiner Stimme spüre ich, dass er lächelt, »dann sollst du auch alles kriegen.« Mit den letzten Worten spüre ich seine Spitze an meinem Anus und halte die Luft an. »Mi reina. Meine Königin.«

Ganz behutsam schiebt er sich in mich hinein. Öffnet eine bislang verschlossene Pforte, während ich die Zähne in meinen eigenen Oberarm ramme, um mich von dem unangenehmen Schmerz abzulenken.

»Atme«, flüstert er mir ins Ohr und ich schnappe nach Luft. Gewöhne mich an das neue Gefühl.

Carlos' Finger streichen über meinen Rücken, gleiten über meine Taille und richten mich langsam ein bisschen weiter auf.

»Fuiste enviada desde el cielo«, flüstert er.

Ich habe keinen Schimmer, was das bedeutet. Kann mich sowieso kaum auf seine Worte konzentrieren. Sein Zeigefinger ist bei meiner Mitte angekommen und malt kleine Kreise um meine Perle. Sein Becken kreist im gleichen Rhythmus und jagt mit jeder Umdrehung ungewohnte Wellen durch mich hindurch. Es ist anders. Und doch habe ich das Gefühl, jeden Moment fliegen zu können.

Die Geräusche, die Carlos stöhnend und flehend über die Lippen kommen, geben mir den letzten Schubs über die Klippe und ich fange vorsichtig an, mich zu bewegen. Komme ihm bei jedem seiner Stöße, die stetig heftiger werden, entgegen. So lange, bis ich mich an das neue Gefühl gewöhnt habe und unsere Körper schweißnass gegeneinander klatschen. Kurz davor, in eine andere Sphäre zu gelangen, richte ich mich weiter auf, damit Carlos besseren Zugang zu meiner Vagina hat, die er mit seinen Fingern liebkost.

Meine eigenen graben sich hinter mir in seine Hüfte, ich drehe den Kopf so weit zur Seite, dass er mich küssen kann. Unsere Münder berühren sich und ich falle. Komme so hart zum Orgasmus, dass ich nur noch Sternchen sehe.

Spanische Worte landen zusammen mit heißen Küssen in meinem Mund. Sein ganzer Körper ist angespannt, während er sein heißes Sperma in meinen Arsch pumpt. Und das krasseste an dieser Erfahrung: Ich liebe es! Liebe es, ihn zu spüren. Ganz tief in mir drin zu fühlen, was ich mit ihm mache. Das lässt das ungewohnte Brennen und den leicht stechenden Schmerz vollkommen verschwinden. Es gibt nur noch dieses Hochgefühl ... und die vollkommene Erschöpfung.

Carlos zieht sich aus mir zurück und wir sinken gemeinsam in die Laken. Noch ehe einer von uns etwas sagen kann, greife ich nach seiner Hand und verschränke meine Finger mit seinen. Nur um sicher zu gehen, dass er nicht weg ist, wenn ich das nächste Mal die Augen öffne.

CARLOS

Damals

Wenn man genug Geld in der Tasche hatte, war so gut wie alles möglich. Ebenso, einen hölzernen Palast an einem der abgelegensten Seen Süd-Kanadas bauen zu lassen. Das Geld, das ich meinem Vater gestohlen hatte, war mittlerweile verdoppelt und so errichtete ich Esmi in knapp zehn Monaten ein neues Zuhause.

Ein Haus mit Blick auf das Wasser. Umgeben von dichten Kiefernwäldern und einem zwei Meter hohen Stacheldrahtzaun inklusive Sicherheitssystem. Denn ich wollte kein Risiko eingehen. Die Schlagzeilen des trauernden Bürgermeisters überschlugen sich, und doch konnte ich nie zu hundert Prozent sicher sein, dass er uns nicht auf den Fersen war. Jedenfalls nicht von Kanada aus. Eine Tatsache, die sich jetzt ändern sollte.

Der Tag des Abschieds hatte sich still und heimlich genähert. Der Frieden, in dem wir in den vergangenen Monaten gelebt hatten, war trügerisch. Das wussten wir beide.

»Und du bist sicher, dass du nicht wenigstens den Sommer über noch bleiben kannst? Wir könnten im See angeln oder …«

Meine Schwester sprach nicht weiter. Sie sah an meinem Gesichtsausdruck, dass meine Entscheidung feststand.

»Ich komme so schnell es geht wieder«, versprach ich und dieses Mal meinte ich es ausnahmsweise auch so.

Ihre Augen füllten sich erneut mit Tränen und mein Gewissen zwang mich beinahe in die Knie.

»Esmi«, bat ich sie um Verständnis, ohne ihr meine Pläne zu offenbaren.

»Können wir nicht wenigstens telefonieren?«, schluchzte sie und warf sich von der obersten Stufe der Veranda in meine Arme.

Sie war viel zu jung, um ohne einen starken Mann an ihrer Seite zu bleiben. Ich allein konnte sie beschützen und das ging nur, wenn ich Daniel Edwards zu Fall brachte. Erst dann würden wir wieder in Ruhe schlafen können.

»Das ist zu gefährlich. Bitte, Esmeralda. Du musst jetzt stark sein.«

Sie hatte sich gut erholt in den vergangenen Monaten. Wir hatten ihr eine anonyme Selbsthilfegruppe für Gewaltopfer sowie ein paar Beschäftigungen online besorgt. Ich konnte nur beten, dass das genügte. Dass sie durchhielt, bis dieser Albtraum ein für alle Mal ein Ende hätte.

Ich drückte meine Schwester noch einmal fest an meine Brust.

»Siempre estaré contigo en tu corazón, hermanita.«

Denn ein Teil meines Herzens ließ ich hier. Dennoch

ging ich. Überließ sie sich selbst, um in einen Krieg zu ziehen, den ich nicht gewinnen konnte.

Heute

»Hast du Angst, ich renne davon?«

Ich drehe den Kopf auf die Seite und schaue Elisabeth an. Ihre verschwitzte Haut glänzt im Tageslicht, das durch die blutroten Vorhänge scheint. Ihre dunkel umrandeten Augen sind geschlossen, ihr Gesicht entspannt. Doch ihre zarten Finger krallen sich mit aller Kraft um meine. Pressen die schweren Ringe, die ich seit Jahren trage, gegeneinander.

»Ist dieser Gedanke so abwegig?«

In der Sekunde, in der sie die Augen aufschlägt, verändert sich die gesamte Stimmung im Zimmer. Trotz des prasselnden Regens, der seit einigen Minuten gegen das Fenster trommelt, leuchtet der Raum so hell wie die Sonne.

Vielleicht bin ich zu schwach, sie gehen zu lassen. Nein, ganz sicher bin ich das sogar. Denn Elisabeth ist die Erfüllung all meiner Träume. Bedingungslos akzeptiert sie, wer und was ich bin. Sie schenkt mir ihr volles Vertrauen und legt ihr Glück in meine Hände. Ein größeres Geschenk kann sie mir nicht machen.

Mich vor wenigen Tagen von ihr zu lösen, hat mich mürbegemacht und dennoch habe ich es getan. Um ihretwillen.

Doch heute. Nach diesem Nachmittag ist es zu spät für einen Rückzieher. Sie gehört mir. Nur mir. Und wenn es das Letzte ist, das ich mit Gewissheit in diesem Leben sagen kann. Elisabeth steht an meiner Seite. Und wenn sie bereit ist, die nötigen Opfer zu bringen, werde ich sie nie wieder gehen lassen.

»Bist du dir mit dem, was du da eben gesagt hast, sicher?«, murmele ich und drehe mich ganz auf die Seite, um sie noch besser ansehen zu können. Sie ist so wunderschön. Engelsgleich, und doch hat sie das Herz einer Kämpferin. Ihr Wahnsinnskörper liegt nur in BH und Strapse gehüllt auf dem Bauch neben mir. Der Arsch, den ich gerade noch entjungfert habe, ragt vor mir auf den weißen Laken in die Höhe.

»Ja«, erwidert sie mit fester Stimme, »das bin ich.«

An ihrer Wade erkenne ich durch die Strümpfe hindurch ein großes Pflaster und bekomme sofort ein schlechtes Gewissen.

»Es tut mir leid, wenn ich dir wehgetan habe.«

Das Geständnis kommt nur schwer über meine Lippen. Weil es mich fast umbringt. Ich werde jeden einzelnen Menschen töten, der daran beteiligt war, sie zu verletzen. Jeden.

Mit meinem freien Finger fahre ich ihre Wirbelsäule entlang bis zu der süßen Kuhle, in die ich sie gevögelt habe. Perfekt dafür gemacht, um meinen Schwanz in sich aufzunehmen.

»Es war nicht schlimm. Nur anfangs hat es wehgetan und jetzt fühlt es sich irgendwie komisch an.«

So sehr ich es will, mein Schmunzeln kann ich einfach nicht unterdrücken.

»Ich meinte eigentlich, dass ich dich in Kanada gelassen habe.« Ihre Wangen röten sich, was mich noch mehr zum Grinsen bringt. »Aber freut mich zu hören, dass es deinem Hintern gut geht.«

Ihre Arschbacke zuckt unter dem kleinen Klaps, den ich ihr bei meinen Worten verpasse.

Wie ein beschämter Teenie zieht sie mit der freien Hand die Decke vor ihr Gesicht und kichert.

Dieses Geräusch! Ihr Lachen zu hören, macht mein Herz leichter. Befreit mich aus den Ketten, die seit Jahren fest um meine Seele liegen.

Ich hake meinen Zeigefinger in das Laken und ziehe es herunter. Denn ich will ihr Lächeln keine Sekunde lang verpassen.

»Das war … neu«, gesteht sie und ich kann sie nur wie ein verliebter Idiot angrinsen.

»Das war ziemlich gut«, lobe ich. Denn das war es. »Es war mir wieder mal ein Vergnügen, der Einzige zu sein.«

Dass ich daherrede wie ein dämlicher Idiot, hat einen Grund. In den vergangenen Stunden habe ich den intensivsten Sex meines Lebens gehabt. Sie hat mich verdammt nochmal weichgekocht. Ich gehe mal stark davon aus, das allein war Ziel der Übung.

»Das Vergnügen liegt ganz bei mir«, flüstert sie und ihre Finger, die nach wie vor fest und verschwitzt meine Hand festkrallen, lockern sich etwas.

Wir sehen uns in die Augen und ich werde wieder ernst. Das Spielchen ist vorbei. Wir müssen beide eine Entscheidung treffen.

»Ich frage dich nochmal. Bist du dir hierbei wirklich sicher? Denn das hat Konsequenzen. Du wirst mir hundert Prozent vertrauen …«, sie nickt bereits, doch ich hebe die Hand, um sie zu stoppen, »… und gehorchen müssen, wenn es darauf ankommt.«

»Ich werde alles tun, was notwendig ist, um bei dir zu bleiben.«

»Auch auf deine Schwester verzichten?«, frage ich und fahre dabei mit einem Finger das Tattoo an ihrem Handgelenk nach.

Die zusammengepressten Lippen sind Antwort genug.

»Kleines, wenn du das hier nicht voll durchziehen kannst, müssen wir getrennte Wege gehen. Unsere Chancen sind so schon minimal.« Es bricht mir mein stählernes Herz zu sehen, wie ihre rehbraunen Augen traurig werden. »Dieses Schauspiel hier war großartig. Ehrlich, damit habe ich nicht gerechnet und du hast mich heute wirklich verblüfft«, seufze ich und fahre mir übers Gesicht. Wie ich so eine Scheiße hasse, »aber es ist nicht schändlich, noch einen Rückzieher zu machen. Du kannst ganz von vorne starten. Irgendwo zusammen mit Kim neu anfangen. Du würdest mir damit einen Gefallen tun.«

Elisabeth löst ihre Hand aus meiner und richtet sich auf. Stolz reckt sie das Kinn und bietet mir die Stirn.

»Wenn ich hierbleibe, bringen wir sie vorher in Sicherheit, oder? Du hast doch vor, sie wegzubringen, oder nicht?«

»Wir nicht. Aber wir werden dafür sorgen, dass sie in Sicherheit sein wird. Dafür ist bereits gesorgt.«

»Carlos, ich muss ihr das selbst erklären. Sie kommt in zwei Tagen vom Mullet Lake und ahnt von all dem doch nichts. Sie würde niemals mit einem Fremden mitgehen.«

Elisabeth zieht die Knie an den dünnen Körper und schlingt ihre Arme um die Beine.

»Sie wird keine Wahl haben. Wärst du in Kanada geblieben, hätte sie auch mit denen gehen müssen, die sie abholen. Ich schicke ihr zwei meiner besten Männer. Du musst das verstehen, Lis. Entweder oder. Es sind so schon genug Menschen in Gefahr geraten. Denk nur an den Kleinen. Nicht auszudenken, sie hätten ...« Ich schließe kurz die Augen. Versuche den Gedanken zu verdrängen, der mich seit Tagen nicht hat schlafen lassen. »Wenn du dich für mich entscheidest, musst du deine Schwester gehen lassen.« Ich setze mich ebenfalls hin, lege meine Hand an ihren Hinterkopf, mein Daumen streichelt über ihre Wange. »Ich würde das nicht von dir verlangen. Wer könnte besser verstehen, wie schwer so eine Entscheidung ist, als ich? Dennoch darf ich mir keine weiteren Fehler erlauben. Es gibt bereits jetzt zu viele Menschen, die wissen, dass du wieder in der Stadt bist.«

»Ich habe niemandem etwas gesagt«, hält sie dagegen.

Ich schmunzele. Streichele über die zarte Haut an ihrer Schulter. »Ach süße, kleine Lis. Du bist so verdammt naiv. Sexy, aber leider dennoch naiv.« Ich räuspere mich, um nicht laut über ihre Dummheit zu lachen. »Hast du das hier alles aus Kanada mitgebracht?« Ich deute auf ihren Look. »Ich wette, wir finden dich auf mindestens drei Überwachungskameras der Stadt. Vom Hotelpersonal und deiner kleinen Hure mal ganz abgesehen.«

Sie zieht die Lippen zwischen die Zähne.

»Wenn du dich entscheidest, hier zu bleiben,

werden wir dir zuallererst beibringen müssen, unsichtbar zu sein.«

Ihre Augen werden groß. »Dann schickst du mich also nicht noch einmal weg, wenn ich ja sage?«

»Nein.« Ich schüttele den Kopf und ziehe ihren zu mir heran. »Nein, ich schicke dich nicht weg. Aber ich werde dich auch nicht bitten zu bleiben, denn das könnte ich niemals.«

»Aber ich will es. Wirklich! Ich will bei dir sein.« Ein weiteres Mal überrascht sie mich, indem sie auf meinen Schoss klettert und ihre Arme um mich schlingt. »Ich bin bereit zu tun, was nötig ist. Alles«, beteuert sie und ich glaube ihr sogar.

»Dann«, sage ich und nehme ihr Gesicht in meine Hände, »will ich dich an meiner Seite akzeptieren. Neben mir. Solang ich es zu ertragen bereit bin. Denn glaub mir, wenn ich dich retten kann, indem ich mich vor dich stelle, werde ich es jederzeit tun.«

»Ich liebe dich«, flüstert sie und dann lege ich meine Lippen auf ihre. Nehme ihre Liebe. Denn Scheiße nochmal, ich habe keine andere Wahl.

Ich bin schwach. Ohne sie noch mehr denn je. Denn in einem hat sie recht.

Ich brauche eine Königin an meiner Seite.

LIS

Damals

Zischend zog ich die Luft ein, während das Desinfektionsmittel auf meiner neuesten Wunde brannte wie Feuer. Nur ein kleiner Kratzer auf der Hand, den ich mir am Morgen eingehandelt hatte. Es war, weil ich vor mich hin gesummt hatte. Ein Fehler, den ich so schnell nicht wiederholen würde.

Ich war müde. So müde von dem, was die anderen Leute Leben nannten. Für mich war es nur eine Aneinanderreihung beschissener Tage. Ein ständiges Auf und Ab. Und es ging öfter ab als auf.

Als mein Vater uns vor einer gefühlten Ewigkeit aus Haysville geholt hatte, fühlte es sich an, als bringe er uns geradewegs in die Hölle. Und genauso war es auch gewesen.

Die Prügel, die ich noch am gleichen Tag hatte einstecken müssen, waren die schlimmsten, die er mir je verpasst hatte. Meine Kopfhaut hatte genäht werden müssen, weil er einen Blumentopf darauf geschlagen hatte. Außerdem hatte er mir die Speiche gebrochen, und noch immer konnte ich die Not spüren, die ich empfand, als er meinen Kopf in das Spülwasser gezwungen hatte. Es war ein grauenvoller Tag gewesen und ich hatte kurz davor gestanden, mir das Leben zu nehmen. Wäre Kim nicht da gewesen, ich hätte es getan.

Doch wie jeder schlimme Tag ging auch dieser vorüber und es folgten weitere. Manche waren erträglich, andere weniger. Doch ich stand jeden Morgen auf und kämpfte weiter. Für Kim. Denn so wie ich es gehofft hatte, ließ er sie in Ruhe. Und das war es, was zählte.

»Lissy«, Kim streckte den Kopf zur Tür herein. Wir verbrachten kaum noch Zeit miteinander. Ich schickte sie zu Freunden, so oft es ging, hatte sie zu einem Haufen Freizeitaktivitäten angemeldet und ihr einen Babysitterjob in der Nachbarschaft besorgt. Hauptsache, sie war nicht allzu oft zu Hause.

»Komm rein«, murmelte ich.

»Dad ist gerade weg und ich wollte was mit dir besprechen.«

»Was gibt's denn?«, fragte ich, um einen möglichst heiteren Tonfall bemüht. Möglichst unauffällig schob ich das Verbandszeug unter meine Decke und klopfte neben mich aufs Bett. Seit Stunden hockte ich hier und dachte nach. So müde ich auch war, schlafen konnte ich nicht.

Die letzten Nächte waren anstrengend gewesen. Einerseits war es für mich erträglicher, je mehr mein Vater trank. Denn dann hatte er nicht genügend Kraft, mich fest zu schlagen. Andererseits heulte er mir nächtelang die Ohren voll. Demolierte unser Haus und machte mir das Leben schwer. Beinahe täglich wusch ich sein Erbrochenes aus dem Teppich oder kehrte Scherben zusammen. Und ich war es so unendlich leid.

Kim ließ sich neben mich fallen und ich vergrub

meine Nase in ihren Locken. Sie roch nach Pfirsich und Maracuja, nach frischer Luft und Leben.

»Lissy«, setzte sie an und nahm meine Hand in ihre. Wir unterhielten uns nicht oft in Ruhe. Meistens beschränkte ich mich auf das Notwendigste. »Ich habe lange Zeit darüber nachgedacht und egal, in welche Richtungen meine Gedanken schweifen. Eins steht fest: Wir müssen hier weg! Ich kann nicht länger hierbleiben und das mit ansehen.« Ich schluckte, weil eine Träne über ihre Wange kullerte. Sie weinte. Um mich. »Er zerstört dich. Das werde ich nicht zulassen. Und du auch nicht. Wir hauen ab.«

Erschöpft senkte ich den Kopf.

»Er hat uns damals gefunden. Er wird uns wieder finden«, flüsterte ich. Hatte ich mich etwa damit abgefunden, dass er gewonnen hatte? Ja. Ich hatte resigniert. Für mich. Doch mir war nicht klar, dass Kim ebenfalls unglücklich war. Das war es doch, was ich seit Jahren zu verhindern versucht hatte. Und ich war gescheitert.

»Dann müssen wir einen Weg finden, damit er uns gar nicht erst sucht«, schlug sie vor und strich mir über die Hand. Sie wusste, dass das Pflaster auf meinem Handrücken sicher kein Schulunfall gewesen war.

All meine Bemühungen, das Leid von Kim fernzuhalten, waren fehlgeschlagen. Denn sie litt. Und ich hatte es nicht mal bemerkt. Die Hoffnung, eines Tages mit ihr an einen anderen Ort zu gehen, weit weg von hier ... dieser Traum war in weite Ferne gewichen. So wenig wie ich es wollte, ich musste ihre Euphorie bremsen. Denn es hatte keinen Sinn, sich zu wehren. Das sah selbst ich mittlerweile ein.

»Ich weiß nicht, wie ich das ...«

Mitten im Satz hielt ich inne. Tief drinnen in meiner Brust sprühte ein klitzekleiner Funken Hoffnung.

Ich erinnerte mich an einen Tag vor vielen Jahren. Ich konnte die Herbstluft quasi auf meiner Haut spüren und es war, als sähe ich meine Mom tatsächlich wieder vor mir. Ich konnte ihre Stimme in meinem Ohr hören. ›Dort liegt etwas, dass nur für den Notfall bestimmt ist‹, flüsterte sie damals.

»Das Tagebuch«, keuchte ich und richtete mich auf. So fest ich konnte, drückte ich Kims Hand. Der kleine Funken breitete sich nach und nach in meiner Brust zu einem lodernden Feuer aus.

»Wessen Tagebuch?«

»Moms. Sie hat über die Jahre alles aufgezeichnet, für den Fall, dass wir eines Tages etwas gegen ihn in der Hand haben müssen.«

Ich sprang aus dem Bett, ging vor dem Kleiderschrank mit den großen Schubladen auf die Knie und zog die unterste heraus. Ich hatte ihre Aufzeichnungen vor Jahren mit Klebeband unter dem Boden festgeklebt und dort völlig vergessen. Nach ihrem Tod hatte ich das Schließfach aufgelöst, die Pässe und das Geld mitgenommen und ihre Aufzeichnungen hier versteckt. Ich wollte bei unserem ersten Fluchtversuch nicht, dass Kim es lesen konnte und mal abgesehen davon, wogen ihre Worte wie Blei in meinen Händen. Daher hatte ich sie versteckt. Vor meinem Dad. Vor Kim und auch vor mir. Denn ich war nicht bereit, in die Gefühlswelt meiner Mom zu tauchen. Doch jetzt? Heute war die Situation eine andere, und ich hatte das Gefühl, einen Schatz gefunden zu haben. Den Schlüssel, der uns die Tür zu einem anderen Leben aufschließen sollte.

Warum war ich nicht viel eher darauf gekommen?

Ich hatte mich so sehr mit der Niederlage abgefunden und mich in die Opferrolle gebettet, dass eine Alternative mir nicht in den Sinn gekommen war. Und dabei lag sie so nah. War die ganze Zeit über in greifbarer Nähe gewesen.

»Sie hat was?«, fragte Kim und rutschte von meiner Matratze neben mich. Wir starrten gemeinsam auf den roten Ledereinband, den ich inzwischen in den Händen hielt. »Warum hast du mir das nie erzählt?«

»Sie wollte nicht, dass du davon weißt.« Im Augenwinkel sah ich zu ihr hinüber. Ihr Kopf senkte sich. »Ich sollte es verstecken.«

»Sie hatte dich viel lieber als mich.«

»Was?«, ich ließ das Tagebuch sinken und wendete mich meiner Schwester zu. »Nein, Kim. Wie kommst du denn auf so was?«

»Na ihr zwei hattet ständig Geheimnisse vor mir.«

»Kim«, mahnte ich sie. Ich griff ihre Hand und drückte sie fest. »Das stimmt nicht. Wir wollten dich nur beschützen. Das ist alles, was uns immer wichtig war. Und das ist alles, wofür ich jeden Tag aufstehe.« Sie weinte. Dicke Tränen kullerten über ihre runden Backen und tropften auf ihren kanariengelben Pullover. »Aber das hier, Kim Ann-Marie Turner«, ich spürte, wie die alten Lebensgeister in mir erwachten. Ich wollte nicht länger hierbleiben. Kim hatte recht. Es würde mich zerstören und das durfte ich nicht zulassen. »Das ist unsere Fahrkarte in die Freiheit. Damit erpressen wir ihn. Wir bringen das zu einer Anwältin oder zumindest könnten wir ihm das weismachen. Dann hat er die Wahl: Entweder, er lässt uns gehen, oder ich bringe ihn ins Gefängnis.«

»Und du denkst, das funktioniert?«, fragte sie und wischte sich die Tränen weg.

»Nein. Ich weiß es. Es wird funktionieren. Dieses Mal gehen wir mit seiner offiziellen Erlaubnis. Mit der Möglichkeit, auf die Highschool und das College zu gehen.«

In diesem Moment stand ich auf und entschied mich zum ersten Mal, dass es in Ordnung war, falsche Dinge zu tun, um das Richtige zu erreichen. Ich wäre für meine Schwester über Leichen gegangen. Eine Erpressung war das kleinste Übel. Denn ganz gleich, was es mich kosten würde, ich würde fortan alle beschützen, die ich liebte, das schwor ich mir an jenem Tag, den ich nie wieder vergessen sollte. Denn das war der Tag, an dem ich beschloss, mich endlich zu wehren. Und zwar mit meinen Methoden.

Heute

»Fühlt sich komisch an, hier zu sein. Irgendwie kommt es mir vor, als wäre ich Jahre weg gewesen und dabei waren es nur ein paar Tage.«

Hand in Hand stehen Carlos und ich vor unserem Trailer und schauen auf die vergilbte Fassade.

Ihn dabeizuhaben ist eigenartig. Bei allem, was ich ihm auf körperlicher Ebene gebe, ist das hier nochmal ein ganz anderes Eindringen in meine Privatsphäre. Es fühlt sich intim an, und ich schäme mich für das, was ich ihm offenbaren muss.

Auch, wenn er schon letzte Woche gesehen hat, aus welchen Verhältnissen ich komme. Zum Glück habe ich davon nichts mitbekommen. Sicher war er geschockt zu sehen, mit wem er sich tatsächlich eingelassen hat. Bei Phil habe ich mir nie Gedanken darüber gemacht, was er über meine Wohnsituation denkt. Irgendwie war mir von vornherein klar, dass alles, was ich ihm geboten hätte, nicht gut genug gewesen wäre, da konnte ich auch gleich mit der Wahrheit herausrücken. Bei Carlos hatte ich immer Angst, er könne mich danach mit anderen Augen sehen. Dabei wusste er längst Bescheid.

»Woher wusste dein Anwalt eigentlich hiervon?«, frage ich weiter, weil Carlos, dessen Profil ich ansehe, mit zusammengebissenem Kiefer geradeaus starrt.

»Parker?«, seufzt er und sein Blick wandert zu mir. Unsere Augen finden einander und der Ausdruck in seinem Gesicht wird weicher. »Ich habe ihn beauftragt, Informationen über dich zu beschaffen.«

»Oh«, entweicht es mir. Ich weiß nicht, was ich sagen soll. Ich habe mir zwar so etwas in die Richtung gedacht, aber es aus seinem Mund zu hören, verletzt mich trotzdem.

»Ich war mir anfangs nicht sicher, ob du was mit meinem Vater zu tun hast. Ich dachte, er hätte dich geschickt.«

»... um dich auszuspionieren«, bringe ich seine Theorie zu Ende.

»Genau.«

»Und warum hast du nichts gesagt, nachdem du wusstest, wo ich wohne?«

»Ich wollte dich nicht zwingen. Immerhin war ich auch nicht ganz ehrlich, was meine Wurzeln anging.«

Ich drücke seine Hand ein bisschen fester. Ein schönes Gefühl, dass wir uns mittlerweile vertrauen.

»Und du hast nichts über Luca rausgefunden?«

Fast bin ich ein bisschen stolz, denn wenn Carlos ihn nicht gefunden hat, trifft das sicher auch auf meinen Dad zu.

»Kein Wort.«

Er beobachtet das kleine triumphierende Lächeln auf meinem Gesicht.

»Ich nehme mal an, es weiß niemand, dass ihr drei hier lebt?«

Wie von allein senkt sich mein Kopf und ich atme tief durch. Ich löse mich von Carlos und schlendere zu dem maroden Holzstamm, auf dem Kim und ich den Sommer über gesessen haben. Das Holz fühlt sich kalt an durch den Stoff meiner Jeans, als ich mich setze.

»Wir sind von zu Hause weg, kurz nachdem meine Mom gestorben ist. Sie hatte Krebs, weißt du? Ich war jung und dumm ...«, meine Brust hebt sich unter einem tiefen Seufzer. Als ich wieder aufsehe, steht Carlos vor mir und geht in die Hocke. Ich halte mich nicht zurück, streichele über seine wilden Locken. Diese kleine Geste zaubert uns beiden ein Lächeln aufs Gesicht.

»Erzähl es mir«, fordert er und setzt sich anschließend neben mich. Der Nebel hängt in den Bäumen hinter unserer Parzelle, und ich kann nicht sagen, ob es die Kälte ist, die mich frieren lässt, oder meine Erinnerungen.

»Er hat uns gefunden. Uns gezwungen, nach Richmond zurückzukehren.« Meine Kehle schnürt sich zu. »Es war eine schlimme Zeit. Er hat mich weniger geschlagen, aber die psychische Folter war kaum noch auszuhalten. Er hat es genossen, mich zu quälen.«

Ich sehe zu Carlos, der ein Knurren von sich gibt. Dabei hat er die Finger fest in das Holz gekrallt, auf dem wir sitzen. Ich lege meine Hand auf seinen Oberschenkel.

»Vor knapp drei Jahren habe ich mich dann endlich dazu durchgerungen und ihn erpresst.«

Erstaunt sieht er in mein Gesicht. Die Augen geweitet hellt sich sein Gesicht auf. Dieser Mann, der sich für so schlecht hält, ist wunderschön. Gefühlvoll und immer mit Blick auf die Menschen, die er liebt, so selbstlos. Und er weiß das nicht einmal.

»Noch gestern hätte ich das für unmöglich gehalten«, schmunzelt er, »heute traue ich dir einiges zu.«

»Es gab keine andere Möglichkeit. Ich musste Kim da rausholen.«

»Wie hast du das geschafft?« Seine Hand legt sich warm und weich in meinen fröstelnden Nacken.

»Meine Mom hat ein Tagebuch geschrieben, in dem sie alles, was er uns je angetan hatte, festgehalten hat. Ich habe gedroht, ihn zu verklagen. Der Polizei alles zu melden und mit Kim zum Jugendamt zu gehen, wenn er uns nicht freiwillig woanders wohnen lässt.«

»Und darauf hat er sich eingelassen?«, brummt Carlos. Meine Erinnerung quält ihn anscheinend genauso wie mich.

»Er hatte keine große Wahl. Ich habe zugesagt, dass wir uns mehrmals jährlich melden und an den Feiertagen kommen. Dafür hat er mir eine Vollmacht für Kim unterzeichnet. Und das, obwohl ich selbst damals nicht mal volljährig war.«

Wir sehen uns an und ich rede nicht weiter.

»Ihr seid nie zurückgekehrt«, schlussfolgert er.

»Nein. Wir sind erst ein paar Wochen quer durchs Land gefahren und dann hier gestrandet.«

Ich sehe mich um. Der Trailerpark erscheint im grauen Licht des Tages noch ranziger.

»Dann weiß er nichts von dem Baby oder wo ihr lebt?«

»Nein. Seit damals haben wir nichts mehr von ihm gehört oder gesehen. Ich weiß nicht, ob er uns sucht oder überhaupt noch lebt. Wir haben nicht vor, jemals zurückzukehren. Der Kleine wird seinem Grandpa nie begegnen.« Bei dem Gedanken an Luca legt sich ein Lächeln auf mein Gesicht. »Ich habe die beiden beschützt, so wie ich es versprochen habe.«

Carlos' Kiefermuskeln verspannen sich und sein Blick zuckt über die Schulter zu unserem Heim. Wir haben bislang nicht über den Tag gesprochen, an dem er mich und Luca weggebracht hat, aber ich sehe, wie es ihn belastet, wieder hier zu sein. Ich greife nach seiner Hand und bitte ihn, mich anzusehen.

»Es ist alles okay«, besänftige ich ihn. Die Vorwürfe, die er sich selbst macht, sind nicht zu übersehen. »Bist du sauer, weil ich dir all das verschwiegen habe?«

»Du hättest es mir sagen können. Ich hätte euch hier rausgeholt.«

Im stillen Einverständnis stehen wir Hand in Hand auf und schlendern hinüber zur Eingangstreppe.

Ich lasse alle Luft entweichen. »Ich weiß. Aber ich habe mich geschämt. Und …«, ich halte ihn am

Ärmel zurück, »vielleicht wollte ich es auch selbst schaffen.«

»Warst nicht du es, die mir einen Vortrag über ›Seite an Seite‹ gehalten hat?«

Ich muss lächeln und auch Carlos hebt zaghaft einen Mundwinkel. Einfach, weil ich es kann, gehe ich leicht auf die Zehen und küsse genau die Stelle, an der er lächelt.

»Lass uns reingehen«, schlage ich vor und ziehe die Tür zum Trailer auf.

»Und du bist sicher, dass du keins davon mitnehmen willst? Vielleicht bereust du es eines Tages.«

Durch die offene Tür von meinem Schlafzimmer aus, sehe ich Carlos vor unserer Fotowand stehen. Er hat die Arme vor der Brust verschränkt und betrachtet die vielen Polaroids, die Kim in unserem Trailer aufgehangen hat.

»Nein. Ich denke nicht. Vielleicht nehme ich für Kim welche von unserer Mom mit. Aber ich brauche keine Erinnerungen.«

Nachdem ich ein paar Sachen für Kim gepackt habe, sammele ich meine Klamotten ein. Notdürftig werfe ich ein paar Teile in meinen großen Rucksack, mit dem ich vor knapp drei Jahren Virginia verlassen habe. Noch immer passt mein Hab und Gut komplett hinein. Tragisch.

»Ist das deine Mom?«, fragt Carlos. Ich spähe um die Ecke, und er deutet auf ein Foto, auf dem Kim und sie Halloween-Deko aufhängen.

Unsere Blicke treffen sich. Ich nicke.

»Sie sieht ihr ähnlich.«

»Hm«, murmele ich und ziehe den Verschluss meines Rucksacks zu. Dabei ignorieren wir beide die logische Schlussfolgerung, dass ich nach meinem Dad komme.

Ich schultere mein Gepäck und trete neben Carlos. Er duftet nach frischer Luft, Sex und ihm. Eine Mischung, die es vermag, die dunkelsten Gedanken aus meinem Kopf zu verbannen.

»Vermisst du sie?«, fragt er und trifft mich damit völlig unvorbereitet.

»Nein«, presse ich hervor. Die richtige Antwort lautet ja, aber je weiter ich mich von meinem Dad entfernt habe, desto schwerer fällt es mir, darüber nachzudenken. Wäre sie doch nur stärker gewesen, dann hätte alles anders laufen können.

Carlos hebt mein Kinn an, das ich bei seiner Frage auf meine Brust gesenkt habe.

»Hey. Schon in Ordnung. Du musst nicht über sie reden, wenn du nicht willst.«

»Will ich nicht«, seufze ich und lehne meine Wange gegen seine Hand.

»Dir stehen lange Haare«, lacht er und zeigt über meine Schulter auf ein Foto von mir und Kim. Es war das erste Bild, das wir in Detroit geschossen haben.

Ich drehe mich um und begutachte den Schnappschuss.

»Damals dachte ich noch, ich hätte alles unter Kontrolle.«

Ich reiße es von der Wand und betrachte unsere Gesichter. Wir fühlten uns wie Heldinnen, nachdem wir meinen Vater erfolgreich in die Ecke gezwängt und Virginia verlassen hatten. »An diesem Tag waren wir unbesiegbar.«

Das war, bevor die Armut und die unterste soziale Schicht uns mit offenen Armen empfangen hat. Bevor meine Schwester viel zu früh Mutter wurde, und ich verzweifelt versucht habe, uns jeden Tag über Wasser zu halten. Auf diesem Bild ist die Realität noch weit entfernt. Wir konnten ja nicht ahnen, wie schnell sie uns einholen würde.

Ich habe keine Ahnung, wann ich Kim wiedersehen kann, aber ich weiß, ich tue das Richtige. Sie und Luca werden in Sicherheit sein. Und das ist alles, was zählt. Ihr wird es in Kanada gefallen. Bestimmt wird sie Esmi nur anmeckern, weil es langweilig ist und es keine süßen Jungs in der Nähe gibt. Bei dem Gedanken daran muss ich lächeln.

»Ihr habt eine Menge zusammen durchgemacht«, brummt Carlos und legt seine Hand auf meinen Rücken. »Noch ist es nicht zu spät umzukehren. Du kannst mit ihr gehen, Elisabeth. Davon zu laufen, ist keine Schande. Du hättest es verdient, einfach glücklich und unbesorgt zu leben.«

Ich hebe den Kopf und sehe ihn an. Diesen unverschämt gutaussehenden Mann mit den markanten Wangenknochen und den wilden Haaren, die hinter seinen Ohren klemmen. Carlos Alvarez ist sich seinem Sexappeal nicht im Geringsten bewusst und das macht ihn nur noch attraktiver.

»Ich bin glücklich, wenn ich bei dir bin.« Sein Lächeln fällt schmal aus. »Außerdem ist irgendwann all das vorbei und dann können wir das gemeinsam. Glücklich sein. Oder nicht?«

»Ich hoffe«, sagt er nickend, »sonst wäre das alles umsonst.«

Ich sehe zurück auf das Foto in meiner Hand. »Ja«, seufze ich, »wir haben viel gemeinsam durchgestanden.« Ich lasse das Bild auf den Fußboden segeln. »Aber diese Zeit ist hier und heute vorbei.« Carlos runzelt die Stirn und ich muss grinsen. »Was?«, frage ich und ziehe ihn an seinem Shirt dichter an mich heran.

»Du bist so unfassbar stark.« Er lehnt seine Stirn gegen meine.

»Vor nicht mal zwei Stunden hast du mich noch angeschrien, wie schwach ich sei.«

»Ich weiß.« Er stöhnt und sein Blick fällt auf den eingetrockneten Blutfleck, der noch vom Übergriff seines Onkels stammt.

»Hey«, versuche ich ihn davon abzulenken und lege meine Hand an seine Wange. »Das ist vorbei.«

Mit dem Daumen streicht er über die letzten rauen Stellen meiner aufgeplatzten Lippe. Die Wunde ist so gut wie verheilt.

»Ich hätte da sein sollen.«

»Ja, hättest du, aber du warst es nicht, und das können wir nicht mehr ändern.«

Er wendet sich von mir ab und sieht wieder seufzend auf die vielen Bilder aus unserem Leben.

»Carlos«, mahne ich ihn, mich anzusehen. »Wir müssen damit aufhören.«

»Womit?«

Er sieht zu mir, doch ich scheitere an dem Lächeln, mit dem ich ihn aufmuntern wollte.

»All dem hier. Was vorbei ist, ist vorbei. Ich will

nicht länger in der Vergangenheit leben. Sie wird uns nur zerstören.«

»Hierbei geht es einzig um die Vergangenheit«, schnaubt er.

»Falsch«, falle ich ihm ins Wort. »Hierbei sollte es nur um die Zukunft gehen. Um uns. Und um unsere Familie. Denn wir haben Menschen, die wir lieben und die an uns glauben. Wir haben keine Kraft, auch noch die alten Lasten mit uns rumzutragen. Wir müssen uns davon lösen. Ab jetzt geht es nur noch nach vorne. Nicht mehr zurück. Das, was wir erlebt haben, hat uns geprägt. Es hat uns verletzt und beinahe wären wir gescheitert. Aber jeder Schlag, jede Folter hat uns auch zu denen gemacht, die wir heute sind. Wir sind stark. Gemeinsam.«

Atemlos warte ich auf seine Reaktion. Hoffe, dass er mich und meine Worte ernst nimmt. Denn ich meine es genauso, wie ich es gesagt habe. Ich will nicht mehr zurück. Nach einem endlos langen Augenblick wird der Ausdruck in seinem Gesicht wieder weich.

»Kein Zurück mehr?«, fragt er. Dabei zieht er eine Augenbraue in die Höhe und hält mir seine Hand hin.

»Kein Zurück mehr«, bestätige ich und lege meine Finger in seine.

Ab heute zählt nur noch die Zukunft.

Ich mit meinem großen Rucksack auf der Schulter, Carlos mit Kims Tasche in der Hand, treten wir hinaus in die feuchte Luft. Bei der untersten Stufe angekommen, durchbricht ein regelrechter Wirbelsturm die Stille, die der Regen hinterlassen hat.

»Halleluja, Mäuschen«, kreischt Pam und ihr

Busen wackelt, während sie die Treppe von ihrem Trailer herunterhüpft.

»Pam«, stoße ich aus und löse mich von Carlos, der meine Hand nach wie vor warm und beschützend in seiner hält.

»Ich bin fast gestorben vor Angst«, jammert sie in mein Ohr. Dabei drückt sie mich fest an ihre Brust. Ihr Parfum in meiner Nase gibt mir ein vertrautes Gefühl und ich erwidere ihre Umarmung von ganzem Herzen. »Wo hast du gesteckt? Wo zur Hölle ist das Baby?«

Hinter mir räuspert Carlos sich. Wahrscheinlich eine kleine Erinnerung daran, nichts preiszugeben.

»Pam«, wiederhole ich und löse mich von ihr. Ich fasse sie an den Händen und deute mit dem Kopf hinter mich. »Das ist Carlos. Mein ...«

»Ihr Freund«, nimmt er mir ab und mein Herz will vor Stolz aus meiner Brust hüpfen.

Pams Augen werden immer größer, während sie ihn ungeniert von oben bis unten mustert, sodass ich lachen muss.

»Wir wohnen jetzt bei ihm. Mach dir keine Sorgen, ja?«

»Dann habt ihr den Mietvertrag gekündigt? Einfach so? Weiß Brad schon davon?«

»Ich werd mich darum kümmern, Ma'am«, unterbricht Carlos ihre Fragerei.

Pam funkelt ihn wütend an. Sie schüchtert so schnell niemand ein. Auch kein Carlos Alvarez.

Sie sieht mich erneut an und tritt einen Schritt näher. »Brauchst du Hilfe?«, flüstert sie und lehnt sich dabei nah an mein Gesicht.

»Nein«, beruhige ich sie. Mit meinem Lächeln

versuche ich sie zu überzeugen und streiche über ihre Oberarme. »Wirklich. Du musst dich nicht aufregen.«

»Ha!«, kreischt sie schrill auf, »dafür ist es ein bisschen zu spät, Mäuschen. Erst lungern die Bullen bei dir rum, dann sehe ich nur, wie dich ein komischer Kerl ins Auto schleppt und jetzt erzählst du mir, alles sei gut und ihr zieht um?«

»Ich weiß«, seufze ich, »es klingt total verrückt, aber du musst mir glauben. Es ist alles in Ordnung. Kim und Luca geht's gut.«

Es fällt mir schwer, das voller Überzeugung zu behaupten, schließlich weiß ich es selbst nicht wirklich.

»Elisabeth«, drängt Carlos hinter mir. Ich drehe den Kopf kurz in seine Richtung und nicke. Ich weiß ... wir müssen hier weg.

»Pass auf, wir sind quasi auf dem Weg in einen kurzen Urlaub«, lüge ich, »aber danach kommen wir euch besuchen, ja?«

Sie verschränkt die Arme vor der Brust und zieht skeptisch eine Augenbraue nach oben. Sie nimmt mir kein Wort ab und ich kann es ihr nicht verdenken. Ihr mehr zu erzählen, steht jedoch nicht zur Debatte. Mir sind die Hände gebunden. Entweder sie glaubt mir oder eben nicht.

»Wirklich«, sage ich mit Nachdruck. »Du kannst mir vertrauen.«

Ihr Stöhnen hallt theatralisch über den Platz vor unseren Trailern. Doch dann sacken ihre Schultern herab und die Falten auf ihrer Stirn glätten sich weitestgehend.

»Dann meldest du dich?« Sie sieht traurig aus

und es rührt mich, dass es wenigstens einen Menschen auf dieser Welt gibt, der sich um Kim und mich sorgt. Mal abgesehen von Carlos.

»Das mache ich«, murmele ich und ziehe sie erneut in meine Arme. Ich weiß nicht, ob wir je zu unserem Leben im Trailer zurückkehren, wenn all das vorbei ist, und es ist mir auch nicht wichtig. Doch Pam werde ich vermissen. Sie war immer gut zu uns.

»Ma'am«, verabschiedet sich Carlos mit einem schlichten Nicken und hält mir seine Hand hin, die ich ergreife, sobald ich mich von meiner Nachbarin losgemacht habe. Es wird Zeit zu gehen.

Ich schaue nicht zurück, während wir zum Eingang laufen, wo die Yamaha parkt. Es wird sicher nicht leicht, Kims Gepäck in das Fach unter dem Sitz zu stopfen.

»Alles okay?«, fragt Carlos. Wahrscheinlich habe ich mein Seufzen nur halb so gut verkniffen, wie ich dachte.

»Ja. Nur …« Unsere Schuhe versinken im Kies, und ich bin froh, die High Heels gegen meine Boots getauscht zu haben. »… sie wird mir fehlen. Trotzdem bin ich froh, wenn ich das hier vorerst hinter mir lassen kann.«

»Vorerst? Du wirst nie wieder hier wohnen, Elisabeth«, knurrt er und drückt meine Hand eine Spur stärker. »Du nicht, deine Schwester nicht und ihr Baby schon mal gar nicht. Das ist kein Ort, an dem Kinder aufwachsen sollten. Ganz gleich, was passiert, das werde ich nicht zulassen.«

Unsere Blicke treffen sich und ich lächele ihn an. Es rührt mich, dass er Kim und Luca genauso in seinen Schutz einbezieht wie mich.

»Danke«, flüstere ich schlicht und mit jedem Schritt wird der Abschied von diesem Lebensabschnitt realer. Carlos hat recht damit, dass wir nicht zurückkehren. Ganz gleich, was passiert, ab heute werden wir neue Wege gehen.

Kurz bevor wir das rostige Tor erreichen, stoppt er noch einmal und hält inne.

»Was ist?«, frage ich, sehe aber sogleich, was oder vielmehr wer seine Aufmerksamkeit erregt hat.

Brad!

»Carlos«, mahne ich und versuche ihn an meiner Hand weiterzuziehen, doch er bewegt sich keinen Millimeter. Steht da und starrt hinüber.

»Das ist er, oder?«, fragt er und stiert auf die Garage neben dem rostigen Tor. Davor steht unser widerlicher Vermieter und dreht sich eine Zigarette. Bei dem fiesen Grinsen, das er mir zuwirft, läuft es mir eiskalt den Rücken hinunter. Warum eigentlich sollte ich einen Fiesling wie ihn in Schutz nehmen?

»Ja. Genau, das ist das Schwein«, sage ich daher und lasse Carlos von meiner Hand, wie einen bissigen Hund von der Leine. Ohne eine Sekunde zu zögern, geht er mit großen Schritten auf Brad zu und rammt ihm seine Faust mitten ins Gesicht, bevor dieser auch nur einen Piep machen kann.

Ich sehe zur Seite, weil er auf dem Boden liegt und Blut auf den Holzboden vor seiner Bude spuckt.

»Rührst du je eine der Frauen in diesem Park wieder an, bringe ich dich um, du erbärmlicher Wichser!«, brüllt Carlos und genau als ich wieder zu ihnen sehe, tritt er ihm gegen die Rippen. »Ach und damit kündigen wir!«

Er lässt den jammernden Brad auf dem Boden zurück und ich halte ihm meine Hand hin.

Damit ist das Kapitel Forest Trailerpark ein für alle Mal abgeschlossen, genau wie alle anderen unserer Vergangenheit. Ab heute zählt nur noch das, was vor uns liegt. Das Geschehene sollte endlich ruhen dürfen.

CARLOS

»So wird das nichts«, schüttelt Charly den Kopf und beobachtet, wie Elisabeth die Fäuste vors Gesicht hebt. Die schummrigen Lampen erfüllen lediglich den Ring mit Licht. Der Rest des großen Gebäudes liegt im Dunkeln.

Der grauhaarige hagere Mann und ich kennen uns, seit ich noch grün hinter den Ohren war. Er war meine erste Adresse für Lis und mich. Hier sind wir verhältnismäßig sicher. Charly weiß zwar nichts von meiner wahren Identität, doch ich kann mich auch so darauf verlassen, dass kein Cop in seinem Laden auftaucht.

Den alten Boxclub, den er in die Katakomben der ehemaligen Michigan Central Station gebaut hat, kennen nur die, die ihn kennen sollen.

Von außen sieht die riesige Bahnhofshalle verlassen und einsturzgefährdet aus. Kein Mensch kommt freiwillig hierher. Außer ein paar Junkies, die sich hin und wieder verirren oder aber Hollywood, das die Ruine gerne mal als perfekte Hintergrundkulisse nutzt. Doch hier unten ist niemand, der es nicht sein soll.

In den Neunzigern hat der ehemalige Boxchampion einen Hintereingang entdeckt und in den früheren Kellerräumen einen illegalen Ort für Kämpfe geschaffen. Viele Jahre hat er gutes Geld damit verdient. Ich selbst habe hier eine Menge Kämpfe ausgetragen.

Doch seit einer Ewigkeit ist der Laden bereits so tot wie der Rest unserer Motorcity. Eine Handvoll Leute kommen zum Kämpfen her. Sie brauchen den Geruch nach getrocknetem Blut und dem alten Flair des Boxrings. Männer wie ich sind zu stolz, um über der Erde für die reichen Wichser zu boxen, damit sie sich die Taschen noch voller machen können.

Ich wusste, Charly würde uns ungefragt in einem der Zimmer wohnen lassen.

»Sie hat keine Spannung in den Armen«, nuschelt er, seine selbstgedrehte Zigarette im Mundwinkel hängend.

»Das sehe ich selber«, blaffe ich den alten Griesgram an.

Ein kleiner Mexikaner hält im Ring vor uns die Schlagpolster für Elisabeth. Sie trainiert hart, doch es reicht nicht aus.

»Jo, Mojado«, knurre ich, und pfeife ihren heutigen Trainingspartner aus dem maroden Ring. »Den Rest übernehme ich.«

Meine kleine Kämpferin wendet sich ab. Ich bin sicher, sie verdreht die Augen. Ganz gleich, wie erschöpft Elisabeth ist, ihren Sturkopf habe ich noch nicht besiegt.

Ich ziehe noch ein letztes Mal an meiner Kippe,

ehe ich sie Charly vor die Füße werfe. Er drückt sie schmunzelnd mit dem Schuh aus, und tätschelt dem Mexikaner die Schulter, der gerade durch die Seile aus dem Ring klettert. Die beiden wissen, wann es Zeit ist, sich zu verpissen und lassen uns allein.

»Du musst mehr Kraft einsetzen, sonst sieht dein Gegner die Kombination schon, bevor du überhaupt ausgeholt hast. Das dauert alles zu lange.« Mit einem Sprung lande ich im Ring und übernehme die Schlagpolster. »Tu uns allen einen Gefallen und streng dich mehr an.« Mit den Polstern auf meinen Händen bringe ich mich vor ihr in Position und sie dreht sich endlich zu mir um.

Elisabeth wischt sich mit dem Unterarm den Schweiß von der Stirn. Dabei funkelt sie mich wütend an, verbeißt sich aber jeglichen Kommentar.

Kein Mensch schafft es, selbst verschwitzt in Jogginghose und engem Top so sexy auszusehen. Ihr Körper hat sich verändert. Sie ist stärker geworden. Ich achte darauf, sie vernünftig zu ernähren und helfe ihr, endlich Muskeln aufzubauen. Vor zwei Tagen hat sie sich die Haare in dem alten Waschbecken von unserem Hinterzimmer wasserstoffblond gefärbt. Dadurch strahlen ihre dunklen Augen wie Bernstein. Sie sieht verflucht heiß aus.

»Stabilisier deine Hüfte. Nach dem Jab muss sie hinten sein, damit deine Kraft sich nach vorne in den Schlag schiebt.«

Schnaubend nimmt sie ihre bandagierten Hände in die Deckung, so wie ich es ihr eingebläut habe, und führt ihre Kombination aus. Jab, rechte Gerade, Haken mit der Führungshand.

»Mehr Spannung«, sporne ich sie an und sie wiederholt das Ganze. Immer wieder. Kurzer Schlag links, lange Gerade rechts und der Haken links. »Du bist zu weich, kontrollier deine Motorik, bestimme über deine Muskeln. Man könnte glatt denken, du wolltest Walzer tanzen. Ich spüre deine Fäuste nicht einmal.«

Ihre Schläge werden mit jedem meiner Worte fester. Sie ist wütend. Gut. Denn nur so hat sie im Ansatz eine Chance, ihren Gegner zu besiegen.

»Denk an deine Deckung«, mahne ich und Elisabeth explodiert.

Beide Hände flach gegen die Schlagpolster gedrückt, versucht sie mich nach hinten zu schubsen. Ich wanke keinen Millimeter.

»Fick dich«, schreit sie und wendet mir den Rücken zu.

»Fick dich?«, frage ich und ziehe eine Augenbraue in die Höhe. »Wie alt bist du, vierzehn?«

Vor Wut schnaubend dreht sie sich um und kommt auf mich zu. Ich kenne diesen Blick mittlerweile zu gut.

»Du kannst mich mal, Carlos.«

»Gerne, es ist lange her.« Ich kann mein fettes Grinsen nicht unterdrücken. Seit Elisabeth und ich untergetaucht sind, haben wir andauernd Sex. Schon klar, wir hausen in einem feuchten Zimmer im Keller einer U-Bahnstation. Doch solange ich freien Zugang zu ihrer Pussy habe, werde ich mich nicht nur zum Schlafen neben diese Frau legen. Außerdem ist es gut für ihre Kondition. Denn diese ist noch schlechter als die Schlagkraft ihrer Arme.

»Du und das hier gehen mir so dermaßen auf die Nerven, das glaubst du gar nicht.«

Ehrlich gesagt, rechne ich schon seit einigen Tagen mit diesem Ausbruch. Elisabeth ist stark. So verdammt stur und willensstark, wie ich nie zuvor eine Frau erlebt habe.

Sie hat ohne zu zögern ihr Leben aufgegeben. Ihre Familie verlassen und ich quäle sie nun länger als drei Wochen. Irgendwann musste der Punkt des Zweifelns kommen. Der Moment der Schwäche, in dem die körperliche Erschöpfung der seelischen erliegt.

»Du kannst jederzeit gehen.« Ich werfe die Pads auf den fleckigen Ringboden und lehne mich gegen das Seil. Der körperliche Kampf ist vorbei. Jetzt geht es einzig um ihren Kopf.

»Darum geht es doch gar nicht.« Sie versucht krampfhaft, sich die Bandagen von den wunden Knöcheln zu zerren. »Ich versuche es ja. Verdammt, ich mache alles, was du sagst. Sieh mich doch an!«, brüllt sie und wirft die Hände in die Luft. Man kann ihr die Tränen ansehen, die sie zurückhält.

»Das tue ich. Du musst härter trainieren.«

»Arrrgh«, keift sie und stampft mit dem Fuß auf. »Ich bin nun mal keine verdammte Boxerin. Wir sind hier nicht bei Rocky.«

Ich muss lachen, handele mir dafür allerdings einen tödlichen Blick ein.

»Es ist wichtig, dass du dich im Zweifelsfall verteidigen kannst.«

»Im Zweifelsfall? Du machst doch eh alles ohne mich. Soll ich Charly eine verpassen, wenn er die Halle fegt, oder von welchem Fall sprechen wir hier?«

Ich senke den Kopf und seufze. Mit einer Hand

fische ich die Zigarettenschachtel aus meiner Tasche und zünde mir eine an.

»Hatten wir das nicht schon?«

Wenn wir nicht gerade trainieren oder ich sie ficke, streiten wir. Denn Elisabeth kapiert nicht, dass es Dinge gibt, die ich ohne sie machen muss. Verdammt, mir gefällt es auch nicht. Wenn wir in dieser Stadt überleben wollen, ohne dass die verdammten Cops uns kriegen, brauchen wir meine Kontakte. Und in diese Welt will ich sie nicht auch noch mit reinziehen. Schlimm genug, dass mein Vater ein Druckmittel gegen mich in der Hand hat. Es muss sie ja nicht gleich jeder Drogendealer der Stadt mit mir in Verbindung bringen.

Natürlich verstehe ich ihre Verzweiflung. Sie ist einsam und ungeduldig.

»Ich will nicht mehr, Carlos. Jeden Tag quälst du mich bis aufs Blut und ich komme kein Stück weiter. Scheiße«, raunt sie und lässt sich rückwärts ins Seil sinken.

»Du musst lernen, deinen Körper zu kontrollieren. Du brauchst Kraft und Muskeln und vor allem den Mut, beides einzusetzen.«

»Du siehst doch, dass ich es nicht kann.«

»Du hast keine Geduld.«

»Was soll mir das ständige Boxen bitte schön bringen? Das ist doch sinnlos. Ich werde wohl kaum mit deinem Vater in den Ring steigen.«

»Aber falls doch, hättest du so wenigstens eine Chance«, lache ich. Meine kleine Kämpferin. Sie ist einfach viel zu ungeduldig.

»Toll. So ein Quatsch. Wir vergeuden hier unsere Zeit mit dämlichen Boxübungen. Das hat deiner

Mutter auch nicht viel …« Blitzschnell legt sie ihre Hand auf ihren Mund. Mein Lachen erstirbt. Ich presse die Kiefer zusammen und wende mich ab. Lehne mich mit den Ellbogen auf das Seil des Ringes, in dem ich vor Jahren das Boxen gelernt habe.

Der Trainingsraum ist leer. Es ist früh am Morgen und die wenigen, die hier trainieren dürfen, kommen erst am späten Nachmittag.

»Entschuldige.« Ich spüre ihre bandagierte Hand auf meinem Rücken. »Das hätte ich nicht sagen sollen.«

»Vielleicht hast du recht«, stöhne ich und sehe sie über meine Schulter an.

»Ich gebe ja wirklich mein Bestes.«

»Ich weiß.« Mit einem Finger schiebe ich ihr eine blonde Haarsträhne hinters Ohr, die auf ihrer verschwitzten Stirn klebte.

»Seit drei Wochen trainiere ich jeden Tag. Ohne Pause. Ich ernähre mich gesund, gehe joggen, und versuche an meiner Koordination zu arbeiten. Aber was, wenn dein Vater mich irgendwann in die Finger kriegt und seine Waffe auf mich richtet. Dann nützt mir der linke Haken gar nichts.«

Meine Augen schließen sich mit einem tiefen Atemzug. Allein die Vorstellung bringt mich um.

»Tienes razón«, murmele ich. Sie hat ja recht. Wir blicken uns gegenseitig direkt in die Seelen. Einzig der Rauch meiner Zigarette schwebt zwischen unseren Gesichtern.

»Überhaupt ist all das witzlos, wenn wir uns weiterhin nur hier verstecken.«

»Elisabeth«, mahne ich sie. Mir ist klar, dass wir uns nicht ewig hier verkriechen können, auch wenn ich das gerne würde. Die Wahrheit ist, ich habe Angst. Aber das werde ich ihr nicht sagen.

»Nein, Carlos.« Sie wendet sich ab und schlurft über die Matte. »Seit Wochen hängen wir hier rum und machen diesen Mist. So kommen wir nicht weiter. Wir müssen langsam irgendwas unternehmen. Rauskriegen, wo die undichte Stelle lag, Yvonne Meyers finden. All das«, meckert sie und dreht dabei Kreise im Ring.

»Das schon wieder.« Elisabeth ist davon überzeugt, dass mich jemand an meinen Vater verraten hat. »Meine Leute sind alle loyal. Jeder einzelne von ihnen …«

»… verdankt dir sein Leben«, beendet sie meinen Satz und imitiert dabei nicht gerade charmant meine Stimme. »Bla bla …«

»Du verhältst dich genauso, wie du boxt«, zische ich sie an. Vielleicht sollte ich meine Handschuhe rausholen und ihr ein Spezialtraining verpassen.

»Und du denkst nicht rational. Ich weiß, dass die Crew aus dem Velvet dir wichtig ist, aber jeder ist ab einem bestimmten Punkt käuflich. Ob du es nun hören willst oder nicht. Es war kein Zufall, dass dein Vater von dir erfahren hat. Und McGuire ist das verfluchte Bindeglied. Irgendjemand muss ihm gesteckt haben, wer du bist. Und ich habe da so meinen Verdacht.«

»Fuck«, knurre ich und trete so fest ich kann gegen die Pads, die im Ring liegen. Sie fliegen über die Matte und landen auf dem kalten Betonboden. »Spar dir die Eifersuchtsnummer!« Ich weiß, dass sie recht hat. Scheiße, verdammt, ich weiß es. Aber verflucht, ich will nicht wahrhaben, dass mich einer meiner Leute verraten hat. Und dass Shakira es war, ist ausgeschlossen.

»Ich boxe nicht mehr, ehe du es endlich einsiehst.«

Elisabeth hat die Arme wütend vor der Brust verschränkt.

»Denkst du, du kannst mich erpressen?«

Ich weiß nicht, warum ich so sauer bin. Vermutlich, weil ich ihr schlecht recht geben kann.

»Du sagst doch, ich boxe wie ein Kind.«

»Ein schlechtes Kind.«

»Ich hasse dich!«, flucht sie.

»Tust du nicht.« Ich wende mich von ihr ab und lehne mich erneut gegen das Seil.

»Nein. Tu ich nicht. Aber ich würde es gerne.«

Über meine Schulter sehe ich mein bockiges Mädchen an und muss grinsen.

»Geh duschen. Wir fahren.«

»Wohin?« Zu sehen, wie sich der Ausdruck in ihrem Gesicht verändert, gefällt mir. Scheiße, es macht mir Spaß, mich mit Elisabeth zu streiten. Weil sie clever und klug ist und sich nicht versteckt, wenn ich ihr etwas an den Kopf werfe.

Ich stoße mich vom Seil ab und gehe zu ihr, um ihr einen flüchtigen Kuss auf die Wange zu geben. Elisabeth riecht selbst nach zwei Stunden Boxtraining für mich wie eine Blumenwiese. Ganz gleich, was ich mir einrede, sie hat die Lage glasklar durchschaut. Zeit, einen Schritt weiterzugehen.

»Wir erweitern deine Disziplinen.«

Am frühen Nachmittag spüre ich mit jedem weiteren verlassenen Haus, an dem wir vorbeifahren, wie sich meine kleine Princesa fester an meinen Oberkörper krallt. Mir hat das Motorradfahren schon immer Freude bereitet, aber erst ihr zarter Körper, der sich von hinten an mich schmiegt, macht es zu etwas Besonderem. Ihre langen Beine, die sie seit Wochen bereitwillig bei jeder Gelegenheit für mich spreizt, schließen sich fest um meine Schenkel.

Niemals im Leben könnte ein Mann genug davon bekommen.

Für Mitte Oktober ist es relativ mild in Detroit. Die Straßen sind feucht von dem ständigen Regen. Das Wetter passt sich jeden Tag mehr und mehr unserer Stimmung an.

Wie schwerelos gleitet die Yamaha mit uns durch die Mount Elliot Street. Das hier sind Gegenden, in denen sich Elisabeth nicht aufhalten sollte. Kein Mensch, der halbwegs bei Verstand ist, sollte das. Doch ihre Zweifel, was das Training betrifft, sind angebracht. Sie muss sich zu wehren wissen. Und zwar richtig.

Kurz bevor wir in die Concord Street abbiegen, drossele ich die Geschwindigkeit und stoppe schließlich mitten auf der Straße.

»Wo zum Teufel sind wir hier, Carlos?«

Ich lege meine Hand auf ihre, die sich um meinen Bauch krallt. Wir tragen beide Handschuhe, so kann ich zwar nicht ihre Haut spüren, ihr aber zeigen, dass alles okay ist.

»Ein bisschen Geduld noch«, murmele ich. Ich

möchte wetten, sie verdreht daraufhin die Augen oder zieht eine Grimasse.

Nicht lange und Elisabeth knufft mich in den Arm und ich sehe nach rechts.

»Was wollt ihr hier?«, blafft der große dunkelhäutige Kerl, der wie aus dem Nichts neben uns aufgetaucht ist. Ich stelle beide Beine fest auf den Boden und richte mich etwas auf. Der Riese hebt sein viel zu großes Sweatshirt, um uns seine billige Knarre im Hosenbund zu zeigen. Damit bringt er Elisabeth dazu, keuchend nach Luft zu schnappen.

Doch ich lache nur.

»Lass deine Eier in der Hose und benimm dich, Darnell.«

Er zuckt zurück, bis ich das schwarz getönte Visier von meinem Helm öffne und seine dunklen Augen sich weiten.

»Hermano«, lacht er, und lässt sein Shirt sinken. Mein alter Kumpel aus Jugendzeiten kommt zu meiner Maschine und reicht mir die Hand. Freundschaftlich schlage ich ein, während Elisabeth sich noch immer wie ein Äffchen an mich krallt. »Welch Glanz in meiner Hütte.«

Sein Blick wandert von mir zu meiner Maschine und anschließend zu Elisabeth. Darnell, der mittlerweile der Big Boss von Packard Plant ist, kratzt sich am Kinn und zeigt seine goldenen Zähne. »Und wen bringst du da mit?«, knurrt er wie ein ausgehungertes Tier und ich gebe ihm einen Klaps auf die Wange.

»Bro«, blaffe ich. »Hier vorne spielt die Musik. Sie hat dich nicht zu interessieren.«

»Immer locker bleiben«, lacht er, und hebt beschwichtigend die Hände. Wahrscheinlich klang meine Stimme genau wie beabsichtigt.

»Ich muss eine Zeit ungestört sein. Kriegst du das hin?«, frage ich und knirsche mit den Zähnen. Es pisst mich an, Elisabeth hierher zu bringen.

»Für den richtigen Preis kriege ich alles hin, Bro.«

Seine verfluchten Augen landen schon wieder auf den Beinen meines Mädchens. Ich bin kurz davor, ihm direkt hier eine Kugel zu verpassen.

»Zwei Stunden«, knurre ich und halte ihm ein Tütchen Koks hin. Diese Wichser hier dealen alle. Ein paar Gramm und sie legen dir die Welt zu Füßen.

»Geht klar, Carlos«, er reißt mir das Gift beinahe aus den Händen und klatscht mir auf die Schulter.

»Im Keller vegetieren ein paar Penner vor sich hin. Ignorier sie einfach. Du weißt schon ... sind mehr tot als lebendig.«

Der Motor erwacht. Ich nicke ihm lediglich noch einmal zu, ehe ich die Füße vom Boden hebe und uns weiter in das Herz der Geisterstadt führe.

Achtsam lenke ich die Maschine zwischen den leerstehenden Hallen des ehemaligen Packard Plant. Hier werden schon seit den fünfziger Jahren keine Autos mehr produziert.

Die Fenster haben keine Scheiben. Die Decken sind zum Teil eingestürzt. Hier hält sich kein Mensch auf, der nicht irgendeine Scheiße im Sinn hat.

Hin und wieder kommen ein paar naive Touristen her, die von den verlassenen Geistergebäuden gehört haben. Ansonsten sind die Automobilfirmen, die Detroit einst berühmt gemacht haben, das Zuhause von Strichern und Dealern. Nur der Abschaum der Menschheit drückt sich an solchen Orten herum. Für Männer wie mich gibt es einzig einen Grund herzukommen. Wenn man dreckige Jobs erledigen will. Ich will nicht wissen, wie viele Leichen Serge auf diesem Grund und Boden für mich verscharrt hat.

Ich biege in eine der hinteren Hallen ein und schrecke eine Schar Vögel auf. Elisabeth zuckt zusammen. Nach wenigen Metern schalte ich die Yamaha ab, und es ist so still, dass ich das Gefühl habe, ich könne ihren Herzschlag hören.

»Du kannst absteigen«, sage ich durch mein noch immer offenes Visier.

Sie schwingt ihr langes Bein über die Lederbank. Staub wirbelt beim Absprung unter ihren Füßen auf und tanzt wie Glitzer durch die Luft.

»Was ist das hier?«, fragt sie, nachdem sie den Helm vom Kopf gezogen hat.

»Packard«, antworte ich und steige ebenfalls ab. Meinen Helm hänge ich an den Lenker und halte ihr meine Hand hin, damit sie mir meinen Rucksack gibt, den sie tragen musste.

»Das ist …«, sie dreht sich einmal im Kreis, legt den Kopf in den Nacken und sieht sich in den Trümmern der alten Fabrikhalle um, »gruselig.«

»Keine Sorge. Uns passiert nichts.«

»Weil du diesem Widerling Drogen geschenkt hast?«

Ich streiche mir die Haare glatt und atme tief ein. Drogen und Waffen sind nicht gerade meine liebste

Ware. Doch ohne wäre ich nicht der, der ich heute bin.

Ich antworte nicht.

»Darf ich was fragen?« Auch Lis streicht sich die Haare aus dem Gesicht, die der Helm geplättet hat.

»Sicher.« Ich stelle den Rucksack auf einen alten Betonvorbau an der ehemaligen Fensterfront.

»Nimmst du dieses Zeug auch?«

»Koks? Ich?«, ich kann mein Lachen nicht zurückhalten. »Elisabeth«, mahne ich mit einem Schmunzeln im Gesicht. »Denkst du wirklich, ich zwinge dich Tag für Tag, gesunde Dinge zu essen, und zieh mir dann nachts, wenn du schläfst, eine Line?«

»Es war ja nur eine Frage.« Sie hängt ihren Helm ebenfalls an den Lenker der Yamaha und kommt zu mir herüber. In schwarzer enger Jeans und ihren Lederboots sieht sie aus wie ein echtes Rockergirl. Die enge Lederjacke reicht gerade so über den Bund ihrer Hose. Ich fahre voll darauf ab.

»Drogen sind Gift«, erkläre ich ihr und versuche zu ignorieren, wie scharf sie mich macht. Wird das für alle Zeit so sein?

Ich strecke meine Hand nach ihr aus. »Allerdings sind wir für diese Lektion nicht hier. Komm her.«

Ich ziehe sie an ihrer Hand zu mir heran und spüre, wie sie erstarrt, als sie den Inhalt meines Rucksacks erkennt.

»Mal sehen, ob du dich beim Schießen besser anstellst als beim Boxen«, lache ich und lege ihr vorerst eine Beretta in die Finger.

LIS

Ich starre auf die Pistole in meinen Händen.

»Zuerst suchst du dir die Waffe aus, die deiner Meinung nach am besten in deiner Hand liegt. Die Beretta ist meine erste Wahl, aber das muss nicht für dich gelten.«

Obwohl mein Mund staubtrocken ist, schlucke ich wieder und wieder. Carlos, der in seiner Lederhose und der passenden Jacke wie mein wahr gewordener Traum aussieht, breitet auf einem dreckigen Mauervorsprung dieser gruseligen Halle jede Menge Waffen vor mir aus. Die gesamte Szenerie erinnert mich viel zu sehr an die Zombiefilme, die Kim so gerne sieht.

»Ich …«, die silberne Waffe, die er mir als erstes gereicht hat, liegt wie Blei zwischen meinen Fingern. Trotz des Lederhandschuhs spüre ich das kalte Metall. »Ich weiß nicht, ob ich das kann.«

»Zieh die Handschuhe aus und mach dich damit bekannt. Sie sind alle gesichert und nicht geladen. Außerdem sind wir allein.«

Ich gebe ihm die Waffe zurück und streife die Handschuhe von meinen zitternden Fingern.

Mein Leben hat sich in den vergangenen Wochen um hundertachtzig Grad gedreht. Ich fühle mich fit. Durchtrainiert. Spüre Muskeln an Stellen, an denen ich nicht mal welche vermutet hätte. Carlos macht mich stark. Und doch habe ich permanent Angst. Ich habe Angst, dass Kim mir nicht verzeihen wird, dass ein paar Zeilen und eine Tasche mit ihren Klamotten alles war, was sie von mir bekommen hat.

Einer von Carlos' ehemaligen Söldnern hat sie direkt bei ihrer Ankunft nach Kanada geschleppt. Es macht mich verrückt, nicht zu wissen, wie sie reagiert hat. Bestimmt war es die Hölle für sie, nicht zu wissen, was los ist. Die einzige Erklärung: mein dürftiger Brief und ein paar Polaroids aus dem Trailer.

Wir haben keinerlei Kontakt zu ihnen. Serge hat die Anweisung befolgt, sein Handy nicht zu benutzen. Die Hoffnung, dass es unseren Schwestern und dem Baby gutgeht, ist alles, was mir diesbezüglich geblieben ist.

Im Verborgenen zu leben bin, ich gewohnt. Es gibt keine Freundinnen oder Verwandte, deren Kontakt mir fehlen könnte. Ich war mein Leben lang einsam. Jetzt bin ich es nicht mehr. Ich habe Carlos an meiner Seite. Er ist für mich da. Tag und Nacht. Und ich liebe ihn mit jedem Tag mehr.

Und doch legen sich die Schatten weiter über unsere Gemüter, denn keiner von uns weiß, wie viel Zeit uns noch bleibt.

Die Vorstellung, unsere gemeinsamen Nächte in

einem Versteck unter der Central Station bleiben unsere einzigen Erinnerungen, lässt mich regelrecht panisch werden. Vor zwei Tagen hätte die Anklageanhörung stattfinden sollen. Seitdem steht Carlos ganz oben auf der Fahndungsliste. Die Schlinge um unseren Hals zieht sich zu, und ich will endlich, dass es vorbei ist.

Mit erhobenem Haupt und gerecktem Kinn trete ich vor die Waffen. Nie zuvor bin ich damit in Kontakt gekommen. Doch sie schrecken mich nicht wirklich ab. Vielmehr wirken sie ... wie ein Ausweg.

»Die da«, sage ich und deute auf eine schwarze Pistole.

»Lass dir Zeit. Du musst dich mit der Waffe wohlfühlen. Jeder wählt anders.«

»Ich will die«, beharre ich und nehme sie in die Hände. Sie ist schwer. Viel schwerer, als ich erwartet hätte. Der geriffelte Kunststoffgriff fühlt sich gut an in meinen Fingern.

»Das ist ein Colt Government. Halbautomatik. 9mm. Eine gute Waffe. Etwas altmodisch, aber solide. Sie wird schon seit 1913 gebaut und sogar heute noch von den Marines benutzt.«

Ich ziehe eine Augenbraue nach oben.

»Mich interessiert nicht das Kleingedruckte. Zeig mir, wie ich mit dem verdammten Ding richtig umgehe.«

Carlos' volle Lippen breiten sich zu einem fetten Grinsen aus.

»Wenn du wüsstest, wie scharf du mich gerade machst.«

Ich richte die Waffe auf ihn und strahle.

»Willst du spielen, Alvarez?«

Sein Lachen erstirbt sofort.

»Hör auf mit dem Scheiß«, meckert er und drückt die Waffe zusammen mit meiner Hand herunter.

»Du hast gesagt, sie ist ungeladen.«

»Ich hätte mich täuschen können.«

»Du täuschst dich nie«, lache ich, »außer als du dachtest, es sei eine gute Idee, mir das Boxen beizubringen.«

Seine Brust vibriert unter einem herrlich tiefen Lachen. Ich liebe es, wenn er so sexy mürrisch vor sich hin grummelt. Die Gelegenheiten, in denen wir unbekümmert schäkern, sind selten.

»Also«, er sieht mich kurz an, ehe er mir ein längliches Metallteil in die freie Hand drückt. »Das Magazin. Acht Patronen.«

»Acht Patronen. Neun Millimeter«, wiederhole ich. Wir sind schließlich nicht nur in diese Horrorfilmszene gefahren, um zu flirten.

»Wenn dieser Haken oben ist«, er nimmt mir die Waffe aus der Hand und deutet auf ein kleines Häkchen an der Seite der Pistole, »ist sie gesichert. Du kannst das Magazin einlegen, aber sonst nichts.«

»Okay«, sage ich und nehme die Waffe, die er mir wieder hinhält. Ich spiele mit meinem rechten Daumen und probiere das Sichern und Entsichern. Carlos hält mir das Magazin hin und ich schiebe es von unten in den Griff.

»Du musst diesen Knopf drücken, damit es reingeht«, erklärt er und ich drücke das schwarze Knöpfchen neben dem Abzug.

Eine geladene Waffe in den Fingern zu halten, ist ein seltsames Gefühl. Ich könnte jemanden damit töten. Einfach so. Meine Atmung geht schnell, und ich fürchte, mir springt gleich das Herz aus der Brust.

»Ganz ruhig«, murmelt Carlos, der sich gerade eine Zigarette anzündet. »Es kann nichts passieren.«

»Okay«, flüstere ich und versuche die Waffe nur noch nach unten zu halten.

»Das ist eine Halbautomatik.« Er pustet den Rauch durch seine vollen Lippen in den Raum. Seine Augen strahlen so hell, dass ich nicht weiß, ob ich von der Waffe schwitzige Hände habe, oder seinetwegen.

»Was heißt das?«, frage ich und versuche mich auf die Pistole in meiner Hand zu konzentrieren.

»Du musst nach dem Entsichern einmal manuell durchladen. Danach macht das der Rückstoßlader.«

»Ich habe keine Ahnung, was das bedeutet«, gestehe ich. Carlos stößt sich von dem Mauervorsprung ab, gegen den er sich gelehnt hatte, und nimmt mir den Colt ab.

»Siehst du«, sagt er und zieht den Lauf einmal zurück und wieder vor. Dann richtet er die Waffe ins Innere der Halle und grinst mich an. »Ohren zu«, befiehlt er und ich lege schnell beide Hände an den Kopf.

Der Schuss ist ohrenbetäubend laut.

»Hier!«, er hält die Zigarette nur zwischen den Lippen und murmelt. »Der Schuss hat die leere Hülse ausgeworfen und automatisch eine neue in den Lauf gelegt. Das heißt, du musst nur einmal durchladen, wenn ein neues Magazin drin ist. Kapiert?«

»Okay!«, rufe ich. Die Hände nach wie vor auf den Ohren.

»Dann los«, lacht Carlos und ich nehme die Arme runter.

»Ich hab Schiss«, gestehe ich, nehme die Waffe aber tapfer entgegen.

»Vorsicht«, warnt er und springt ein Stück zur Seite, als ich mich zu ihm drehe. »Nicht gesichert.«

»Halleluja«, murmele ich nur und stelle mich vor ihn.

»Nimm sie in beide Hände.«

Ich lege eine Hand um den Griff, die andere darum, so wie man es aus dem Fernsehen kennt.

»Worauf soll ich schießen?«, frage ich und schaue mich über den Lauf der Waffe um. Ich wage es nicht, den Finger an den Abzug zu legen.

»Siehst du die Lampe?«, fragt Carlos und deutet auf eine herunterhängende riesige Glühbirne, ungefähr zwanzig Meter vor uns.

»Okay«, wiederhole ich und schlucke.

»Atme ganz ruhig. Anvisieren, und wenn du soweit bist, halt die Luft an und zieh den Abzug.«

Dann wird es still. Ich konzentriere mich auf mein Ziel. Blende das heruntergekommene Gebäude genauso aus, wie den Geruch von Carlos' Parfum. Meine Hände wackeln, doch ich versuche so ruhig wie möglich zu atmen.

Ich halte die Luft an ... und ... schieße.

Der Schuss geht mir durch alle Glieder. Die Waffe hat mir einen ordentlichen Rückstoß verpasst, auf den ich nicht gefasst war. Erst, als mir schwindelig wird, merke ich, dass ich noch immer die Luft anhalte. Erleichtert puste ich aus und atme tief ein.

Ohne meine Position zu verändern, wende ich den Kopf zu Carlos.

Sein Blick haut mich um. Voller Stolz strahlt er übers ganze Gesicht.

»Was ist?«, frage ich, doch er deutet lediglich mit dem Kinn Richtung Lampe.

Ich drehe mich zurück und lache schrill auf. Dort, wo eben eine Glühbirne baumelte, hängt jetzt nur noch eine leere Fassung.

»Hab ich getroffen?«, quietsche ich und hüpfe auf der Stelle.

»Jap!«

»Oh mein Gott«, schreie ich und tanze mit der Waffe im Kreis.

»Wow, Elisabeth«, donnert Carlos, lacht aber dabei. »Nicht gesichert«, warnt er, und sofort wird mir die Waffe in meiner Hand wieder bewusst. Ich halte inne und starre auf den Colt.

»So«, schmunzelt Carlos und legt den Hebel der Sicherung um. »Jetzt darfst du tanzen.«

»Ich hab getroffen«, murmele ich und kann nur auf seine unwiderstehlichen Lippen starren.

»Das hast du.« Ich höre den Stolz in seiner Stimme. Voller Freude lasse ich mich gegen seine Brust fallen und schlinge die Arme um seinen Nacken, den Colt nach wie vor fest zwischen meinen Fingern.

Ich recke mich ihm entgegen und schließe die Augen, sobald ich seine warmen Lippen auf meinen spüre. Carlos' Haut ist immer warm. Selbst heute, wenn das Wetter feucht, ist und ich schon seit der Fahrt hierher friere.

Jedes Mal, wenn unsere Zungen aufeinandertreffen, findet in meinem Bauch ein kleines Feuerwerk statt. Gepaart mit dem Adrenalin, das gerade durch meine Venen rauscht, ein ziemliches Hochgefühl.

Ich grinse an seinen Lippen, während seine Zunge mit meiner tanzt.

»Darf ich es nochmal probieren?«, flüstere ich in seinen Mund und, unsere Zähne klappern gegeneinander, weil Carlos ebenfalls strahlt.

»Nur zu. Bislang verbuche ich das unter purem Anfängerglück.«

Zwei Stunden später bin ich wie im Rausch. Ich surfe auf einer Welle des Stolzes und der Adrenalinkick will einfach kein Ende nehmen.

»Scheint, als hätten wir deine Disziplin gefunden«, lobt Carlos, der es sich breitbeinig auf seinem Motorrad gemütlich gemacht hat. Die Ellbogen auf dem Tank abgestützt beobachtet er, wie ich ein Ziel nach dem anderen treffe.

»Gib's zu. Ich bin ein Naturtalent.« Ich sichere die Beretta. Sie war die letzte, die ich noch ausprobieren musste. Wie mit allen anderen treffe ich auch mit ihr so gut wie jedes Ziel.

»Absolut«, schwärmt Carlos und schüttelt dabei lachend den Kopf. »Schluss mit dem Boxen. In deine Hände gehört eine Waffe.«

Sein Lob geht runter wie Öl. In meinem Leben habe ich nie sonderlich viel Anerkennung erfahren. Ich lechze schon seit Kindestagen danach, und jetzt weiß ich auch wieder, warum. Etwas gut zu können, fühlt sich fantastisch an. Es berauscht einen.

Ich ziehe das Magazin aus der Beretta und lege es zurück in den Rucksack. Ich bleibe bei dem Colt. Er war meine erste Wahl und irgendwie mag ich ihn.

Alle Waffen sind verstaut und ich richte mich wieder auf.

»Komm her.« Seine Augen strahlen im hellsten Blau und funkeln wie Diamanten. Sex. Es ist purer Sex, der aus seinen Pupillen sprüht.

Ich trete dicht neben das imposante Motorrad. Wie alles, das er besitzt, ist es schwarz wie die Nacht.

Er legt eine Hand in meinen Rücken und zieht mich direkt vor seine Lippen.

»Du bist so verdammt scharf und merkst es nicht mal«, haucht er zwischen kleinen Küssen auf meinen Hals.

»Dann macht es dich an, wenn ich mit einer Waffe umgehen kann?« Ich greife in seinen Schritt, spüre durch die enge Lederhose seine Erektion, die ich ehrlich gesagt schon erwartet habe. So undurchschaubar Alvarez auch sein mag, ich kenne ihn eben doch ein bisschen.

»Oh ja«, stöhnt er und beißt in mein Fleisch.

Unser Sex wird mit jedem Mal grober. Ich habe das Gefühl, wir brauchen das beide.

Meine Finger fahren durch die wilde Mähne auf seinem Kopf bis zu seinem Nacken. Der zarten Haut, die unter seinem Shirt in den harten Oberkörper mündet.

Ganz langsam lehnt er sich ein Stück zurück.

Lässt zu, dass ich den Reißverschluss seiner Lederhose öffne und seinen harten Schaft befreie.

»Fuck!«, stöhnt er. Meine Finger fahren über das zarte Fleisch seiner Eichel. »Diese Hände«, brummt er und zerrt sich die Hose etwas weiter herunter. Die Kulisse und die Möglichkeit, gesehen zu werden, machen mich ganz kribbelig.

Anschließend zieht er mich am Kragen meiner Lederjacke vor sein Gesicht und küsst mich. Stürmisch und hart. So, wie es in diesem Augenblick das einzig Richtige ist.

»Los!«, befiehlt er, nachdem er sich von mir gelöst hat, »zieh die Hose aus, ich will dich hier und jetzt ficken.«

Hastig sehe ich mich um, während mein Daumen kleine Kreise über Carlos Spitze malt.

»Was, wenn jemand kommt?«, frage ich und küsse ihn immer wieder auf den Mund. Ich bin süchtig danach. Das Gefühl, wenn die Erregung gepaart mit heller Vorfreude durch meine Venen schießt, ist wie eine Droge.

»Dann kannst du ihn mit deinem neuen Colt erschießen.« Er grinst erst, wird dann aber schnell ernst, weil ich seine Erektion zu reiben beginne. »Jetzt zieh die verdammte Hose aus, Elisabeth. Ich werde es nicht wiederholen.«

Ich zögere keine weitere Sekunde. Schlüpfe aus meinen Boots und streife mir die enge Jeans samt Slip von den Beinen.

»Und jetzt steig auf, Baby«, knurrt Carlos. Er sitzt auf seiner Maschine und massiert sich selbst. Ein Anblick, der mich so scharf macht, dass ich die Feuchtigkeit an meinen Schenkeln spüre.

Er lehnt sich nach hinten und hält mir seine Hand hin, damit ich mich rittlings auf seinen Schoss setzen kann. Ich stelle die Füße auf die Pedale und positioniere mich über ihm.

Wir lassen uns nicht aus den Augen, während ich mich langsam sinken und ihn direkt in mich hineinlasse.

Im Einklang stöhnen wir und ich kralle mich an seinen Schultern fest, während er seinen riesigen Schwanz bis zum Anschlag in mir versenkt.

»Ay dios«, flucht Carlos und hält mich an den Hüften. Mit festem Griff weist er mich an, meinen Hintern wieder zu heben, nur um direkt wieder auf ihn zu sinken. Wir hatten inzwischen schon eine Menge Sex, doch selten habe ich ihn so tief in mir gespürt. »Reite mich.«

Mit geschlossenen Augen beschleunige ich mein Tempo. Keuche jedes Mal auf, wenn er diesen einen besonderen Punkt in meinem Inneren trifft. Die leere Fabrikhalle lässt unsere Geräusche laut und hohl klingen. Es klingt wie der perfekte Soundtrack zu dem zarten Flattern, das in meinem Bauch zu einem gigantischen Wirbelsturm heranwächst.

»Oh mein Gott«, stöhne ich, weil ich so verdammt scharf bin. All das hier. Diese Location. Das Motorrad. Der Regen, der inzwischen draußen auf die Straßen prasselt. Und vor allem dieses Gefühl, Carlos mit all meiner neu gewonnenen Muskelkraft zu ficken. Immer schneller hebe und senke ich mich auf ihn hinab. Wir haben das hier schon einige Male getan, aber nie haben die äußeren Umstände so mitgespielt.

»Carlos«, schreie ich und er kommt mir bei

jedem Stoß entgegen. Es dauert nicht lange und ich stürze über die alles entscheidende Klippe. Noch immer habe ich mich nicht daran gewöhnt, wie schnell und heftig ich jedes Mal komme, wenn wir zusammen sind. Nicht ein einziges Mal hat Carlos mich genommen, ohne dass ich einen Orgasmus hatte.

Ich bewege mich weiter, um auch ihn zum Höhepunkt zu bringen. Anders als sonst spüre ich meine Lust sofort von Neuem aufflackern. Ich bin nicht überreizt oder erschöpft. Stattdessen spüre ich es wieder. Noch schneller und viel intensiver.

»Sí, mi reina«, stöhnt er. Dass er mich als seine Königin bezeichnet, lässt den letzten Rest meiner Kontrolle verpuffen. Seine Finger bohren sich in meine Taille. Unsere Körper prallen mit aller Heftigkeit aufeinander. »Komm noch einmal für mich«, keucht er. Ich bohre meine Fingernägel in seinen Hals und schreie durch die Trümmer der alten Automobilhalle.

»Fuck«, schreit Carlos und zwingt mich von hinten an den Schultern noch tiefer auf seinen Schwanz. Bohrt sich in mich hinein. Zu spüren, wie er tief in mir kommt, reißt mich ein weiteres Mal über die Klippe.

So fest ich kann, beiße ich in den Stoff seiner Lederjacke, und bin kurz davor, das Bewusstsein zu verlieren. Etwas derart Intensives habe ich nie zuvor erlebt.

»Scheiße, Elisabeth«, brummt Carlos lachend.

»Was war das?«, keuche ich atemlos, den Kopf auf seiner Schulter.

»Das, mein Engel, war deine Königsdisziplin.« Er

nimmt meinen Kopf zwischen seine Hände und schiebt mich so, dass er mich sehen kann.

Ein schwaches Lächeln liegt auf meinen Lippen. Zu mehr bin ich nicht fähig.

»Ich bin sehr stolz auf dich«, flüstert er.

Und mit diesen Worten drückt er dem Nachmittag das Siegel der bedeutsamsten Momente meines Lebens auf.

CARLOS

Wenn die Nächte kälter werden und der Winter sich langsam aber sicher über die Stadt legt, wird es ruhiger in Detroit. Die Ratten verkriechen sich in ihren Löchern und der Abschaum bleibt den Straßen zeitweise erspart.

Ich ziehe den Reißverschluss meiner Jacke weiter zu und meine Mütze tiefer in die Stirn.

Greektown zählt seit meiner Jugend zu meinen liebsten Vierteln der Stadt. Die alten Backsteingebäude und die vielen bunten Lichter der Restaurants sind mit dem Leben auf der Eight Mile nicht zu vergleichen. Dennoch fühle ich mich nicht wohl bei dem Gedanken, allein durch die Straßen zu laufen. Schließlich stehe ich nach wie vor ganz oben auf der Fahndungsliste. Und das hier ist nicht gerade ein Bezirk, in welchem die Leute meine Macht zu schätzen wissen. Im Gegenteil. Hier bin ich einer von Vielen. Ein dunkel gekleideter Latino, der spät am Abend durch die Straßen streift. Bei dem Gedanken daran, wie Elisabeth mir für diese Aktion hier in den Arsch treten würde, muss ich schmunzeln.

Unsere Beziehung hat sich verändert. Wir sind Partner. Sie bietet mir die Stirn und das macht mich zu einem stolzen Mann. Unser Leben als glücklich zu bezeichnen, ist wohl in Anbetracht der Tatsachen nicht gerade passend. Doch ich liebe sie. Und ich würde für sie sterben. Mir das einzugestehen, ist für mich vergleichbar mit Glück.

Wenn das alles hier vorbei ist, will ich sie glücklich machen. Ich will, dass sie ihr bescheuertes ›Life is happy‹-Shirt voller Inbrunst trägt und nicht aus Ironie. Weit weg von dieser ganzen Scheiße. Weg von Drogen und Waffen. Ihr das Leben bieten, das sie verdient. Doch davon sind wir noch meilenweit entfernt.

Eine Horde betrunkener Typen stolpert aus einer Bar direkt vor mir. Ich senke den Blick auf den Boden, um nicht erkannt zu werden, und wechsele die Straßenseite.

Noch zwei Blocks bis zum Casino. Dort treffe ich mich mit einem Typen namens Buzz. Ein schräger Vogel, der ohne Koks in der Nase nicht mehr klar denken kann. Buzz ist der Sohn eines Bordellbesitzers aus Downtown und nach meinen Informationen kann er mir Kontakt zu seinem Vater verschaffen. Denn der Besitzer vom Avalon, Mister Williams, lebt noch tiefer im Schatten versteckt als ich.

Das Einzige, das ich über den Mann weiß, ist, dass die Detroiter Polizei hin und wieder in seinem Laden verkehrt. Angeführt von ihrem Polizeichef, the one and only, Steve Edwards. Laut meiner Kontakte haben sie sich auf einen Deal eingelassen. Mädchen für die Cops, dafür machen sie dem Avalon keine Probleme und lassen Williams in Ruhe seine Geschäfte erledigen.

Für einen Unternehmer ist es sinnvoll, sich mit der Polizei gutzustellen. Doch was der gute alte Vater von Buzz nicht weiß, ist, dass mein Onkel Steve derjenige ist, der in seinem Namen Kohle kassiert. Er lässt seine Männer für die Frauen bezahlen und steckt es sich in die eigene Tasche.

Ich kenne Williams nicht. Doch ich bin sicher, diese kleine Information wird ihm nicht gefallen. Zumal ich zwei seiner Mädchen überreden konnte auszupacken, was Onkel Steve für ein paar extra Dollar mit ihnen treibt. Der Polizeichef unserer Stadt ist ein perverses Schwein. Und das werde ich Williams stecken, sollte er sich auf ein Treffen mit mir einlassen.

Wenn nur die Hälfte dessen, was ich über ihn gehört habe, stimmt, wird er sich gebührend um das Problem kümmern und wir sehen Onkel Steve nie wieder. Das käme uns entgegen. Denn ein Polizistenmord ist das Letzte, was ich gerade in meiner Akte gebrauchen kann. Hin und wieder muss man die Schweine unter sich kämpfen lassen.

Ich will gerade die Tür zum Casino aufziehen, als sich eine Hand auf meine Schulter legt und ich bereits zum Schlag aushole.

»Ganz ruhig. Ich bin's.«

»Shakira?«, frage ich und lasse meine erhobene Faust sinken. »Was zur Hölle soll das?« Ich sehe die beleuchteten Straßen rauf und runter. »Wo kommst du her?«

»Ich dachte mir, dass du bei Charly bist«, gesteht sie und senkt den Kopf. Sie sieht scheiße aus. Die Haare strähnig in einen hohen Dutt gebunden. Ungeschminkt wirkt sie wie eine verwelkte Blume. Ganz anders als Elisabeth, die ohne jedes Make-up aufblüht.

»Und da verfolgst du mich dreißig Minuten lang?«

Ich ziehe sie am Kragen ihrer Winterjacke in die schmale Seitengasse neben dem Casino, in der wir nicht zu viel Aufmerksamkeit erregen.

»Ich wollte mit dir reden.« Sie starrt auf die Backsteinwand des Casinos. »Was willst du denn hier? Spielst du jetzt?«

»Das geht dich nichts an, Shaki. Also«, seufze ich und ziehe mir die Mütze vom Kopf. »was soll dieses Theater?«

Irgendetwas verrät mir, dass es nicht die Kälte ist, die ihre Arme dermaßen zittern lässt. Sie senkt den Kopf und starrt auf ihre Füße. Es ist eigenartig, sie in Turnschuhen zu sehen.

»Ist sie noch bei dir?«, murmelt sie und reibt sich über den Arm.

»Wer?«, schnauze ich und beobachte jede ihrer Regungen. »Scheiße«, maule ich weiter, noch ehe sie antworten kann, »hast du dir irgendwas eingeschmissen?«

»Carlos.« Sie hebt den Kopf. Im schwachen Licht der Straßenlaternen schimmern die Tränen in ihren Augen. »Ich ...«

Sie muss nichts weiter sagen. Die Wahrheit steht ihr ins Gesicht geschrieben.

»Shakira. Du warst seit über sechs Jahren clean. Was zur Hölle soll das?«

»Es ist nicht so, wie …«

Sie bemerkt mein angewidertes Knurren und verstummt. Viel zu oft hat sie erlebt, wie diese dämlichen Ausreden mich in den Wahnsinn trieben.

»Dann hast du das Geld, das ich dir geschickt habe, also in diesen Mist investiert?«

Ich fahre mir übers Gesicht. Für so eine verfluchte Scheiße habe ich weder Zeit noch Energie.

»Carlos. Ich muss wirklich dringend mit dir reden. Ich …«

»Alvarez«, unterbricht uns eine Stimme vom Ende der Gasse. Buzz. Mit einer rot glänzenden Jacke und einer lächerlichen Brille steht er im Schein der Straßenlaterne. Die Hände in die Taschen seiner viel zu engen Hose gesteckt. Dieser Idiot.

»Buzz.« Ich sehe zwischen ihm und Shakira hin und her.

Ich mache einen Schritt auf meine Freundin zu.

»Geh zu Sutherland. Er kann dafür sorgen, dass du clean wirst. Ich kann dir nicht helfen. Dieses Mal nicht.«

Mit einem federleichten Kuss auf die Wange verabschiede ich mich und gehe, ehe sie mich aufhalten kann. Ich habe nur diese eine Chance, an Williams heranzukommen. Außerdem kann ich Shakira nicht brauchen, wenn sie high ist. Elisabeth reißt mir den Kopf ab, wenn ich uns auch noch eine Drogensüchtige ans Bein binde.

»Dann sind wir uns also einig?«

Herrgott nochmal, dieser irre Typ geht mir dermaßen auf die Nerven, dass ich kurz davor bin auszurasten.

»Ich wiederhole mich nicht«, knurre ich und erhebe mich von meinem Stuhl. Die Nummer, die er hier im Hinterzimmer des Casinos abzieht, erinnert schwer an den Paten und ich schauspielere nur ungern.

»Okay, okay«, singt er förmlich und hebt die Hände. »Hab' schon verstanden, Mann. Du bist einer von der harten Sorte.«

Er tritt hinter seinem Schreibtisch hervor und kommt mir viel zu nah. Mit hochgezogener Augenbraue starre ich auf seine schmierige Hand, die er auf meine Brust legt. Der Wichser hat offensichtlich Todessehnsucht.

»Kein Körperkontakt«, lacht er schrill, »versteh' schon, versteh' schon. Dann, Amigo«, er deutet auf die Tür und allein dafür, dass er mich Amigo nennt, will ich ihm die Fresse polieren. Aber ich brauche diesen kleinen Scheißer noch. »Sehen wir uns morgen Abend in alter Frische.«

Ehe ich mich nicht länger beherrschen kann, senke ich den Kopf und verlasse diesen Schuppen.

Auch die kalte Luft, die mir ins Gesicht schlägt, kann meinen Zorn nicht mildern. Diese ganze verdammte Scheiße geht mir langsam dermaßen auf den Sack. Noch einmal spähe ich in die Gasse, in der ich mit Shakira gesprochen habe. Sie ist weg. Natürlich ist sie das. Wahrscheinlich setzt sie sich an der nächsten Ecke einen Schuss.

»Fuck«, knurre ich vor mich hin und trete gegen

eine Dose, die wie in einem schlechten Film genau vor meinen Füßen auftaucht. Es ist mir so was von vollkommen egal, wer dadurch auf mich aufmerksam wird.

Ich setze weiter einen Schritt vor den anderen.

Egal, was ich mache, egal, für wen ich kämpfe. Am Ende landet doch immer wieder irgendeiner in der Kacke. Warum zur Hölle hat Shakira wieder mit den Drogen angefangen? Warum verfolgt sie mich mitten in der Nacht? Das alles macht doch keinen Sinn. Sie wirkte so stabil in den letzten Jahren.

Ich werde das Gefühl nicht los, dass ich mein ganzes Leben lang bei jedem Schritt, den ich nach vorne gehe, direkt wieder zwei zurück mache.

Ja, der Deal mit Buzz geht klar. Ich treffe morgen Abend seinen Vater. Ich bin sicher, er wird sich um Onkel Steve kümmern. Aber um welchen Preis? Ich musste diesem kleinen Wichser ein halbes Kilo Koks zusichern. Ein verfluchtes halbes Kilo. Das reicht, um eine Menge Menschen in den Tod zu führen. Und das nur, damit ich meine Rache bekomme. Ist es das wert?

Bevor ich Elisabeth kannte, habe ich mir solche Fragen nicht gestellt. Da galt mein Augenmerk nur meinem eigenen Ziel. Doch mehr und mehr stelle ich infrage, was ich tue und wer ich bin.

Sie macht aus mir einen besseren Menschen. Meine Königin. An ihre weiche Haut und ihre sanften Lippen zu denken, besänftigt mich. Ihre Nähe beruhigt mich immer wieder aufs Neue. Ich schlafe besser, wenn sie neben mir liegt, und ich atme freier, wenn ich in ihr Gesicht sehen kann.

Noch habe ich ihr nicht gesagt, dass ich sie liebe.

Ich weiß nicht, ob sie darauf wartet oder traurig ist, weil ich es nicht tue. Die Worte wollen meinen Mund einfach nicht verlassen. Weil ich ein verkorkster Psychopenner bin, der ihre Liebe im Grunde genommen nicht verdient hat. Und doch ist sie bei mir. Noch immer. Nach allem, was sie durchgemacht hat.

Tief in meine Gedanken an Elisabeth versunken bemerke ich zu spät, wo meine Füße mich hingetragen haben. Ich bleibe stehen und lege den Kopf in den Nacken. Das Restaurant, in dem ich lange nicht gewesen bin, hat sich kein bisschen verändert. Ich glaube nicht an Zufälle. Ich glaube an Schicksal. Und eben dieses hat mich hergebracht. Denn ob ich nun mal ein Wichser bin oder nicht – Die Zeit meiner Vergeltung. Sie ist da. Und zwar genau jetzt.

LIS

Es ist nicht wirklich ungewöhnlich, dass Carlos über Nacht wegbleibt. Geschäfte. So nennt er es, wenn er illegales Zeug treibt oder sich mit Leuten trifft, die ich nicht kennen soll.

Ich akzeptiere das. Was bleibt mir auch anderes übrig? Ich kann das, was er tut und wer er ist, nicht ändern. Und inzwischen will ich das auch gar nicht mehr. Ich habe erkannt, dass Carlos für eine gute Sache kämpft. Es geht ihm nicht ausschließlich um Rache. Er fühlt sich verantwortlich für diese Stadt, die ich in den letzten Wochen von einer ganz neuen Seite kennengelernt habe. Leerstehende Gebäude. Illegale Boxclubs. All das war eine Welt, die ich nicht kannte und von der ich mich bisher ferngehalten habe. Doch die Dunkelheit macht mir keine Angst mehr. Ich habe mich ihr angepasst. Nicht nur körperlich.

»Hey Charly.« Mit meinem Apfel in der Hand winke ich dem knurrigen Boxtrainer beim Hereinkommen zu. Er hockt wie jeden Morgen um diese Zeit in seinem kleinen Büro und starrt auf die Zeitung. Der Zigarettennebel hüllt ihn ein und im Radio laufen uralte Countrysongs. Durch die Scheibe hebt er nur flüchtig die Hand. Ich habe ihn noch kein einziges Mal lächeln gesehen, seit wir vor Wochen auf seiner Matte standen. Aber die Hoffnung stirbt ja bekanntlich zuletzt.

Durch die Oberlichter mogelt sich die Sonne in das marode Gebäude und lässt den Staub, der über dem Boxring schwebt, aussehen wie Glitzer.

Durch die letzten Jahre im Trailer war ich nicht wählerisch, was unsere Unterkunft angeht. Wir haben hier ein kleines Hinterzimmer mit Bett und Schrank und in den ehemaligen Waschräumen gibt es eine Dusche mit Warmwasser. Dies, zusammen mit der Gewissheit, dass ich nicht allein bin, reicht mir vollkommen.

»Carlos ist im Keller«, brummt Charly hinter mir her. Ich bin schon fast bei unserem Zimmer, halte aber inne und drehe mich um.

»Im Keller? Ich dachte, das hier ist der Keller?«

Jeden Morgen nach dem Aufstehen gehe ich joggen. Anfangs hat Carlos mich begleitet. Mittlerweile kenne ich eine Route, die ich bedenkenlos nehmen kann. Außerdem gehe ich keinen Schritt mehr ohne den Colt an meiner Seite.

Das Training zahlt sich aus. Meine Beine werden immer kräftiger und es fängt an, mir Spaß zu machen.

»Es geht immer noch weiter bergab, Mädchen«, schnaubt Charly. In seinem altmodischen Trainingsanzug beobachtet er angewidert, wie ich in meinen Apfel beiße, den ich mir jeden Morgen auf dem Rückweg bei einem Gemüsehändler kaufe. Seit ich die blonden Haare trage, verzichte ich meistens auf eine Kappe. Ich bin sicher, es erkennt mich kein Mensch. Vielleicht ein bisschen hoch gepokert, aber immerhin stehe ich nicht auf der Fahndungsliste der Polizei. Ich bin nur ein kleiner Fisch auf Daniel Edwards persönlicher Abschussliste. Mal abgesehen davon, dass Detroit eine riesige Stadt ist. Seine Männer können nicht überall gleichzeitig sein. Carlos hat mir beigebracht, mich möglichst unauffällig zu bewegen und Orte zu meiden, an denen ich gesehen werden könnte. Der kleine türkische Gemüseladen an der Ecke gehört sicher nicht dazu.

»Und wo genau geht es noch weiter bergab?«, nuschele ich kauend. Seine Theatralik geht mir an manchen Tagen wirklich auf die Nerven. Mann, egal, wie die Lage ist. Die Sonne scheint. Wir sind gesund. Ich habe heute die große Runde ohne Pause geschafft. Man muss sich auch mal über die kleinen Dinge im Leben freuen.

Ohne ein weiteres Wort folge ich der Richtung, in die er nickt. Störrischer alter Esel.

Ich hüpfe die dunklen Metallstufen hinunter und werde langsamer, da es hier unten verdammt dunkel ist. Mit zusammengekniffenen Augenlidern versuche ich irgendetwas zu erkennen. Es gibt mehrere Türen und ein paar lange Gänge, die in verschiedene Richtungen führen. Ein gruseliger feuchter Keller wie aus einem Horrorfilm. Ein paar Schritte weiter baumelt eine alte Glühbirne unter der Decke. Instinktiv gehe ich dem Licht entgegen.

»Carlos?« Sein Name kommt nur genuschelt über meine Lippen, weil ich den Mund noch voller Apfel habe.

»Hier.«

Beinahe hätte ich mich verschluckt, weil mich der Klang seiner Stimme so erschreckt.

»Scheiße«, fluche ich und schlucke erst danach. In einem kleinen Flur links von mir entdecke ich ihn. »Du hast mich zu Tode erschreckt.«

»Entschuldige«, brummt er und richtet sich auf. Bis gerade eben hatte er noch die Ellbogen auf die Knie gestützt und das Gesicht hinter seinen Händen versteckt.

Mit einer Hand winkt er mich zu sich heran und ich stelle mich zwischen seine Beine. Sofort fahren seine Hände über meinen Hintern und er umschlingt meinen ganzen Körper.

»Hey«, ich streichele über seinen Kopf, der an meinem Bauch ruht, »Ist alles okay?« Er legt den Kopf in den Nacken und trotz der Dunkelheit hier unten sehe ich sofort, dass etwas nicht stimmt. »Warst du die ganze Nacht hier unten?«

Mein Blick schweift einmal durch das feuchte Gemäuer.

Carlos schiebt mein Laufshirt nach oben und küsst meinen verschwitzten Bauch.

»Du trainierst hart.«

»Carlos?«, wiederhole ich. Irgendwas an dieser Situation gefällt mir ganz und gar nicht.

»Trotzdem solltest du nicht hier sein.«

»Geht das schon wieder los?«

Ich werfe meinen Apfel weg. Der Appetit ist mir vergangen. Sollen ihn die Ratten fressen.

»Du könntest den Winter in Kanada genießen. Eislaufen. Mit Luca einen Schneemann bauen.«

»Er ist nicht mal ein Jahr. Er kann keinen

Schneemann bauen. Das machen wir nächsten Winter. Was soll das alles hier?«

Erneut legt er sein Kinn auf meinen Bauch und sieht zu mir hoch. Die Müdigkeit liegt in dunklen Schatten unter seinen Augen. Mit den Fingern kämme ich erneut durch sein Haar und er stöhnt unter meiner Berührung.

»Bist du wirklich bereit, mir in die Dunkelheit zu folgen, Elisabeth?«

»Ja, Baby. Ja«, beteuere ich und beuge mich hinunter, um ihn zu küssen. Er dreht den Kopf zur Seite. Verweigert mir seine Lippen.

»Noch ist es nicht zu spät umzukehren. Aber wenn du erst eine Grenze überschritten hast …«

»Carlos, wovon zur Hölle sprichst du?«

Seufzend zieht er etwas aus seiner Hosentasche und hält es mir entgegen.

»Wofür ist der?« Ich starre auf den silbernen Schlüssel, den ich ihm abnehme.

Carlos schluckt. Ich trete einen Schritt zurück.

»Wofür ist der Schlüssel, Carlos?«

Meine Geduld ist erschöpft.

Sein Kopf nickt zur Tür, vor der er sitzt, und ich starre auf das rostige Türblatt.

»Wenn du das hier wirklich willst, kann ich dich davor nicht verschonen. Dann musst du jetzt da durch. Und es wird dich zerstören, mi amor.«

»Ich …« Mir bleibt jedes Wort im Hals stecken.

»Auf Dosen zu schießen und einen Sandsack zu schlagen ist einfach, meine Königin. Ich will nicht, dass du da reingehst. Aber besser, du tust es jetzt und hier. Mit mir.«

Schwerfällig erhebt er sich und schiebt den

Stuhl zur Seite. Er tritt dicht vor mich und sein Daumen streicht sanft über meine Wange. Die Situationen, in denen ich wie jetzt, Alkohol aus seinem Mund riechen konnte, sind sehr selten. Seit Wochen folge ich Carlos blind. Ich vertraue ihm. Doch jetzt habe ich Angst. Blanke Angst vor dem, was mich erwartet.

»Was ist hinter dieser Tür?«, frage ich und schließe meine Augen. Mein Puls rast und ich spüre, wie mir der Schweiß ausbricht.

»Deine letzte Lektion. Es ist deine Entscheidung, was du daraus machst.« Seine Stimme klingt monoton. Kalt und kraftlos. »Ich bin die ganze Zeit über da, wenn du mich brauchst.«

Nachdem er sich von mir abwendet, kann ich nur abwechselnd auf die Tür und den Schlüssel in meiner Hand starren.

Ich weiß nicht, wie viel Zeit vergeht. Ich kann hören, wie Carlos sich eine Zigarette anzündet. Flehend sehe ich zu ihm hinüber. Im Schein des Feuers erkenne ich, wie dreckig seine Finger sind. Blut?

Das Feuerzeug erlischt und neben dem Knistern des Tabaks ist nur mein schwerer Atem zu hören. Ich schließe erneut die Augen. Lege meine Konzentration ganz auf mich. Ich bin stark. Ganz gleich, was hinter dieser Tür auf mich wartet. Ich bin stark.

Meine Lider heben sich und ich straffe die Schultern. Ehe ich es mir anders überlegen kann, stecke ich den Schlüssel ins Loch und entriegele sie.

Das Türblatt schabt über den dreckigen Boden.

Und ich erstarre.

Der Raum dahinter flackert. Die Neonröhre unter der Decke geht in schnellem Rhythmus abwechselnd an und aus. Das erste, das mir entgegenschlägt, ist der Geruch. Es stinkt nach Blut und Schweiß. Aber vor allem stinkt es nach einem widerlich süßlichen Parfum. Wie von selbst fasse ich mir an die Rippen, die nicht mehr schmerzen, sich aber noch gut an ihren Peiniger erinnern können.

McGuire!

Auf einem klapprigen Stuhl sitzt er in der Mitte des Zimmers. Die Hände hinter dem Rücken verbunden, einen Knebel im Mund.

Er sieht auf und seine Augen weiten sich. Blut tropft aus seiner Nase und das rechte Jochbein ist aufgeplatzt.

Wir starren uns an. Jeder Atemzug bringt mich meiner Erinnerung näher, während so viele Gefühle gleichzeitig auf mich einprasseln. Warum bringt er ihn her? Zu mir? Ich habe Angst und mir ist schlecht.

Das hier ist der Scheideweg. Carlos hat recht. Hier muss ich mich entscheiden. Noch kann ich umkehren. Gehen und auf der Seite der Unschuldigen bleiben. Für immer ein Opfer. Oder aber ich überschreite die Grenze. Die der Gewalt. Eine Grenze, die in meinem Leben viel zu oft überschritten wurde und über die ich niemals treten wollte.

Am liebsten möchte ich weinen. Heulen und mich in Carlos' Halsbeuge verkriechen. Dahin, wo ich sicher bin.

Noch immer bewege ich mich nicht. Warte darauf, dass die Verwirrung in meinem Kopf nachlässt. Dort herrschen Angst und Trauer. Enttäuschung und Verzweiflung kämpfen gegen das fiese Grinsen der Rache. Gegen den Drang, ihm zu geben, was er verdient.

Aber vor allem bin ich wütend. Mit jeder Sekunde, die ich diesen widerlichen Mistkerl ansehe, steigert sich der Zorn in meinem Inneren und boxt sich hinaus aus seiner harten Schale.

So lange, bis ich den Schlüssel fallen lasse, zwei Schritte auf ihn zugehe und meine Faust in seinem Gesicht landet.

Wir stöhnen synchron auf. Ich, weil ich keine Ahnung hatte, wie weh es tun würde. Er, weil ich ihm die Nase gebrochen habe. Das war deutlich zu hören.

Es war ein Fehler zu glauben, ich müsse mich entscheiden. Das habe ich schon vor vielen Wochen getan. In dem Moment, in dem ich Carlos die Kontrolle über meinen Körper und mein Herz überlassen habe, begab ich mich auf die Seite der Dunkelheit. Und zum ersten Mal habe ich das Gefühl, ich bin zu Hause angekommen. Ich will das hier. Will diesen Mistkerl in Stücke reißen und ihm zeigen, dass er sich mit der Falschen angelegt hat.

»Du hast ja keine Ahnung, wie oft ich bei meinem Training an deine hässliche Visage gedacht habe.«

Ich hole aus und schlage ein weiteres Mal zu. Dieses Mal trifft meine Faust seine Augenbraue und Blut spritzt mir entgegen. Mit dem Handrücken wische ich mir über das Gesicht.

McGuire murmelt etwas durch seinen Knebel.

»Schnauze«, blafft Carlos von hinten.

»Binde ihn los«, sage ich an ihn gerichtet, ohne

diesen widerlichen Mistkerl aus den Augen zu lassen.

»Elisabeth.«

»Binde ihn los!«, schreie ich. Mein Verstand hat sich verabschiedet.

Carlos schnippt seine Zigarette auf den Boden und löst die Fesseln von McGuires Händen.

»Und jetzt geh«, befehle ich ihm.

McGuire ist im Begriff, sich von seinem Stuhl zu erheben. Mein schrilles Lachen hallt von den Wänden. Ich bin kurz davor, wahnsinnig zu werden.

»Nicht du.«

»Du wirst nicht allein mit ihm bleiben«, warnt Carlos.

Ich drehe mich nicht zu ihm um. Sage kein weiteres Wort. Er hat mich hergeführt. Jetzt ist es an ihm, mir zu vertrauen. Diese Rache hier gehört mir allein.

In der Zwischenzeit befreit sich der Mistkerl von seinem Knebel.

»Hört mal …«

»Halt's Maul«, brüllen Carlos und ich wie aus einem Mund. Er ist inzwischen neben mich getreten. Unsere Blicke treffen sich, und ich bitte ihn stumm, mich allein zu lassen.

»Ich warte draußen«, murmelt er, nicht ohne McGuire dabei warnend anzusehen.

Die Tür quietscht, und das einfache Klicken des Schlosses entfesselt eine Energie in mir, die ich bislang nicht kannte.

»Ich weiß, du bist verletzt«, säusele ich. Ich stelle den Stuhl, auf dem Carlos ihn gefesselt hatte, in die Ecke hinter mich und schleiche einmal um meinen

Peiniger herum. Ich weiß nicht, wer da aus mir spricht. »Trotzdem solltest du wenigstens so tun, als würdest du dich wehren, du elende Ratte.«

Hinter ihm halte ich inne und verpasse ihm mit aller Kraft einen Tritt in die Kniekehle. Er sackt nach vorne und landet auf den Knien. Den ersten Triumph auskostend trete ich vor ihn und zerre an seinen Haaren. Ich will ihm mein Knie ins Gesicht rammen, doch er ist schneller. Seine Faust schießt vor und landet in meinem Bauch.

Ich sehe Sternchen. Kurz wird alles schwarz und McGuire nutzt die Gelegenheit, um wieder auf die Beine zu kommen.

»So ist´s recht«, lache ich und wische mir über die Nase. Atmen. Konzentrieren. Hüfte stabilisieren. Jedes Wort, das ich von Carlos gelernt habe, hallt in meinem Kopf wider und erinnert mich an die vielen Stunden, in denen er versucht hat, mir das Kämpfen einzubläuen. Ich nehme die Hände in die Deckung. Fange an, mich locker auf der Stelle zu bewegen.

Ich kann das. Das weiß ich.

»Für Luca«, murmele ich vor mich hin und meine Kombination aus zwei kurzen Schlägen und einem Haken überraschen ihn. Genau wie Carlos prophezeit hat, versucht er nach den ersten kurzen Schlägen den Schlag anzunehmen und ich habe freien Zugang zu seinem Kopf. Mein Haken trifft ihn so hart, dass er taumelt. Ich nutze die Gelegenheit und trete ihm so fest ich kann in seine widerlichen Eier.

Bilder tauchen vor meinem inneren Auge auf und irritieren mich. Ich stütze die Hände auf die Knie, weil mich die Erinnerungen niederdrücken wollen. *Ich kann sehen, wie er über mir liegt und mir die Beine spreizt.* Angewidert schüttele ich mich, weil diese Szene bislang in keinem meiner Albträume vorgekommen ist. Ich richte mich auf, versuche mich zu konzentrieren.

McGuire steht keuchend vor mir. Er kann sich kaum noch auf den Beinen halten. Dabei blitzen immer wieder Bruchstücke jener Nacht in meinem Kopf auf.

Ich bin vollkommen wehrlos. Schmecke Blut. Über mir blendet mich die alte Wolkenlampe. Ich liege auf dem Boden unseres Trailers. Süßes Parfum steigt mir in die Nase. Meine Rippen tun weh, weil dieser widerliche Kerl mit den Verbänden an den Fingern auf mir liegt und sich an meiner Jeans zu schaffen macht. Ich kann seinen Schwanz durch meine Hose spüren und würge. Gerade noch rechtzeitig kann ich den Kopf auf die Seite drehen, damit ich nicht an meinem Erbrochenem ersticke.

Wie ein Film sehe ich ihn vor mir, wie er versucht, mich auszuziehen. *Dann in der Ferne ein Motor. Scheinwerfer. ›Da kommt wer‹, sagt irgendjemand, aber ich kann nicht sehen, wer. Normalerweise fährt kein Auto durch diesen Park. Der Kiesweg ist zwar breit genug, doch hier herrscht absolutes Fahrverbot. Ein Hoffnungsschimmer macht sich in meinem Inneren breit. ›Schade, Mäuschen‹, spuckt McGuire mir ins Gesicht und ich würge erneut. Er lässt von mir ab und rennt mit den Polizisten davon. Wenn das Auto erst nah genug ist, haben sie keine Möglichkeit zur Flucht, das muss ihm klar sein. Doch ich kann meine Augen nicht länger geöffnet lassen, um zu sehen, wer kommt, um mich zu retten.*

»Du elendes Stück Scheiße!«, schreie ich und renne mit all meiner Kraft gegen ihn. Gemeinsam knallen wir gegen die Wand und ich schlage seinen Kopf auf den blanken Beton. »Ich reiß' dir die Eier ab!«

McGuire nutzt den Moment meines Gebrülls aus und stößt mich zurück. Mit dem Hintern zuerst komme ich auf dem Boden auf. Scheiße, das tut höllisch weh.

Noch ehe ich mich sammeln kann, kommt er zu mir und zieht mich am Kragen meiner Trainingsjacke in den Stand. Sein Atem dicht vor meinem Gesicht wagt er es, mir an die Brust zu fassen, und meine Sicherungen brennen endgültig durch.

Ich greife mir in den Rücken und ziehe den Colt aus meiner Hose.

Seine Augen weiten sich. Bestimmt spürt er den Lauf meines Colts an seinem Bauch und weicht daher zurück. Wie ich es gelernt habe, halte ich die Waffe mit beiden Händen. Mein Daumen entsichert sie wie von selbst und ich lade einmal durch. Ich weiß genau, was ich tue.

McGuire kann sich kaum aufrecht halten. Die Panik ins Gesicht geschrieben weicht er immer weiter zurück, bis er gegen die Wand in seinem Rücken stößt.

Es wäre so leicht, ihn aus dieser Entfernung zu treffen. Ein Kinderspiel für mich. Ich bin inzwischen eine hervorragende Schützin.

Mein Atem geht mit jeder weiteren Sekunde schneller. Nicht mehr lange und ich werde hyperventilieren. Ich versuche, mich zu beruhigen. Lasse die Schultern einmal kreisen und bringe die Waffe wieder in Position.

Schieß! Befehle ich mir immer und immer wieder. Denk an alles, was er dir angetan hat. Denk daran, was er Luca angetan hätte. Die vielen Frauen, denen er vor dir wehgetan hat.

Ich will nicht weinen! Nicht vor ihm.

Langsam mache ich rückwärts einen Schritt nach dem anderen Richtung Ausgang.

Mir ist kalt. Eisige Kälte durchfährt meinen Körper.

»Carlos«, jammere ich und im nächsten Moment fliegt auch schon die Tür auf.

Ich spüre seine Hand auf meinem Hinterkopf und seine Lippen streifen meine Schläfe.

»Ich bin da«, sagt er. Meine Hände zittern immer stärker. Ich kann den Colt kaum noch geradeaus halten. »Was soll ich tun, Princesa?«

Ich kann seine Wärme hinter mir fühlen. Überall an meinem Körper. Sie hüllt mich ein wie eine Decke.

Noch immer habe ich den Blick auf mein Ziel gerichtet. Sehe auf den Mann, den ich nicht töten kann. Und dennoch bin ich diejenige, die sein Todesurteil unterschreibt.

»Bring es zu Ende«, flüstere ich und lege die Waffe in Carlos' Hände.

CARLOS

Elisabeths Kopf fest gegen meine Brust gepresst, drücke ich, ohne mit der Wimper zu zucken, den Abzug.

Der Schuss hallt noch in dem kleinen Raum nach. McGuire sinkt auf die Knie und ist sofort tot. Wenn ich jemanden erschieße, dann richtig und mit dem ersten Schuss ist es vorbei.

Der Moment wird zur Ewigkeit. Ich starre auf den Leichnam, während Elisabeths schnelle Atmung meinen eigenen Körper vibrieren lässt. War es das? Habe ich eine Grenze überschritten, die sie nicht zu ertragen bereit ist? Allein der Gedanke daran treibt mir die Galle in die Kehle.

»Ist …«, zaghaft hebt sie ihr Gesicht von meiner Brust ab. »Ist er … tot?«

»Hm«, murmele ich, nicht fähig, die Lippen zu öffnen. Viel zu erdrückend ist die Angst davor, mit welchem Blick sie mich ansieht. Denn jetzt gibt es keine Zweifel mehr. Ich bin ein Mörder. Und somit das Monster, das sie von Anbeginn in mir gesehen hat.

Wie in Zeitlupe löst ihr zarter Körper sich von meinem. Schritt für Schritt geht sie näher an McGuire heran. Ihre Schultern sacken langsam herunter.

»Ich habe noch nie eine Leiche gesehen«, flüstert sie. Doch sie schreckt nicht zurück. Sondern geht so weit auf ihn, das tote Arschloch, zu, dass die Sohlen ihrer Turnschuhe sich rot färben. Mit beiden Händen streicht sie sich die Haare aus dem Gesicht.

»Vielleicht …«, sagt sie mit fester Stimme und ich zucke kaum merklich zusammen. Nicht die Spur von Schwäche ist zu hören. »… war ich nicht stark genug, dich zu töten. Doch ich bin stark genug, um deinen Tod als etwas Gutes zu akzeptieren.«

Wahrscheinlich lande ich dafür in der Hölle, aber ich werde bei jedem ihrer Worte härter.

Das Surren der defekten Lampe klingt laut in meinen Ohren. Meine Sinne sind geschärft. Konzentrieren sich auf jede von Lis' Bewegungen. Ich beobachte, wie ihre Schultern sich unter einem abfälligen Schnauben heben und sie sich anschließend zu mir dreht. Der Glanz in ihren Augen, der mir begegnet, lässt mich rückwärts taumeln. Darin liegt keine Verachtung. Keine Angst. Es ist pure Begierde, mit der sie mich erwartungsvoll ansieht.

»Ich liebe dich.« Die Worte rutschen aus meinem Mund, ohne dass ich es kontrollieren kann.

Wir haben gerade gemeinsam einen Mann getötet. Im Keller der Central Station. Elisabeth steht in ihren Trainingssachen vor mir, im Blut eines alten Feindes, und ich habe nichts Besseres zu tun, als ihr meine Liebe zu gestehen. Hier und jetzt.

»Ich liebe dich«, wiederhole ich. Denn plötzlich

macht alles andere keinen Sinn mehr. »Das habe ich vom ersten Tag an.«

Sie kommt auf mich zu und ich befürchte schon das Schlimmste. Doch dann wird ihr Blick weich und sie schlingt ihre Arme um meinen Nacken. Sofort liegen ihre Lippen auf meinen. Ich sichere den Colt und stecke ihn hinten in meine Hose. Denn ich brauche beide Hände, um mein Mädchen hochzuheben, damit sie ihre Beine um mich schlingen kann.

»Scheiße«, keuche ich zwischen zwei Küssen, »Ich weiß nicht, warum ich dir das nicht viel früher gesagt habe.« Immer wieder lasse ich meine Lippen auf ihren weichen Mund sinken. Sie schmeckt nach Apfel und ... so kitschig es klingen mag ... nach Hoffnung. Hoffnung auf eine Zukunft, für die ich bereit bin zu kämpfen.

»Ich wusste es auch so.« Elisabeth reibt sich mit ihrer dünnen Sporthose an meiner Jeans und ich drehe fast durch. Sie löst sich von meinem Hals, auf den ihre Zunge kleine Linien gemalt hat und sieht mich an. Ihre schmalen Finger, mit aufgeplatzten Knöcheln, fahren durch meine Haare. »Sag es nicht nur. Beweis es«, fordert sie. Dabei schlingen sich ihre mittlerweile starken Beine noch fester um meine Hüfte. »Jetzt sofort.«

Gemeinsam taumeln wir aus dem Zimmer und ich schlage die Tür hinter uns zu. Was wir in diesem Raum gemeinsam getan haben, bleibt für immer unser Geheimnis. Es schweißt uns zusammen.

Bislang dachte ich immer, es sei ein Fehler, Lis in die Dunkelheit zu zerren. Das war dumm von mir.

Denn erst im Dunkeln sieht man, wie hell sie wirklich strahlt. Meine Königin.

»Te quiero tanto que duele.«

Zuerst denke ich darüber nach, sie noch hier unten gegen das Geländer der alten Bahnhofstreppe zu ficken, doch ich entscheide mich dagegen. Denn es geht nicht um einen schnellen Fick. Es geht darum, ihr meine Gefühle zu zeigen. Und das kann ich nicht in einem dunklen Keller. Mit ihr auf dem Arm hechte ich die Treppe hinauf. Dabei verteilt sie Küsse auf meinem Hals, der empfindlichen Stelle hinter meinem Ohr und überall in meinem Gesicht. Die Boxhalle liegt still und verlassen, nur aus Charlys Büro dringt leise Musik in die marode Halle.

Der mickrige Raum, in dem wir wie die Penner seit Wochen hausen, ist kalt und feucht. Dennoch möchte ich gerade nirgendwo auf der Welt lieber sein. Hier zu sein, gemeinsam mit der Frau an meiner Seite, die das Böse in mir akzeptiert und mit mir für unser Leben kämpft. Ein besseres Aphrodisiakum habe ich nie zuvor erlebt.

Die Tür noch nicht verschlossen lasse ich Elisabeth hinunter, und sie beginnt hastig damit, sich auszuziehen. Sie schleudert ihren Sport-BH auf den gleichen Haufen, auf dem auch Trainingsjacke und Shirt gelandet sind. Dabei wenden sich ihre Augen keine Sekunde von meinen ab. Wir hatten schon eine Menge Sex, meine kleine Raubkatze und ich, doch nie waren wir uns so nah. Alles an dieser Situation ist unperfekt. Der Raum, das knarzende, viel zu enge Metallbett. Elisabeths aufgeplatzte Knöchel, das getrocknete Blut an meinen Händen und unsere Sünde zwischen uns. Inzwischen habe ich den Colt weggelegt und mich ebenfalls ausgezogen. So stehen wir uns gegenüber.

Unsere Seelen liegen genauso wie unsere Körper nackt und schutzlos vor uns.

»Versprich mir, für immer bei mir zu bleiben«, flüstert sie und macht einen Schritt auf mich zu.

»Ich verspreche es.« Mein Fuß bewegt sich automatisch und ich gehe ihr ebenfalls entgegen. Noch immer ist der Abstand zwischen uns viel zu groß. Ich muss sie spüren. Muss ihre zarte Haut unter meinen grausamen Fingern fühlen.

»Und versprich mir, mich und meine Familie für immer zu beschützen.« Ein weiterer Schritt.

»Ja«, murmele ich. Scheiße, so, wie mich nur noch ein Schritt von ihrem Körper trennt, bin ich auch nur einen einzigen davon entfernt, wie ein kleiner Junge zu flennen. »Elisabeth.«

Ein Schritt.

»Ich bin da«, flüstert sie. Ihre Hand legt sich auf die Stelle, an der mein Herz in viel zu schnellem Tempo schlägt. »Ich bin da«, wiederholt sie und ich nehme ihr wunderschönes Gesicht in meine blutverkrusteten Hände.

Der Kuss, mit dem unsere Körper sich vollständig berühren, ist zart und leicht, so wie die Hoffnung, die ich für uns in mir trage. Wir haben eine Chance. Eine echte Chance, endlich alles hinter uns zu lassen und ganz von vorne zu beginnen. Gemeinsam.

»Ich liebe dich«, wiederhole ich. Die Worte kommen mit einem Mal so spielend leicht über meine Lippen.

Ich beuge mich hinunter und Elisabeth kichert

laut, weil ich meinen Arm in ihre Kniekehlen lege, um sie wie eine Prinzessin zum Bett zu tragen.

Sanft lege ich sie auf den kratzigen Decken ab, die ihrer nicht würdig sind. Eines Tages werde ich sie auf Seide betten. Das verspreche ich mir selbst in diesem Moment.

Meine Lippen bahnen sich einen Weg über ihr verschwitztes Dekolletee bis zu ihren straffen Brüsten. Elisabeth streckt den Rücken durch, als meine Zunge über ihre kleinen Knospen fährt. Im schönsten Rosaton der Welt recken sie sich mir hart entgegen.

Ich nehme meine Hände dazu. Knete ihr zartes Fleisch, während ich mit ihren Nippeln zwischen meinen Zähnen spiele. Sie ist so sensibel. Ich wette, ich könnte sie allein dadurch zum Orgasmus bringen.

»Weißt du, was ich mir wünsche, mi reina?«, frage ich und wandere mit meinem Mund über ihren flachen Bauch. Er ist straffer geworden. Hat genauso an Stärke gewonnen wie ihr Herz.

»Was?«, stöhnt sie.

Ich spreize ihre Beine und lasse meine Zunge hauchzart über ihre Schamlippen fahren. Ich teile sie und lecke mich behutsam bis zu ihrem Kitzler. Ihre Beine zucken, als ich ihre empfindlichste Stelle erreiche.

»Ich will nicht der Erste sein und auch nicht der Einzige. Aber der Letzte. Ich will der letzte Mensch auf dieser Welt für dich sein.« Mit den nach wie vor dreckigen Händen öffne ich ihre Schenkel noch weiter für mich und tauche tief in sie hinein.

»Oh mein Gott«, keucht Elisabeth. Ich habe sie

schon einige Male mit der Zunge gefickt und weiß, wie sehr sie darauf abfährt. Trotzdem zaubert es mir jedes Mal ein Lächeln ins Gesicht, zu spüren, wie schnell sie die Kontrolle verliert.

»Konzentrier dich, Elisabeth«, schmunzele ich gegen ihren Eingang und lecke mir die Lippen. Ihre Feuchtigkeit in meinem Mund schmeckt wie das pure Leben. Nie habe ich mich so lebendig gefühlt.

»Ich versprech's«, stöhnt sie, die Hände fest in meine Haare gekrallt.

Ich lasse mich erneut sinken und tauche wieder tief in sie ein. Verwöhne sie mit kräftigen Zungenschlägen tief in ihre feuchte Pussy. Sie schmeckt so verdammt gut und ich genieße es zu beobachten, wie ihre Beine unter meinen Berührungen zucken.

»Willst du kommen?«, frage ich und fahre mit einem Finger in ihre Nässe.

»Nein«, keucht sie und versucht mich am Kopf zu sich zu ziehen.

»Nein?« Erstaunt gebe ich ihrer Geste nach und wandere zu ihrem Gesicht. Elisabeth wischt mit ihrem Daumen meinen Mundwinkel ab.

»Ich will mit dir in mir kommen. So tief und lange wie nur eben möglich. Als meinem Ersten und Einzigen und Letzten.«

Ohne zu zögern, schiebe ich mich in sie hinein, während mein Mund sich auf ihren senkt. Wir küssen uns langsam, mit Bedacht, lassen einander dabei keine Sekunde aus den Augen.

»Wenn du wüsstest, wie viel du mir bedeutest.«

Mein Becken zieht leichte Kreise, statt nur primitiv in sie zu stoßen. Wir lieben uns. Die Arme fest um den Körper des anderen geschlungen lieben wir uns. Und es fühlt sich unglaublich an. Beängstigend und doch befreiend.

Ich habe nicht gelogen, ich werde sie mit meinem Leben beschützen, solange ich atme. Allein der Gedanke, ihr könnte jemals etwas zustoßen, bringt mich fast um.

Egal, wie lange ich mich dagegen gewehrt habe, wir gehören zusammen. Jetzt und für immer. Und wir werden diesen Krieg gewinnen. Ich werde ihr das Leben schenken, das sie verdient.

Mit dieser Gewissheit schiebe ich mich noch fester in sie, bis Elisabeth ihre Augen zukneift und sich versteift. Sie überstreckt ihr Kreuz und drängt sich mir entgegen.

»Scheiße ja«, knurre ich, und zu sehen, wie sie kommt, katapultiert auch mich über die Klippe und ich presse all meine Liebe in die letzten Stöße, ehe unsere Körper unter einem gigantischen Orgasmus beben.

»Carlos?«

Ich hebe meinen Kopf, der auf ihrer Schulter ruht. Noch immer ganz außer Atem sehen wir uns an.

»Ich liebe dich auch«, flüstert Elisabeth, und macht diesen Moment damit für alle Zeit perfekt.

LIS

Die Stimmung am Nachmittag ist eigenartig. Carlos schleicht um mich herum, beinahe, als erwarte er, dass ich jede Sekunde einen Zusammenbruch erleide. Ehrlich gesagt belastet mich der Tod von McGuire nur halb so sehr, wie er es vermutlich sollte.

Wir haben das Richtige getan. Das weiß ich. Ich habe gelernt zu differenzieren, ob etwas erlaubt beziehungsweise moralisch korrekt oder schlichtweg richtig ist. Darin besteht ein großer Unterschied.

»Ich bin am Verhungern.« Ich rubbele mir die Haare mit einem Handtuch trocken, während der atemberaubende sexy Mann, nur mit einer dunklen Jeans auf den Hüften, auf dem abgewetzten Sessel in unserem Zimmer lungert. Sein Oberkörper glänzt unter der Neonröhre an der Decke. Automatisch denke ich an den Vormittag, den ich für immer in meinem Herzen tragen werde. Die Liebe, die Carlos mir in diesen Stunden geschenkt hat, bedeutet mir mehr als alles andere auf der Welt. Ich bin zu Hause. Das erste Mal in meinem Leben fühle ich mich so, als wäre ich wirklich angekommen. Lange Zeit habe ich gedacht, ich müsse dafür nach einem perfekten Ort suchen. Heute weiß ich, das ist Quatsch. Solange wir zusammen sind, solange ich weiß, dass er für mich einspringt, wenn ich nicht stark genug bin, bin ich daheim.

»Ich habe Charly geschickt, damit er dir was zum Anziehen besorgt.«

»Wofür?«, frage ich. Ich war gerade dabei, eine frische Jogginghose aus meinem Rucksack zu fischen. Die Abende hier in der Boxhalle sind langweilig. Wenn die letzten Boxer gegangen sind, und Carlos sich irgendwelchen Geschäften widmet, von denen ich nichts wissen soll, bin ich einsam. Ich habe ihm das nie gesagt oder mich beschwert. Es ist einfach, wie es ist.

»Du wirst heute Nacht nicht hierbleiben.«

Mitten in der Bewegung halte ich inne und starre hinüber zu ihm. Die Stiefel nicht zugebunden, die Zigarette zwischen den Lippen sieht Carlos Alvarez in diesem Augenblick aus wie ein verdammter Traum. Einer der feuchten Sorte, nach denen man schweißgebadet aufwacht und sich nichts sehnlicher wünscht, als wieder einzuschlafen.

»Was bedeutet das?« Ich richte mich auf und schlinge das Handtuch enger, das ich nach der Dusche um meinen Körper gewickelt habe.

»Das, Princesa, bedeutet, dass ich dich nicht länger fernhalten werde von den Dingen, die ich tue.«

Er drückt die Zigarette auf einem alten Unterteller aus und kommt mit einem bissigen Grinsen im Gesicht zu mir herüber. »Oder aber«, brummt er und sein Zeigefinger malt die Linie meines Unterkiefers nach, »dass ich keine Sekunde länger ohne dich aushalte. Such dir was aus.«

Er stupst mir auf die Nase und geht dann hinüber zu dem alten Spindschrank, in dem er unter anderem die Waffen lagert.

»Ist es, weil es mir nichts ausmacht, dass du ihn getötet hast, oder weil ich zu schwach war, es selbst zu tun? Ist das eine Belohnung oder eine Bestrafung?«

Die Tür des Schranks knallt eine Spur zu fest in ihre Angeln und er sieht mich wütend an.

»Ersteres«, knurrt er.

Bislang haben wir den ganzen Tag das Gespräch über McGuire vermieden. Doch auch, wenn er mausetot im Keller liegt, schwebt er nach wie vor zwischen uns.

Carlos Antwort sorgt dafür, dass ich mich ein bisschen entspannter fühle. »Was … was passiert jetzt eigentlich mit ihm?«

»Lis«, mahnt er und seine Schultern heben sich unter einem tiefen Seufzer. Sein Gesichtsausdruck gleicht einer harten Schale, die kein Hammer der Welt durchbrechen kann.

»Oh, oh. Wenn du mich nicht Elisabeth nennst, heißt das sicher nichts Gutes.«

Damit zaubere ich ein winziges Lächeln auf seine perfekt geschwungenen Lippen. Das zu können ist immerhin ein kleiner Sieg.

»Willst du das wirklich wissen? Soll ich dir all diese Dinge genau beschreiben?« Inzwischen dicht vor mir nimmt er mein Kinn zwischen Daumen und Zeigefinger, so wie er es anfangs immer getan hat.

»Möchtest du wissen, was mit den Leuten passiert, die ich mir vorgeknöpft habe? Wo Serge sie …«

»Okay … nein. Möchte ich nicht«, seufze ich und lasse den Kopf in den Nacken fallen, um ihm ins Gesicht zu blicken. »Hältst du mich für schwach, weil ich nicht abgedrückt habe?«

Diese Frage spukt schon den ganzen Tag in meinem Kopf herum und ich brauche dringend eine Antwort.

»Nein.« Er beugt sich vor und küsst meine Nasenspitze. »Nein«, wiederholt er lachend. »Du bist ganz sicher nicht schwach. Du bist die stärkste Frau, die ich kenne. Und heute Abend wirst du an meiner Seite stehen. Wie eine Königin bei ihrem König. So, wie du es verdienst.«

Meine Finger fahren über seine straffen Bauchmuskeln. Ehe ich mich vollends in der Freude baden kann, dass ich heute Nacht diesen Bunker verlasse, habe ich noch etwas auf dem Herzen. Auch das habe ich den ganzen Tag über versucht zu verdrängen. Aber egal, wie schmerzhaft die Erinnerung für mich ist, ich weiß, wie wichtig sie für Carlos ist. »Ich muss dir noch was sagen«, murmele ich deshalb trotz schweren Herzens.

»In der Regel fangen so die Sätze an, die man lieber nicht hören will.«

Mein aufgesetztes Kichern klingt falsch in dem ranzigen Zimmerchen.

»Das willst du sicher hören.«

Der Gedanke daran reicht und ich werde wieder ernst. »Ich weiß, dass du dir Vorwürfe machst wegen dem Überfall.«

Ich werde bei jeder Silbe leiser, mir ist klar, dass

er nicht darüber reden will. Dass Carlos meine Handgelenke ergreift und mich sanft wegschiebt, unterstreicht meine Theorie nur.

»Das ist vorbei. Oder nicht? Deine Worte.«, mault er.

»Ja, ist es. Aber heute ist mir etwas eingefallen, an das ich mich zuvor nicht erinnern konnte und ich möchte, dass du es weißt.«

Carlos wendet mir den Rücken zu. Er kann sich allerdings nicht weit entfernen, weil hier alles so beengt ist.

»Du denkst vielleicht, du hättest mich nicht gerettet«, fange ich an zu erzählen und sehe, wie sich sein Rücken anspannt. »Doch das hast du.«

Er dreht sich zu mir um und wir sehen uns direkt in die Augen. Ich liebe die Farbe, die mir daraus entgegen leuchtet. Mittlerweile habe ich gelernt, daran seine Stimmung abzulesen. Jetzt gerade stehen alle Zeichen auf Sturm.

»Ich will nicht darüber reden.« Er geht an mir vorbei, streift dabei meine Schulter.

»Ich aber! Ich will darüber reden, verdammt. Mann, er wollte mich vergewaltigen!« Mit der Schachtel Zigaretten in der Hand hält er inne und ich rede weiter. »Ich hatte das vergessen, aber als ich heute vor ihm stand, ist es mir wieder eingefallen. Er wollte mich ausziehen. Ich weiß wieder, wie er auf mir lag und versucht hat, meine Beine auseinanderzuzerren. Er hat nur von mir abgelassen, weil er ein Auto hat kommen hören.« Carlos dreht sich langsam zu mir herum.

»Ist das wahr?«

»Natürlich ist das wahr! Carlos«, seufze ich und

gehe zu ihm. Er lässt zu, dass ich ihm die Zigaretten wegnehme und auf das Bett werfe. Ich nehme seine Hände in meine. »Was diese Männer gemacht haben, war schlimm. Aber wenn er es geschafft hätte, mich …«, bei dem Gedanken daran muss ich schlucken, »du hast mich gerettet«, sage ich stattdessen und genieße zu sehen, wie sein Gesicht sich ganz langsam aufhellt. »Du hast mich gerettet«, flüstere ich noch einmal, weil es guttut, ihn so erleichtert zu sehen. Und weil ich unendlich dankbar bin, dass er mich vor dieser Gräueltat beschützen konnte.

Mit dem nächsten Kuss, der auf meinen Lippen landet, breitet sich eine angenehme Wärme in mir aus. Ich fühle sie tief in meiner Brust.

Carlos schließt die Augen, die Lippen dabei noch auf meinen.

»Alles okay?«, frage ich, nachdem ich mich ein Stück gelöst habe.

»Wenn«, stößt er lachend hervor, »dieser Penner nicht bereits tot im Keller läge, würde ich ihn jetzt umbringen.«

So falsch, wie es auch ist, ich muss lachen. Nicht unbedingt über McGuire oder die Tatsache, dass wir ihn getötet haben. Vielmehr über den Ausdruck in Carlos' Gesicht. Ein so jugendliches, leichtes Lachen habe ich selten bei ihm gesehen. Das mag ich sehr.

»Und, du nimmst mich heute Abend wirklich mit?«, frage ich, nachdem wir wieder ernster werden, aber sich die Stimmung deutlich gebessert hat. Allein bei dem Gedanken, heute Nacht mit ihm gehen zu können, möchte ich tanzen.

»Ja«, sagt er, um einiges überzeugter als noch vor wenigen Minuten. »Ich nehme dich mit.«

»Und wohin gehen wir?«

Er lächelt mich teuflisch an.

»Das Princesa, wird eine Überraschung. Aber eines kann ich dir versprechen. Es wird dich umhauen.«

»Heilige Scheiße«, brumme ich, und im Augenwinkel bemerke ich Carlos' Schmunzeln. Meine Hand krallt sich noch etwas fester an den Arm, den er mir angeboten hat, nachdem die schwarze Limousine uns vor dem Eingang des Avalon abgesetzt hat.

Ich hatte ja mit einigem gerechnet, nur nicht mit so etwas. Das Edel-Bordell, über dessen roten Teppich wir gerade durch den imposanten Eingangsbereich schreiten, haut mich um. Ich kann nicht einmal sagen, ob es die schillernde Einrichtung ist oder einfach die Tatsache, hier zu sein. Jedenfalls bekomme ich kaum noch Luft. Das enge Kleid, das Charly mir besorgt hat, ist dabei auch nicht gerade hilfreich.

Carlos verlangsamt seine Schritte. Offensichtlich bemerkt er, wie atemlos ich mich umsehe. Nie und nimmer rechnet man durch die getönten Scheiben von der Straße aus mit so einer Szenerie.

Der Boden ist mit rotem Teppich ausgelegt und das Entree, das an eine Hotelrezeption erinnert, funkelt an allen Ecken und Enden. Die Wände, der Tresen, sogar die Telefone. Alles ist schwarz gehalten, glitzert jedoch, als wäre das Material mit Sternenstaub besprüht worden. Was mich allerdings wirklich sprachlos werden lässt, ist die gigantische

Glasfront, die sich vor uns einmal quer durch das Gebäude erstreckt. Die komplette Wand ist ein Aquarium. Eine riesige mit Wasser gefüllte Wand mit Felsen und Pflanzen, zwischen denen bunte Fische schwimmen.

»Diese Familie hat wirklich einen Knall, auch wenn das fast schon wieder cool ist«, flüstert Carlos in mein Ohr. Er hat das perfekte Pokerface aufgelegt, seit wir von dem schicken Wagen samt Fahrer und Champagner abgeholt wurden.

»Du kennst die Besitzer?«, frage ich möglichst leise, doch gerade, als er antworten will, werden wir unterbrochen.

»Willkommen im Avalon.« Eine wunderschöne Frau mit streng zurückgebundenen Haaren und einem weißen engen Minikleid heißt uns willkommen. Sie hält ihren Finger kurz an ihr Ohr, dann hellt sich ihr Gesicht auf. »Mister Alvarez«, singt sie in Carlos' Richtung. Erst jetzt fällt mir auf, dass sie offensichtlich eine Stimme über Funk empfängt.

»Guten Abend«, erwidert Carlos fröhlich und legt seine Hand auf meine, die nach wie vor in seinem Arm liegt. Ich habe schon viele seiner Seiten kennengelernt. Allerdings ist mir der Anblick in perfekt sitzendem Smoking und schwarzem Hemd bislang verwehrt geblieben. Er hat sein Haar streng nach hinten gegelt und zu einem Zopf gebunden. Verdammt, er sieht heiß aus. Das Einstecktuch seiner Jacke hat dasselbe Blau wie mein Kleid.

Charly hat ganze Arbeit geleistet. Nicht nur ein perfekt sitzendes Kleid hat er mir besorgt. In einer Tüte fand ich passende Schuhe und eine silberne

Spange, mit der ich mein Haar streng zur Seite gelegt habe.

Das Kleid allerdings übertrifft alles, was ich bisher an Kleidern besessen habe. Mitternachtsblau und übersäht mit feinen funkelnden Steinchen, reicht es bis zum Boden. Am Oberkörper enganliegend, ist es schulterfrei und läuft nach unten in einer A-Linie aus. Ich trage darunter lediglich einen Tanga und meinen Colt, mit einem Gurt hoch am Oberschenkel fixiert. Carlos hat darauf bestanden. Auch wenn es mir nach heute Morgen seltsam vorkommt, ihn zu tragen. Wäre ich wirklich in der Lage, ihn auch zu benutzen?

»Sie werden erwartet.« Mit den perfekt lackierten Fingernägeln zeigt uns die Empfangsdame die Richtung an und wir folgen ihr bis zu einem Durchgang einmal quer durch die Aquariumwand.

Unsere Blicke treffen sich und ich nicke Carlos kaum merklich zu. *Ich will das hier,* versuche ich ihm zu sagen. Er presst die Lippen aufeinander, und würde ich ihn nicht so verdammt gut kennen, wäre mir die winzige Zustimmung, die er mir ebenfalls entgegen nickt, glatt entgangen. Wir ziehen das, was auch immer uns hier heute Nacht bevorsteht, zusammen durch. Zugegeben, mir wäre wohler, er hätte mich mit ein paar Informationen versorgt, aber wenigstens bin ich überhaupt hier. *Übertreib's nicht, Elisabeth …* hat er nur gesagt, als ich ihn drängen wollte, mich in seine Pläne einzuweihen.

»Alvarez«, empfängt uns ein Mann, der mich sofort an einen Papagei erinnert. Seine Haare sind genauso rot wie die glänzende Jacke, die er zu einer grünen Hose trägt. Obwohl die Beleuchtung hier nur schummrig ist, sitzt eine getönte Brille auf seiner schmalen Nase. Sie ist so groß, dass sie fast sein ganzes Gesicht verdeckt.

»Buzz«, knurrt Carlos neben mir und ich spüre, wie er sich versteift. Seine Hand an meinem Arm wird fester und auch die Muskeln in seinem Unterarm sind angespannt.

»Willkommen, willkommen, alter Freund«, trällert dieser Buzz, und ich rücke ein kleines Stück dichter an Carlos heran. »Mein verehrter Herr Vater erwartet dich bereits.« Sein Kopf schwenkt in meine Richtung. »Und wen haben wir hier?«

Er tritt einen Schritt näher und will gerade die Hand in meine Richtung ausstrecken. »Misses Alvarez oder nur die Dame des heutigen Abends?«

»Untersteh dich!«, schnauzt Carlos ihn an. Er löst meine Hand von seinem Arm und schiebt mich weiter hinter sich.

»Nicht doch, nicht doch, mein Freund.«

Er schielt den Gang entlang. Ich folge seinem Blick und sehe zwei Security-Männer, die uns genau im Auge behalten. Sie beobachten jede unserer Regungen auf das Genaueste.

»Misses Alvarez«, sage ich mit fester Stimme und trete aus Carlos' Schatten. Mit gerecktem Kinn reiche ich diesem schmierigen Typen meine Hand. Hinter mir höre ich Carlos nach Luft schnappen. »Freut mich, ihre Bekanntschaft zu machen.«

Ich habe keine Ahnung, was wir hier wollen oder wie diese Männer uns nützlich sein können, doch es muss einen Grund geben, sonst hätte Carlos uns nicht hergebracht. So oder so, mit Aggressionen kommen wir nicht ans Ziel.

Buzz nimmt meine Hand in seine und haucht einen ekligen Kuss auf meinen Handrücken. Wir ignorieren beide, mit einem Lächeln im Gesicht, das wütende Knurren von Mister Alvarez.

»Enchanté«, singt er und ich muss ein Kichern unterdrücken, weil er so etwas wie einen Knicks vor mir macht. »Jeder noch so dunkle Garten kann die bezauberndsten Blumen hervorbringen, nicht wahr?«

Vollkommen ungeniert lässt er seinen Blick an meinem Kleid entlangwandern und verharrt unverhohlen auf meinem Ausschnitt. Durch das getönte Glas seiner Brille kann ich seine Augen nicht genau erkennen und das macht mich nervös.

»Schluss mit dem Geschwätz«, raunt Carlos zwischen zusammengebissenen Zähnen. Die Securitys zucken kurz, während er in die Innentasche seines Smokings greift, doch Buzz hält sie mit gehobener Hand zurück.

»Bleiben wir doch alle entspannt, meine Herren«, säuselt er.

»Fünfhundert Gramm.« Carlos reicht ihm ein Päckchen. Es ist in braunes Packpapier gewickelt und auch wenn es beinahe so aussieht, ist es sicher kein Sandwich. »Und jetzt bring uns zu deinem Vater.«

»Ihr Mann hat wirklich eine eigenartige Art, gute Geschäftspartner zu behandeln, Misses Alvarez.« Buzz kann sich endlich von meinem Ausschnitt lösen und nimmt das Päckchen entgegen. Er hält es sich dicht vor die Nase und atmet tief ein. »Na ja«, seufzt er, »wenn dafür sein Stoff genauso wirkungsvoll ist wie die Gattin, will ich mich nicht beschweren.«

Strahlend nimmt er das Päckchen aus seinem Gesicht, und ich bin irgendwie froh, seinen Blick nicht sehen zu müssen.

»Also«, Carlos deutet auf den Gang, woraufhin Buzz nur mit den Augen rollt.

»Ja, ja«, meckert er wie ein eingeschnapptes Kind, »folgt mir.«

Er steckt das Päckchen in die Innentasche seiner seltsamen Jacke und stapft uns voraus durch den langen Flur. Immer wieder sehe ich die Aquariumwand hinauf, auf deren Rückseite wir jetzt weiter ins Innere des Avalon schreiten. Das ist wirklich atemberaubend.

»Dieser Freak«, flüstert Carlos und zieht mich wieder dicht an sich. Wir sehen uns kurz an. Die Mischung aus knallhartem Gangster und eifersüchtigem Freund bringt mich zum Schmunzeln.

»Da wären wir«, unterbricht Buzz unseren Augenkontakt. »Die Waffen bitte hier hinein.«

Er deutet auf ein Glasschälchen, das auf einer halbhohen Säule direkt neben einer großen, doppelflügeligen Tür steht.

Carlos zieht ein Klappmesser aus seiner Jackentasche und legt es in die Glasschale. Ich spüre, wie mir der Schweiß ausbricht. Es läuft genau, wie er vorausgesagt hat. Daher habe ich die Waffe hoch oben an meinem Oberschenkel versteckt. Dadurch, dass das Kleid ab der Hüfte stetig weiter wird, sieht man sie nicht.

Ein Security-Mann ist uns gefolgt und tritt einen

Schritt näher. Gegen ihn ist sogar Serge ein Hänfling.

»Noch mehr?«, knurrt er und nickt uns auffordernd zu.

»No«, brummt Carlos. Mann, sein Pokerface ist gut. Ich weiß, dass er ein weiteres Messer und eine Pistole bei sich trägt. Von mir mal ganz zu schweigen.

Der Kerl von der Security fordert ihn auf, die Beine zu spreizen und fängt an, ihn abzutasten. Nicht lange und er hat die Glock an seinem Fußgelenk gefunden. Das Messer jedoch nicht.

»Alvarez, Alvarez«, lacht Buzz. Er hat sich Carlos Klappmesser, das er bereits abgelegt hatte, geschnappt und lässt die Klinge auf und zu springen.

»Sie?« Mich erinnert der Kerl vom Sicherheitspersonal an einen Stier. Seine Nasenlöcher beben, während er an mich herantritt.

Wie verabredet hebe ich mein Kleid bis übers Knie an.

»Ich trage wohl kaum eine Waffe unter diesem Kleid«, funkele ich ihn wütend an. Sein Blick bleibt an meinem Bein hängen und auch Buzz wendet sich mir zu.

»Rührt er sie an, nehme ich mein Koks und der Deal ist geplatzt.« Die Spannung ist zum Schneiden dick in diesem Flur. Das Testosteron spritzt aus allen Poren.

Buzz legt die Hand auf seine Brust. Ungefähr dort, wo sich in der Innentasche das Päckchen befinden müsste.

»Jetzt ist aber gut. Wir ziehen doch alle am selben Strang, nicht wahr, meine Herren?«, fragt er und setzt ein übertriebenes Grinsen auf. Wie einen bettelnden Hund schickt er den Security mit einem Handschütteln weg. »Also bitte«, er legt beide Hände auf die Klinken und öffnet die Flügeltüren. »Willkommen im Paradies.«

CARLOS

Ach du Scheiße!

Das ist alles, was ich denken kann, seit wir das Avalon betreten haben. Ich habe in meinem Leben schon eine Menge kranke Scheiße gesehen, doch das hier übersteigt alles.

Neben mir höre ich Elisabeth keuchen und ich kann es ihr nicht verdenken. Das hier ist kein Büro und auch kein Bordell. Es ist ein verfluchter Zoo.

Der riesige Raum ist übersät mit Pflanzen. Palmen, Efeu, was weiß ich, wie diese Dinger heißen. Jedenfalls ragen sie an den Wänden hoch und sogar unter der Decke schlängelt sich das Grün.

Auf Anhieb entdecke ich mindestens drei bunte Vögel, die auf den Stämmen und Ästen verteilt hocken, als wäre das hier ein Urwald und nicht das Büro eines Puffbesitzers. Sie zwitschern munter in die Stille dieses seltsamen Raumes.

Ich sehe hinüber zu Elisabeth, doch diese starrt in die hintere Ecke des Zimmers. Dort räkelt sich eine dunkelhäutige Frau, zusammen mit einer weißen, riesigen Schlange auf dem Boden. Unwillkürlich schüttele ich mich. Wo zur Hölle sind wir hier gelandet?

»Daddy«, singt Buzz. Dieser Wichser ist nicht mehr ganz sauber. Wenn ich diese Familie nicht dringend bräuchte, würde ich gerade schleunigst den Rückwärtsgang einlegen. »Deine Gäste sind da.«

»Carlos Alvarez«, stößt Williams aus, und ich schaffe es zum ersten Mal, meine Aufmerksamkeit auf ihn zu richten. Mein Hirn fühlt sich durch die verrückte Atmosphäre hier wie benebelt an. Am liebsten würde ich mir den Smoking vom Leib reißen, weil es hier drinnen so brütend heiß ist.

»Mister Williams«, sage ich kühl und trete einen Schritt näher an seinen weißen Schreibtisch. Auf der riesigen Hochglanzfläche steht lediglich ein Glas Cognac und ein kleines Terrarium, in dessen Ecke ich die haarigen Beine einer Vogelspinne erkenne. Fuck!

»Nur Williams«, korrigiert er mich. Dieser Verrückte ist bestimmt Mitte sechzig und nicht viel kräftiger als ein Teenager. Sein schmales Gesicht muss sich offensichtlich zu einem Grinsen zwingen. Er faltet die dürren Finger vor seinem weißen Hemd und deutet mit dem Kinn auf die zwei Stühle, die auf der anderen Seite des Tisches stehen. Mein Blick zuckt noch einmal kurz zu Elisabeth, die nach wie vor mit großen Augen zu der Frau mit der Schlange starrt. In diesem Moment schlängelt sich die Boa zwischen ihren riesigen Brüsten hindurch und mich durchfährt ein Schauer.

Ich greife nach Lis' Ellbogen und sie zuckt zusammen. Es dauert nur eine Sekunde, dann hat sie sich wieder im Griff und schenkt Williams ihr perfekt falsches Lächeln.

»Laut meinem Sohn haben sie wertvolle Informationen für mich?«, fragt dieser, während ich den Stuhl für Elisabeth zurechtrücke, damit wir uns setzen können. Bei dem Gedanken daran, wie selbstverständlich sie sich Buzz als Misses Alvarez vorgestellt hat, möchte ich sie umgehend aus diesem irren Dschungel bringen und sie vögeln, bis sie nie wieder laufen kann.

»Das ist richtig«, antworte ich etwas verspätet. Während ich neben meiner Königin Platz nehme, räuspere ich mich. Es wird wirklich Zeit, dass ich mich endlich konzentriere. Das hier ist vielleicht meine einzige Chance, Onkel Steve dranzukriegen. Und nur so habe ich freie Bahn zu meinem Vater.

»Nun denn«, nuschelt er und nippt an seinem Cognac. Dabei spiegelt sich das Licht einer Lampe auf seiner Glatze.

»Sie sollten wissen, ich bin kein Mann großer Reden.« Ich schlage ein Bein lässig über mein Knie und lege eine Hand in Elisabeths Nacken. Mit Daumen und Zeigefinger massiere ich dort sanft ihre angespannten Muskeln. »Daher sage ich es ganz frei heraus. Ich will, dass Sie Steve Edwards aus dem Verkehr ziehen.«

»Ha!«, stößt er aus, wirft übertrieben gespielt den Kopf in den Nacken und lacht. Es klingt genauso irre wie alles in diesem Laden. So schnell wie es gekommen ist, wird er auch wieder ernst und schnippst mit seinem Finger in die Luft. Die üppige Tussi mit der Schlange richtet sich auf. »Verschwinde«, knurrt er sie an und sie gehorcht, ohne mit der

Wimper zu zucken. »Buzz«, richtet er sich an seinen Sohn, ohne unseren Blickkontakt dabei zu unterbrechen. »Hol unseren Gästen etwas zu trinken.«

Mit jedem seiner Worte fallen meine Schultern erleichtert ein Stück herab und auch Elisabeth entspannt sich unter meiner Hand. Ohne ein Wort von ihr kann ich doch ihr Gemecker laut und deutlich in meinem Kopf hören. ›Warum hast du mir das nicht gesagt?‹, ›Was soll das? Warum machst du das nicht selbst?‹, ›Wo zum Teufel sind wir hier gelandet?‹

Ich ignoriere sie. Meine Gründe, diesen Weg zu gehen, müssen sie nicht jucken. Was ich sage, wird gemacht. Mag sein, dass sie aus mir einen liebeskranken Softie gemacht hat, aber wie ich meine Geschäfte regle, bleibt allein meine Sache.

Buzz verschwindet mit der Schlangentussi durch die angrenzende Tür.

»Und?«, zischt Williams zwischen zusammengebissenen Zähnen hervor. Er lehnt sich über seinen Schreibtisch, und mir bleibt kurz die Luft weg, weil er die Spinne aus ihrem Glaskasten nimmt und sie über seine Hände wandern lässt. Alles um Elisabeths Nacken spannt sich an und ich massiere sie mit Nachdruck. »Verraten Sie mir auch, warum ich so dumm sein und den Polizeichef meiner Stadt töten sollte, Mister Alvarez?«

»Weil er Sie bescheißt. Und zwar nach Strich und Faden.«

»Das wird ja immer besser«, erwidert er schrill, während die riesige Spinne nun an seinem Oberarm entlangkrabbelt. Er hält ihr das Gesicht entgegen, beinahe als wolle er sie küssen. What the fuck stimmt mit dem Kerl nicht? »Sie kommen hierher in mein Reich, wollen mich zum Mord anstiften und werfen mir dann vor, ich könnte nicht einmal einen Überblick über meine Geschäfte bewahren?« Obwohl er dem haarigen Vieh auf seiner Schulter einen zuckersüßen Blick zuwirft, speit er die Worte förmlich in meine Richtung. »Ich weiß nicht, was Sie meinem Sohn versprochen haben, und ich will es auch gar nicht wissen, aber Sie beleidigen mich und das ist etwas, woran ich so gar keinen Gefallen finde, Alvarez. Da kann Ihr Gesicht noch so eindrucksvoll sein.«

Er hebt den Kopf kurz in meine Richtung und zwinkert. Heilige Scheiße, der Kerl ist nicht nur ein Spinner, sondern er steht anscheinend auch noch auf mich.

Elisabeth neben mir räuspert sich. Ich löse meine Hand von ihrem Nacken und lehne mich nach vorne.

»Passen Sie mal auf, Williams. Mich interessieren Ihre Geschäfte einen Scheiß. Von mir aus können Sie hier unten einen ganzen Zoo halten. Allerdings haben Sie eine Ratte in Ihren Reihen und raffen es nicht mal. Ich weiß, dass Sie die Cops hier kostenlos vögeln lassen, damit sie Sie in Ruhe lassen. Was Sie allerdings nicht mitbekommen, ist, dass der Polizeichef Edwards seine Männer dafür zahlen lässt. Ich habe Kontakte, die das bezeugen können. Er kassiert für Ihre Mädchen. Und zwar in seine eigene Tasche.« Ich beuge mich noch ein Stück weiter vor. Williams schiebt sich mit seinem Bürostuhl ein Stück nach hinten. Die beschissene Spinne krabbelt derweil über sein schneeweißes Hemd. »Ob Sie es wollen oder nicht. Edwards fickt

Sie und Sie hatten bis gerade keinen verfluchten Schimmer davon!«

Ich lasse alle Luft aus meiner Lunge entweichen und sinke zurück in den Lederstuhl.

Genau im passendsten Moment öffnet sich die Tür und Buzz schneit herein.

»Ein Champagner auf neue Freundschaften?«, singt er beinahe und hinter ihm her tänzelt eine kleine Asiatin. Sie trägt ein Tablett mit einer Flasche Schampus und vier Gläsern.

Während er um den Schreibtisch herumläuft und zusammen mit dem Mädchen beginnt einzuschenken, starren Williams und ich uns nach wie vor an. Meine Ansage hängt zwischen uns und wartet nur darauf, die Situation zum Explodieren zu bringen.

Es ist an ihm, etwas daraus zu machen oder mich hochkantig hinauszuwerfen. Im Augenwinkel bemerke ich, wie Buzz Elisabeth ein Glas reicht und sie sich höflich bedankt. Alles geht seinen Gang, nur dieser bekloppte Glatzkopf und ich stieren uns weiter an. Beide jederzeit zum Kampf bereit. Er soll erkennen, wie ernst ich es meine. Die Sekunden vergehen. Irgendwann kapiert sogar sein bescheuerter Sohn endlich, was los ist, und jagt die Asiatin davon.

»Alles okay, Jungs?«, fragt er und lehnt sich mit seinem auf den Armen abgestützten Oberkörper vor Elisabeth quer auf den Schreibtisch seines Vaters. »Ihr streitet euch doch nicht etwa? Hey, es gibt genug böse Jungs für alle von uns.«

Gott, wie ich diesen Kerl hasse.

»Beweise?«, knurrt Williams und unser Blick ist nach wie vor fest miteinander verschweißt.

»Die E-Mail eines Cops.« Noch zu Parkers Zeiten sind wir an diese Informationen gelangt, doch bisher habe ich sie für mich behalten und auf den richtigen Zeitpunkt gewartet. Auch wenn Elisabeth davon noch nichts weiß, zu dem Zeitpunkt, in dem Williams sich um Onkel Steve kümmern wird, werden wir nicht mehr im Land sein. Ich habe vor, morgen mit ihr nach Kanada zu fahren. Soll dieser Spinner ruhig für uns die Drecksarbeit machen. Ich will gar nicht wissen, was er im Wissen der Cops sonst noch alles treibt. »Und Sie können problemlos eines Ihrer Mädchen drauf ansetzen. Sollen Sie ihre Kunden vom Dezernat fragen, wie viel sie für einen Fick bezahlen. Noch dazu sollten Sie sich von ihnen erzählen lassen, was der gute alte Steve von ihnen verlangt. Es geht hier schon lange nicht mehr um gewöhnlichen Sex. Er quält Ihre Mädchen und Sie merken es nicht mal.«

»Und was ...?«, fragt Williams und ich habe den Eindruck, er wird wieder ruhiger. Er löst unser Blickduell und hebt die haarige Spinne zurück in ihr Gehege. Dabei rückt Buzz mit angewidertem Gesicht vom Schreibtisch ab. »... haben Sie davon?«

»Das muss Sie nicht kümmern«, antworte ich, ohne zu zögern. Ich vertraue diesem Kerl nicht. Dass er nicht ganz bei Trost ist, ist mehr als offensichtlich.

»Hmmm«, brummt Williams und dreht sich mit seinem Stuhl hin und her. Er ignoriert Elisabeth vollkommen. Dafür leckt er sich die Lippen, während er doch allen Ernstes in meinen Schritt starrt. Ich bin kurz davor, aufzuspringen und ihm in die Eier zu treten.

Buzz, Elisabeth und ich zucken zusammen, weil er urplötzlich in die Hände klatscht.

»Okay«, stößt er aus und nimmt ein Champagnerglas. »Was soll's. Ein Bulle mehr oder weniger«, lacht er schrill. Ich muss mich bemühen, den Mund geschlossen zu halten und ihn nicht verblüfft anzugaffen. »Wir kümmern uns darum.«

»Sehen Sie, Alvarez. Hab ich doch gesagt, mein Daddy kümmert sich um so etwas.«

Buzz drückt mir ein Glas in die Hand, doch noch immer starre ich seinen Vater an.

»Kann ich im Gegenzug für diese Informationen noch etwas für Sie tun?«, fragt er. Erst jetzt, da er sein Gesicht verzieht, fällt mir auf, was es ist, das mich die ganze Zeit an seiner Fresse irritiert. Der Kerl hat keine Augenbrauen.

Das alles hier ist mehr als strange. Erst lege ich ein Vermögen in Koks hin, um ihn überhaupt sehen zu dürfen. Und jetzt will er mir einen Gefallen tun dafür, dass er meinen Onkel tötet?

Der Kerl ist ein Irrer. Vollkommen verrückt, nicht ganz bei Trost, seine Sicherungen sind durchgebrannt.

In den vergangenen Jahren habe ich oft von Williams gehört. Es gab nur bislang keinen Grund, mit ihm Geschäfte zu machen. Das Avalon liegt in Downtown und kommt mit den Machenschaften der Eight Mile so gut wie nicht in Berührung. Ein Glück. Dieser Wichser gilt in der Szene als Geist. Ins Avalon dürfen nur ausgewählte Kunden und ihn selbst bekommt niemand zu sehen. Und jetzt weiß ich auch, warum die meisten meiner Kontakte mich vor ihm gewarnt haben.

»Nein«, knurre ich. Ich will hier nichts und niemandem etwas schuldig bleiben.

»Dann seien Sie und Ihre wundervolle Gattin wenigstens heute Nacht unsere Gäste«, schnurrt Buzz.

Williams folgt seinem Blick, verzieht jedoch angekommen bei Elisabeths Körper angewidert das Gesicht.

»Ich denke nicht«, gebe ich stockend zurück. Ich traue dem Braten nicht. Es kann doch nicht wirklich so einfach gewesen sein. Oder? Andererseits lebt dieser Spinner in einem Zoo mitten in der Detroiter Innenstadt.

»Ach komm schon, Alvarez. Wir haben einen Diskothekenbereich. Ein Restaurant. Eine Wüstenanimation. Was immer ihr wollt. Ihr könnt auch in einem Rochenbecken ficken, wenn ihr drauf steht. Im Avalon gibt es nichts, was es nicht gibt.«

Er strahlt mich an, während ich spüre, wie mein Gesicht sich immer weiter verzieht.

»Dürfen wir nicht mit Ihrem Vertrauen rechnen, wo Sie doch das unsere genießen, Mister Alvarez?«, schaltet sich Williams ein und mir sind die Hände gebunden.

Ich will Elisabeth so schnell es geht möglichst weit von dieser Freakshow wegbringen, aber wenn ich jetzt übereilt aufbreche, werden sie misstrauisch. Noch ein weiterer Feind ist gerade das Letzte, was wir gebrauchen können, und ich fürchte, Williams ist mächtiger, als ich dachte. Einen der wichtigsten Männer der Stadt töten zu lassen, schien für ihn eine vollkommen alltägliche Entscheidung.

»Ich denke, für einen Drink haben wir sicher

noch Zeit, nicht wahr, Darling?«, schnurrt Elisabeth neben mir und legt ihre zarten Finger auf meinen Schenkel.

»Ja natürlich«, presse ich gegen meinen Willen hervor. »Dann zeig uns mal, was dieser Laden zu bieten hat.«

Buzz nimmt mir das unangerührte Glas wieder aus der Hand. Auch seines und das von Elisabeth stellt er auf den Schreibtisch. In seinem Gesicht liegt ein Ausdruck wie der eines Kindes vor dem Weihnachtsbaum.

»Es ist mir ein Vergnügen«, kichert er und mir sträuben sich bei diesem Geräusch die Nackenhaare.

»Mister und Misses Alvarez genießen unsere volle Gastfreundschaft«, fügt Williams an.

Wir erheben uns und ich nicke dem Chef des Avalon zu. Das geheuchelte ›Es war mir eine Freude‹ bleibt mir im Hals stecken. Buzz quasselt Elisabeth bereits voll, während ich noch immer skeptisch zu Williams blicke.

»Also dann«, knurre ich und mache rückwärts einen Schritt nach dem anderen Richtung Tür.

»Ach, und Alvarez«, hält er uns auf, als Buzz bereits die Türen öffnet. Ich rechne mit dem großen Aber, als sich ein Grinsen auf sein Gesicht legt. »Das hier bleibt unter uns oder ich verfüttere ihre Kleine an die Haie.«

Ich schlucke. Dann nicke ich kaum merklich. »Versteht sich«, murmele ich und ergreife die Hand, die sich von hinten in meine schiebt. Meine Finger schließen sich warm um ihre. Ich versuche ihr zu zeigen, dass es keinen Grund zur Sorge gibt. Ich hätte jedem, der mit solch brisanten Informationen in mein Büro geschneit wäre, mindestens mit derselben Ansage gedroht.

»Dann steht zukünftigen Geschäften nichts im Wege«, gibt er uns abschließend mit auf den Weg, und ich kann erst wieder richtig durchatmen, nachdem die Tür hinter uns ins Schloss gefallen ist.

Zum ersten Mal seit einer gefühlten Ewigkeit sehe ich die wunderschöne Frau an meiner Seite an. Durch die Aquariumwand des Ganges scheint ihre Haut in zartem Blau. Ihre Wangen schimmern dunkler und in ihrem Blick liegt jede Menge Verwirrung. Kein Wunder, ich kann mir das hier selbst nicht vollständig erklären.

Buzz, der ohne Punkt und Komma aufzählt, was dieser freakige Laden alles anbietet, beachtet uns kaum. Wie ein Flummi hüpft er vor uns her, während wir zunächst unsere Waffen wieder einstecken und anschließend immer tiefer von ihm ins Gebäude geführt werden. Das Aquarium endet mit der Zeit und mündet in einem schwarzen Flur. Wände, Boden und Decke sind schwarz gestrichen. Nur kleine, funkelnde Lichter unter der Decke spenden ein wenig Licht.

»Hier wäre die normale Bumsabteilung«, erklärt Buzz, der Spinner, und deutet durch einen Vorhang. »Da vorne geht's zu den SM-Räumen. Keine Ahnung, stehst du drauf, wenn er dich in Ketten legt, Baby?«

So sehr mir die Vorstellung gefällt, funkele ich ihn doch wütend an.

»Hey, war ja nur 'ne Frage. Also? Was wollt ihr? Einfache Huren? Jungs, mit denen ihr alles anstellen könnt, was ihr wollt? Oder lieber ein Tier mit dabei?«

Im Hintergrund höre ich neben der sanften Klaviermusik aus den Lautsprechern, wie Elisabeth nach Luft schnappt.

»Einfach einen Drink«, maule ich. »Kriegst du das hin, du Spinner?«

»Ah ... so ein Auftritt, aber unter der Bettdecke ist nichts los. Ein Jammer für dich, Schätzchen«, säuselt er an mir vorbei.

»Einen Drink!«, wiederhole ich eine Spur härter. Nicht mehr lange und ich zücke das Messer aus meiner Boxershorts und ramme es ihm in die Eier.

»Ist ja gut, ist ja gut. Dann empfehle ich euch ›the sin‹, unseren kleinen, hauseigenen Club.«

Er zeigt auf eine schmale Treppe, die zu einem weiteren Vorhang führt.

Jahrelang habe ich gute Bordelle zu schätzen gewusst. Allerdings war ich dort auch allein und die Besitzer keine Freaks. Doch mir bleibt keine Wahl. Also fasse ich die angebliche Misses Alvarez an der Hand und führe sie durch den Eingang zu der Sünde. Denn ich könnte einen Drink gerade wirklich gut gebrauchen.

LIS

»Also«, ich lehne mich näher zu Carlos, um sicher zu sein, dass niemand unser Gespräch mitbekommt. Seit über einer Stunde sitzen wir an der Bar und diskutieren über das, was da eben passiert ist. »Und du denkst, dass er ihn jetzt einfach so dafür umbringt?«

Keine Ahnung, ob es der Champagner ist, der mir die Sinne benebelt, oder einfach die Atmosphäre im Avalon. Ich habe in der vergangenen Stunde Dinge gesehen, die ich mir nicht einmal hätte ausmalen können, und mir schwirrt der Kopf.

»Ich habe keine Ahnung, Princesa. Aber das ist unsere einzige Chance.«

Seit wir im Clubbereich angekommen sind und miteinander reden, werden wir langsam aber sicher etwas lockerer. Obwohl wir beide so gut wie nie trinken, greift Carlos bereits zu seinem vierten Bourbon, während ich schon mein drittes Glas Champagner geleert habe. Eigentlich meide ich Alkohol aus gutem Grund. Ich verbinde damit nichts außer Schmerz und Leid. Doch hier und heute spüre ich nur das süße Prickeln auf meiner Zunge und das wundervolle Gefühl, schwerelos zu sein. Und das immerhin trotz der Situation, wegen der wir hier sind.

»Zuzutrauen ist es ihm«, murmele ich und rücke noch ein bisschen dichter zwischen Carlos' Beine. Er sitzt mit dem Rücken an die vergoldete Bar gelehnt, während ich vor ihm stehe. In diesem Bereich des Avalon sind eine Menge Gäste. Frauen tanzen mit kurzen Röckchen auf der Tanzfläche und lassen sich bereitwillig von Männern in schicken Anzügen betatschen. Die Decken sind niedrig, die Beleuchtung spärlich. Entlang der Wände befinden sich kleine Sitzgruppen, auf denen Paare wild knutschen oder Männer sich einen Lapdance gönnen. Auch wenn ich nie zuvor in einem Bordell war, so habe ich es mir sicher nicht vorgestellt.

»Das war 'ne ziemliche Freakshow, hm?«, schmunzelt Carlos und ich fahre mit meinem Finger über das kleine Grübchen auf seiner Wange. Es kommt leider viel zu selten zum Vorschein.

»Das kannst du laut sagen. Und der Sohn!« Ich muss lachen. Wenn ich nicht live dabei gewesen wäre, würde ich ihm kein Wort über diese Familie glauben. »Woher kennst du ihn?«

»Im Grunde kenne ich ihn nicht. Er ist einfach ein kranker Spinner. Du hast doch gesehen, was er für einen Auftritt hinlegt. Es war ein Kinderspiel für Parker, ihn zu finden. Dass er mehr Koks zu sich nimmt als andere Leute Essen und dabei aussieht wie ein Papagei, hat es uns leichtgemacht.«

Ich presse die Lippen aufeinander. Diese ganze Drogendealerei mag ich nicht besonders.

»Keine Sorge. Das war mein letzter Vorrat. Schluss mit den Drogen. Das bringt uns jetzt sowieso nicht mehr weiter«, erwidert Carlos auf meine Gedanken hin. Er konnte vom ersten Moment an in meinem Kopf lesen wie in einem Buch.

»Es war eine Schlange in seinem Büro!«, stoße ich entsetzt aus, kann mir ein Lachen jedoch nicht verkneifen.

»Heilige Scheiße«, lacht Carlos und legt sich die Hand dabei über den Mund. »So was habe sogar ich noch nicht gesehen.«

»Er schien dich ziemlich zu mögen«, kichere ich, »wohingegen er mich zu den Haien werfen wollte.« Ich drehe den Kopf kurz Richtung Eingang. »Herrgott, denkst du, es gibt hier wirklich Haie?«

»Wundern würde es mich nicht. Immerhin können wir auch mit den Rochen ficken.«

Es tut so gut, Carlos' Lachen zu hören.

»Bei, nicht mit. Das ist ein Unterschied«, korrigiere ich ihn mit erhobenem Finger.

»Ich find' beides nicht gerade reizvoll.«

»Na, da bin ich aber froh.« Ich beuge mich nach vorne und küsse ihn. Sanft und weich legen sich meine Lippen auf seine. Der Geschmack des Alkohols macht mir nichts aus. Er kann mir keine Angst mehr einjagen. Ganz gleich, wie viel er trinken würde. Carlos würde zu jedem Zeitpunkt sein Leben für mich geben, anstatt mich zu verletzen. Das weiß ich.

»Und«, murmele ich, nachdem ich mich von ihm gelöst habe, »wie geht's jetzt weiter? Gesetzt, dein Plan geht auf, was machen wir als Nächstes?«

»Nicht hier und nicht jetzt«, raunt Carlos und

legt seine Hand auf meinen Arsch. Er spreizt die Beine noch weiter, um mich enger an ihn heranzuziehen. »Wir reden morgen über alles.«

»Dann?«, frage ich und lasse meinen Blick über die Schulter einmal durch den schummrig beleuchteten Raum schweifen, »sind wir einfach nur ein Paar in einem Club?«

Carlos lächelt. Der Whiskey zaubert einen jugendlichen Charme auf sein Gesicht. Obwohl er im Smoking und ganz in schwarz ziemlich einschüchternd wirkt, habe ich ihn selten so schelmisch erlebt.

»Oh ja, Misses Alvarez, das sind wir«, schmunzelt er und betont dabei das Misses. Ich spüre, wie meine Wangen noch mehr Farbe bekommen.

Ich senke kichernd den Kopf. »Ich dachte ...«

Sein Zeigefinger, an dem der geflochtene silberne Ring steckt, hebt mein Kinn an.

»Eines Tages wirst du das sein. Misses Alvarez«, lacht er.

Ich weiß, es ist mehr ein Scherz, dennoch kribbelt es in meinem Bauch. Die Vorstellung, Carlos' Ehefrau zu sein, macht mich nervös, aber auch unendlich glücklich. »Erzähl mir was«, schlägt er vor, ohne meine Reaktion abzuwarten, »wir beschäftigen uns viel zu oft mit dieser ganzen Scheiße. Heute will ich einfach nur meine zukünftige Frau kennenlernen.«

Ich greife nach meinem Glas auf der Theke. Dass die Kellnerin hinter der Bar nur einen Leopardenstring trägt, versuche ich auszuklammern.

»Du kennst mich besser als die meisten Menschen auf dieser Welt. Was soll ich da noch groß erzählen?«

Der Champagner fließt prickelnd meine Kehle hinunter. Carlos nimmt mir das Glas wieder ab und zieht mich eng an sich.

»Ich will alles wissen. Was ist dein Lieblingsessen? Deine Lieblingsfarbe? Welche Hobbys hast du? Was machst du, wenn du nicht gerade mit mir die Regierung einer Stadt stürzt?«

Wir lächeln beide, ohne wirklich belustigt zu sein. Im Grunde genommen hat er recht. Wir wissen kaum etwas voneinander. Aber Leute zu töten, schweißt wesentlich mehr zusammen, als nur die Vorlieben des anderen zu kennen.

»Seit neuestem stehe ich oft auf schwarz«, schnurre ich und streiche an seinem Revers entlang. »Ich liebe Schokolade, Spaghetti und in letzter Zeit habe ich das Schießen für mich entdeckt.«

Den kleinen Stich, der sich in meinem Inneren ausbreitet, ignoriere ich. Noch immer fühlt es sich wie Versagen an, dass ich heute Morgen nicht abdrücken konnte.

»Bill hat mir erzählt, du wolltest bei ihm Tanzunterricht nehmen?« Carlos ignoriert meine Anspielungen. Ihm ist das hier wirklich ernst.

»Vielmehr wollte Bill, dass ich das will«, verteidige ich mich lachend, »Aber ja, ich würde gerne so tanzen können, wie du mit Shakira getanzt hast.«

Mit seinen Händen auf meinen Hüften bewege ich mich im Takt der Musik. Die Songs hier im Club sind andere als im Velvet. Sie passen zu der düsteren Stimmung und dem eigenartigen Publikum.

»Hm, die Vorstellung gefällt mir«, knurrt mein Pseudoehemann und seine Finger streicheln mich durch die Seide meines Märchenkleides. »Ich bin mir ziemlich sicher, Misses Alvarez weiß sich zu bewegen.«

Ich lege meine Hände um seinen Hals und tanze eng an seinem Schritt. Carlos schließt die Augen und lauscht der Musik.

»Wovon singt sie?«, frage ich, denn die Sängerin singt auf Spanisch.

»Sie hat ihren Typ verlassen.«

Er sieht mich an. Bei seinen Worten ziehe ich einen Schmollmund und er muss lachen.

»Aber«, erklärt er und hört noch einen Moment weiter zu, »sie erklärt ihm, dass es Tattoos gibt, die nicht mit Tinte gestochen werden. Erinnerungen, die bleiben, egal was kommt.«

»Für die Ewigkeit«, murmele ich, meine Lippen mittlerweile dicht an seinem Hals. Ich liebe den Geruch seiner Haut.

»Für die Ewigkeit«, wiederholt er und spielt damit auf eine Unterhaltung an, die wir geführt haben, als ich das erste Mal bei ihm übernachtet habe. Damals waren wir beide noch dumm und hatten keine Ahnung, wo das mit uns hinführen würde.

Seine Finger fahren über meinen Hintern, wandern meine Wirbelsäule hinauf und hinab. Ich schließe meine Augen und tanze ganz langsam. Reibe mich sanft an seinem Schoss, bis der Song verklingt und ein neuer, etwas schnellerer einsetzt. Die Frauen auf der Tanzfläche lassen ihre Hüften kreisen und bewegen sich geschmeidig zur Musik.

»Ven, baila conmigo!«

Ich fahre bei der zarten Stimme in meinem Ohr herum. Dicht hinter mir steht eine junge Frau und leckt sich über die vollen Lippen. Sie sieht aus wie ein Topmodel. Ihre Haut hat die Farbe von Milchkaffee, doch ihre Augen strahlen noch heller als Carlos'.

Dieser löst seine Hände von meinem Arsch und gibt mich frei.

»Was? Ich?«, frage ich verwirrt und sehe ihn an. Keine Ahnung, was sie gesagt hat. Es sieht ganz so aus, als wolle sie tanzen.

»Nur zu«, lacht er und legt beide Ellbogen zurück auf die Theke, »tanz mit ihr.«

Zuerst zögere ich. Schaue zwischen den beiden hin und her, doch die Frau nimmt mich an der Hand und dreht mich zu sich herum. Verdammt, sie ist wirklich hübsch. Ihre wilden Locken stecken in einer aufwendigen Hochsteckfrisur und beim Lächeln entblößt sie schneeweiße Zähne.

Ich lasse mich von ihr ein Stück weiter in die Mitte des Raumes ziehen und beginne zaghaft, mich zu bewegen. Sie trägt ein rotes, hautenges Kleid, das nicht einmal die Hälfte ihres Oberschenkels bedeckt.

»Eres muy hermosa«, flüstert sie mir ins Ohr. Dabei legt sich ihre Hand in meinen Rücken und sie zieht mich eng an sich heran. Ich bin nicht sicher, was ich tun soll. Meinem ersten Impuls folgend sehe ich zu Carlos. Unsere Blicke treffen sich und ich halte inne.

Er genießt das. Es erregt ihn. Um das zu erkennen, reicht eine einzige Sekunde.

»Ich weiß nicht, was das bedeutet«, säusele ich zu ihr zurück und meine Finger gleiten vorsichtig ihren Arm hinauf. Doch sie lächelt nur. Ihre Haut ist warm und seidig. Sie riecht süß und unschuldig, wobei ich sicher bin, dass nichts an ihr das tatsächlich ist.

Im Rhythmus der Musik kommen wir uns stetig näher, bis unsere Körper sich dicht aneinander bewegen. Über ihre Schulter sehe ich, wie Carlos sich die Lippen leckt und mir zunickt. Als wolle er sagen: ›Berühre sie, Princesa.‹

Ich lege meine Hände auf ihren schlanken Hals. Spüre ihren Pulsschlag unter meinen Fingern.

Bis auf die Nummer, die ich für Carlos im Hotel abgezogen habe, hatte ich nie zuvor etwas mit einer Frau. Ich habe nie infrage gestellt, ob ich auf Männer stehe und tue es auch jetzt nicht. Dennoch kann ich nicht leugnen, dass der schlanke Körper in meinen Händen mich anturnt. Und zwar so richtig.

Ihre Finger sind schlank. Es bereitet mir eine Gänsehaut, wie sie über meine Taille fahren. Ich kneife die Augen zusammen, weil ihre Daumen in diesem Moment meine Nippel streifen. Durch den Seidenstoff recken sie sich ihr entgegen.

Hilfesuchend blicke ich erneut zu Carlos. Ich weiß nicht, was ich tun soll. Wo liegt unsere Grenze?

Er ist bereits aufgestanden und kommt mit langsamen Schritten auf uns zu.

Meine Tanzpartnerin bemerkt ihn ebenfalls und löst sich ein Stück von mir. Sie legt mir eine Hand in den Nacken, mit der anderen zieht sie Carlos am Revers seines Smokings zu mir und führt uns zusammen. Ohne zu zögern stößt er sich in meinen Mund und treibt mich nur mit dem Machtspiel seiner Zunge in den Wahnsinn.

Während meine Hüften sich weiter im Takt wiegen, kneife ich die Beine zusammen, zwischen denen es heftig pocht. Den Colt dabei an meinem Oberschenkel zu spüren, macht es nur noch schlimmer. Carlos löst sich von meinem Mund. Er legt den Kopf schief und schielt zu der Frau, die eine Hand auf meinem Körper, eine auf seinem hinabwandern lässt.

»Quieres follarla?«, fragt er sie und deutet dabei mit dem Kopf auf mich. Sie sieht mich an, dann wieder ihn und nickt ganz bedächtig. Dabei leckt sie sich die Lippen und schiebt ihren Unterkörper dichter an meinen.

Carlos tritt ein Stück zur Seite und deutet auf den Ausgang. Sie nimmt mich bei der Hand und will mich hinter sich herziehen.

»Was hast du sie gefragt?«

Statt einer Antwort bekomme ich sein klassisches Grinsen, das einem die Knie weich werden lässt.

»Wart's nur ab, kleine Princesa. Heute bin ich derjenige, der die Spielregeln festlegt. Das letzte Mal hast du mich kalt erwischt, aber heute bin ich der Boss.«

Er schlendert genüsslich los und mir bleibt nichts, als mich von der exotischen Schönheit hinterherschleifen zu lassen.

»No tengas miedo«, schnurrt die Frau mir zu und führt mich durch einen schmalen Gang.

»Ich verstehe dich nicht«, versuche ich es noch einmal, doch sie zwinkert mir mit ihren hellblauen Augen zu und deutet auf einen weißen Vorhang. Auch wenn ich kein Wort Spanisch spreche, gehe ich nicht davon aus, dass wir jetzt Karten spielen wollen.

Carlos tritt als erstes in das Zimmer. Wie selbstverständlich geht er an den Servierwagen, der in der Ecke steht, und macht sich an einer Flasche Champagner zu schaffen. Ich stehe mit meiner neuen Begleitung noch immer im Türrahmen. Mit großen Augen versuche ich zu realisieren, was hier gerade passiert.

»Ven«, fordert die Frau mich auf. Sie lotst mich, nach wie vor meine Hand haltend, ins Zimmer, in dem alles in Weiß gehalten ist. Alles! Wände, Decken, Böden, Möbel. Es gibt außer der dunklen Schönheit in ihrem roten Kleid und Carlos, der aussieht wie ein sexy Teufel in Schwarz, keine Farben.

»Was genau wird das?«, frage ich Carlos. Er legt den Kopf schief und grinst mich an.

»Tu nicht so unschuldig, Elisabeth. Wir wissen alle drei, dass du das hier willst. Du fährst voll drauf ab.«

Er stellt die geöffnete Flasche auf den Servierwagen zurück und kommt zu uns herüber. Dabei fixiert er die Frau in Rot und funkelt sie mit seinen angsteinflößenden Augen an.

»Estás aquí por ella. Follala y ganarás un montón de dinero.«

Bei seinen Worten zieht er das Mädchen dicht vor sich. Sein Daumen fährt über ihre vollen Lippen. Sie lächelt ihn an. Keine Ahnung, ob ich wissen will, was er ihr versprochen hat. Seine freie Hand legt er, ohne den Blick von ihr abzuwenden, auf meinen Hintern und holt mich ebenfalls dicht zu sich. »Und du, mi reina«, er sieht jetzt mich an. »Schalt deinen Kopf aus und nimm dir endlich, was du willst!«

Ich muss schlucken.

»Aber …«

Ich weiß auch nicht, warum ich zögere.

»Elisabeth!«, warnt er mich in seinem mahnenden Ton, »das Leben ist zu kurz, um sich nicht zu nehmen, was man möchte. Und jetzt gerade willst du sie, richtig?«

Mein Kopf schießt zu der wunderschönen Frau herum, deren Brüste sich aus ihrem Ausschnitt drücken. Ihre Lippen sind perfekt geschwungen. Dass sich inzwischen Carlos' Erektion gegen meine Hüfte presst, lässt die letzten Zweifel verpuffen.

Ich nicke.

»Dann«, er löst sich von uns und deutet auf das riesige Bett. Die Laken sind schneeweiß. »Mach mit ihr, was immer du möchtest, mi amor.«

Unbeholfen trete ich auf der Stelle. Doch unsere neue Begleitung weiß offensichtlich, was sie tut. Die pralle Unterlippe zwischen die Zähne gezogen, schlüpft sie aus ihrem Kleid, um anschließend mit den Händen über ihre Brüste zu streicheln.

Im Augenwinkel nehme ich Carlos wahr, wie er sein Smokingjacket ablegt und die oberen Knöpfe seines Hemds öffnet. Er wirkt vollkommen gelassen, während er sich die Hemdsärmel hochkrempelt und seine starken Unterarme freilegt.

Wie eine Raubkatze tritt währenddessen die Frau dicht an mich heran. Sie umfasst meine Wangen, und mir wird kurz schwindelig, als ihre Lippen sich auf meine legen. Zaghaft öffne ich den Mund und küsse sie. Es fühlt sich gut an. Weich und sanft. Anders.

»Quítale la ropa«, befiehlt Carlos. Wir lösen uns

aus dem Kuss und sehen zu ihm. Er sitzt breitbeinig auf einem Sessel und beobachtet uns.

»Entspann dich«, sagt er an mich gerichtet, »sie weiß, was sie tut.«

Ich sehe kurz zu ihr, dann wieder zu Carlos.

»Was?«, fragt er schmunzelnd und lehnt sich entspannt zurück, »Sie ist eine Hure, Elisabeth! Das hier ist ihr Job. Und ich wette, Buzz steht in irgendeiner Ecke und holt sich gerade einen runter, während er das hier über Video beobachtet.« Er lacht laut, doch ich kann ihn nur anstarren. »Auf einmal so schüchtern, Kätzchen? Beim letzten Mal warst du nicht so zurückhaltend.«

Mein Kleid fällt zu Boden. Ich habe nicht mal mitbekommen, wie sie den Reißverschluss geöffnet hat. Offensichtlich hat er ihr befohlen, mich auszuziehen.

»Fuck«, knurrt Carlos und legt sich eine Hand in den Schritt. »Sieh dich nur an, mi reina.«

Mein Brustkorb hebt und senkt sich hastig. Nur in meinem dunkelblauen String stehe ich in High Heels da. Den Colt an meinen Oberschenkel gebunden.

Wie selbstverständlich geht die Hure auf die Knie und löst die Waffe von meinem Bein, um sie behutsam auf den Boden zu legen. Dabei lässt sie ihre Zunge über meinen Oberschenkel gleiten und ich kann ein Stöhnen kaum zurückhalten.

Ja! Scheiße, ja! Ich will das wirklich.

Langsam lasse ich mich rückwärts schieben, bis ich das Bett in meinen Kniekehlen spüre.

»Ich will sie berühren«, sage ich. Mehr zu mir selbst.

»Nimm dir, was immer du willst«, antwortet Carlos.

Sie sieht zu ihm, ganz offensichtlich, weil sie ebenfalls kein Wort von dem, was ich sage, versteht. Ich ziehe sie an den Händen zu mir hoch und lege meine Hände auf ihre Brüste. Sie sind groß. Prall recken sich mir ihre dunklen Nippel entgegen und ich beuge mich hinunter und fahre mit der Zunge darüber. Sie schmeckt gut. Süß. Ihr Stöhnen sorgt dafür, dass ich spüre, wie die Feuchtigkeit aus mir dringt.

Ihre flinken Finger suchen sich einen Weg über meinen Körper, streicheln über meinen Bauch und meine Brüste. Schließlich richte ich mich wieder auf und küsse sie erneut auf den Mund. Ich ziehe sie fest an mich, um meine Zunge tief in sie zu stecken. Dabei berühre ich sie. Zum ersten Mal in meinem Leben berühre ich die Vagina einer anderen Frau. Ich lasse meinen Mittelfinger durch ihre Schamlippen gleiten und kreise über ihren Kitzler. Das hier ist unglaublich!

Mein Blick huscht zwischendurch immer wieder zu Carlos. Er hat sich eine Zigarette angezündet. Der Rauch schwebt um sein wunderschönes Gesicht. Durch den Nebel funkeln seine blauen Iriden mich an und ich kann nicht mehr klar denken. Ich sehe hinunter auf seinen Schritt. Erkenne die deutliche Erektion durch seine Anzughose.

Die Tatsache, dass ihn dieses Spiel genauso anturnt wie mich, nimmt mir den Rest meiner Zurückhaltung. Während ich die Hure immer wieder küsse, streife ich meinen Slip ab. Wir sehen uns an. Ich lächele schon nicht mehr ganz so schüchtern und sie erwidert es.

Rücklings krabbele ich aufs Bett und spreize die Beine weit. Nicht nur für sie, sondern auch für Carlos, dessen Blick sich jetzt einzig auf meine Mitte konzentriert.

Ich liege nackt und breitbeinig nur mit High Heels auf den weißen Laken und nehme mir, was ich will. Denn ja, das Leben ist zu kurz. Ich sollte das hier genießen!

»Carlos«, fordere ich ihn auf, mir ins Gesicht zu sehen. Er lässt mich nicht eine Sekunde warten. Gott! Ich liebe diesen Mann. »Ich werde nicht ohne dich kommen«, bringe ich atemlos hervor. Eine Warnung, eine Befürchtung, ein Versprechen. Ich weiß es nicht, aber ich meine es so. Er wird für alle Zeit der Einzige bleiben. Seine zusammengepressten Lippen verziehen sich langsam zu einem Lächeln.

Die Hure wartet ganz offensichtlich auf seinen Befehl. Sie steht inzwischen nackt und wirklich verdammt heiß vor dem Bett und sieht zwischen uns hin und her. Carlos nickt ihr zu und sie krabbelt zu mir. Ihr Gesicht landet ohne Umwege zwischen meinen Beinen und ich keuche auf, weil ihre Lippen sich ohne Vorwarnung um meinen Kitzler schließen und daran saugen.

»Oh Mann«, stöhne ich und öffne die Augen, die ich kurz geschlossen habe, weil das Gefühl mich schwindeln lässt.

»Oh Frau«, lacht Carlos und kommt dabei zu uns geschlendert.

Im Gehen öffnet er den Reißverschluss seiner Anzughose und befreit seinen Schwanz aus der Enge. Ich beiße mir fest auf die Unterlippe, weil er so hart ist. Er massiert seine ganze Länge, während die Zungenschläge mittlerweile mein Innerstes erreichen. Ich habe Mühe, die Augen offen zu halten. Auf die Ellbogen gestützt lasse ich den Kopf in den Nacken fallen und stöhne. Ich bin so verdammt kurz davor.

»Was willst du, Elisabeth?«

Ich hebe den Kopf und sehe ihm direkt in die Augen. Wie er neben dem Bett steht und mich direkt ansieht. Die sehnigen Unterarme mit den dunklen Haaren, die starken Finger mit den vielen Ringen, die seinen Schwanz berühren. Ein Traum!

»Fick sie«, flüstere ich. Ich weiß nicht, wo das herkommt und noch vor wenigen Minuten hätte ich diese Option für ausgeschlossen gehalten. Doch jetzt will ich es!

Carlos greift auf dem Nachttisch nach einem weiß verpackten Kondom, ehe er sich zu mir beugt, mich streichelt und küsst. Seine Hände so vertraut zu spüren, ist wie nach Hause zu kommen. Rau und grob berühren sie mich so, wie ich es brauche.

Ihn zu schmecken, während eine andere Frau mich leckt, ist das Intensivste, das ich je erlebt habe.

»Fick sie!« wiederhole ich und schreie auf, weil die Hure ihre Finger zur Hilfe nimmt. Sie massiert meinen Anus, meine Vagina und trifft Punkte, von denen ich nicht wusste, dass es sie überhaupt gibt.

Ohne zu zögern tritt Carlos ans Bettende hinter sie. Er zieht sich das Kondom über und dringt mit einem kräftigen Stoß in sie ein.

»Fuck!«, knurrt er. Sein Blick liegt einzig auf mir. Er schenkt ihr keinerlei Bedeutung. Nutzt sie nur als Mittel zum Zweck. Dieser andere Mensch zwischen uns, stellt unsere Verbindung dar. Ihr Körper verschmilzt mit unseren zu einem. Ich spüre an ihrem Mund, wenn Carlos in sie eindringt. Und er stößt fester, je lauter ich schreie. Er beugt sich nach vorne. Hält mir seine Hand hin.

Vollkommen von Sinnen ergreife ich sie. Drücke seine Finger und schließe die Augen, während ich in einem Meer von Lust und Leidenschaft ertrinke. Verbotenes mischt sich mit totgeschwiegenen Fantasien und wiegt mich sanft auf den Wellen, die mich an einen Ort treiben, an dem ich so noch niemals zuvor war. Ich öffne die Augen und sehe Carlos an, während unsere Stöße und Schreie fordernder werden.

Und dann bricht die Welle. Nimmt mich mit sich und zieht mich in einen Strudel der Erregung. Ich schreie. Schreie seinen Namen, während eine fremde Frau mich zum Orgasmus leckt, die dabei von Carlos gefickt wird.

Zum ersten Mal, seit wir zueinander gefunden haben, schreit auch Carlos meinen Namen. »Elisabeth!«, hallt es immer und immer wieder von den Wänden, während seine Finger sich fest um meine krallen. »Elisabeth!«

CARLOS

»Wie fühlst du dich?«

Ich schließe die Augen und genieße die Sonne, die durch die hintere Autoscheibe direkt in mein Gesicht scheint. Der Morgen ist frisch. Mein Smokingjacket liegt um Elisabeths Schultern und der Fahrer hat die Heizung voll aufgedreht.

»Gut«, murmelt sie und versucht sich noch enger an mich zu kuscheln, auch wenn das kaum möglich ist. Wir haben die Trennscheibe hochgefahren und genießen es, durch die Stadt kutschiert zu werden.

»Sicher?«, ich lege meinen Kopf auf die Seite, um in ihr Gesicht zu sehen. Die Dusche von heute Nacht hat die letzten Spuren ihres Make-ups weggespült und auch ihre Haare liegen seidig weich im Seitenscheitel. So rein und ungeschminkt ist sie mir am allerliebsten. An dem dunklen Ansatz in ihrem inzwischen aschblonden Haar kann ich erkennen, wie schnell die Zeit vergangen ist. »Du wirkst heute Morgen verdächtig still.«

Mein Körper hebt sich unter ihrem Seufzer mit an.

»Ich hab mich nur gefragt ...«, Elisabeth rückt ein Stück ab, damit wir uns ansehen können. »War das falsch? Ich meine ... die letzte Nacht. Bin ich ein schlechter Mensch, weil es mir nichts ausmacht?«

Mit einem triumphierenden Grinsen ziehe ich sie zurück in meinen Arm. Während ich sie auf den Kopf küsse, atme ich tief den Geruch ihrer Haare ein.

»Nein«, hauche ich, »denk so was nicht.«

»Mach ich ja eigentlich auch nicht.«

»Aber du denkst, du müsstest es. Weil dir dein Leben lang irgendeine Scheiße eingebläut wurde. Sieh mal«, tadele ich und reibe über ihren Oberarm, »die meisten Menschen denken, es muss immer alles in falsch oder richtig eingeteilt werden. Aber ganz so einfach ist es in den meisten Fällen nicht. Vor allem nicht beim Sex«, hauche ich zusammen mit einem weiteren Kuss auf ihren Scheitel.

»Ich will gar nicht daran denken, wie oft du so was wohl schon vor mir gemacht hast.«

»Dann lass es«, knurre ich, kann mir aber mein Schmunzeln nicht verkneifen. Wer hätte gedacht, dass ein Kerl wie ich sich mal seiner Freundin erklären müsste.

Elisabeth windet sich aus meiner Umarmung und funkelt mich an. »Du tust so was aber jetzt nicht mehr ohne mich?!«

»War das eine Frage?«

Selbstredend ärgere ich sie nur. Ich bin doch nicht bescheuert.

»Ja.«

»Dann lautet die Antwort nein.«

Langsam sacken ihre Schultern wieder nach unten.

»Princesa«, stöhne ich. »Mach dir nicht so viele Gedanken. Was ich irgendwann einmal getan habe, ist irrelevant, und was wir beide tun, geht nur dich und mich etwas an. So einfach ist das.« In Zeitlupe wandern ihre Mundwinkel nach oben. »Und ich weiß, dass es dir gefallen hat.«

Mittlerweile strahlt sie über beide Ohren.

»Die Nacht war der Wahnsinn!«

Diese jugendliche Euphorie in ihrem Gesicht leuchten zu sehen, ist ein unbeschreibliches Gefühl. Es ist viel mehr als das, dass ich sie schlichtweg liebe.

»Das war sie«, schwärme ich ebenfalls. Denn so ist es. So krank dieser Williams auch sein mag, das Avalon ist in jedem Fall einen Besuch wert. Nicht nur wegen des Sexes. Gute Frauen bekommt man fast überall. Es ist die Atmosphäre, die den Laden zu etwas Besonderem macht.

Wir haben die halbe Nacht in einem Whirlpool auf der Dachterrasse verbracht, bevor Buzz uns eine Suite zum Übernachten angeboten hat. Scheiße, es gab sogar einen Teich mit Wasserschildkröten in unserem Zimmer. Zum krönenden Abschluss haben uns zwei Asiatinnen eine Wahnsinnsmassage verpasst. Und jep, natürlich mit Happy End.

»Gott, Charly hätte wirklich an eine Jacke denken können. Es ist arschkalt«, jammert Elisabeth und rückt wieder dicht an mich heran. Noch zwei Blocks und wir sind zurück in der Central Station.

Ich nehme sie so fest ich kann in den Arm und

schließe meine Smokingjacke vor ihrem Körper so gut es geht.

»Dann freust du sich sicher auf deine Jogginghose. Dir fehlt noch deine Laufrunde von heute Morgen.«

»Vergiss es«, lacht sie. Ihre Stimme klingt noch ganz belegt. »Mein Kopf wird sich mindestens drei Tage gegen Jogging wehren. Ich werde das Bett, so unbequem es auch sein mag, heute nicht mehr verlassen. Was ich brauche, sind Pizza, Cola und meine Ruhe. Ich fühle mich, als hätte mich ein Panzer überrollt.«

»Ich kenne wirklich keinen Menschen, der so wenig verträgt«, schmunzele ich. »Dann kann ich dich also heute wirklich zu nichts anderem mehr überreden?«

»Auf keinen Fall. Keine zehn Pferde kriegen mich heute unter der Decke hervor. Mach, was du willst, Alvarez. Aber ohne mich.«

»Sicher?« Schon den ganzen Morgen warte ich auf die passende Gelegenheit, meine Überraschung zu verraten.

»Ganz sicher.«

»Auch nicht für einen kleinen Ausflug?«

»Auch dafür nicht«, murmelt sie. Ich wette, sie hat die Augen geschlossen.

»Auch nicht für mich?«

»Carlos«, mahnt sie und in meinem Kopf reibt sich das kleine Teufelchen die Hände.

»Und auch für niemand anderen?«

Die Ampel vor uns schaltet auf Grün und der Fahrer lenkt den Wagen auf den Seitenstreifen der kleinen Nebenstraße, in die ich ihn gelotst habe.

»Nein! Und jetzt hör auf, mich zu nerven«, meckert Elisabeth und richtet sich auf.

Sie hat den Griff der Autotür schon in der Hand.

»Und für deine Schwester?«

Ich genieße es, an ihrem Rücken zu sehen, wie sie innehält. Ganz langsam wendet sie ihren Kopf in meine Richtung.

»Wie meinst du das?«

Wir reden so gut wie nie über unsere Schwestern. Es ist einfach ein Thema, mit dem wir beide schlecht umgehen können. Weil wir sie vermissen.

»Na, würdest du für Kim heute auf deinen Chill-Tag verzichten?«

»Das ist nicht witzig, Carlos.« Ihre Augen füllen sich mit Tränen. Kims Namen habe ich seit Wochen nicht erwähnt.

»Ich mache auch keine Scherze.« Ich richte mich auf und greife ihre Hand, um ihre zarten Finger in meinen zu wärmen. »Möchtest du Kim und Luca heute sehen?«

Sie bewegt sich nicht. Keiner von uns sagt ein Wort. Nur ihre Brust hebt und senkt sich unter einem Schluchzer.

Elisabeth nickt.

»Dann lass uns hinfahren«, sage ich und mein Daumen streichelt dabei ihren Handrücken.

»Aber ...«, sie kann nicht weitersprechen. Schluckt nur.

»Kein aber. Wir brauchen eine Pause. Du«, konkretisiere ich, »brauchst eine Pause. Lass uns ein paar Tage nach Kanada fahren, bis die Sache mit Steve aus der Welt ist. Du hast hart gearbeitet in den letzten Wochen und es war ...«

Ich rede nicht weiter. So sehr ich unsere gemeinsame Zeit genieße, das schlechte Gewissen nagt an mir. Es ist nicht richtig, Elisabeth in diese Welt hineinzuziehen. So scharf sie mich damit macht, an ihren Schenkel gehören keine Schusswaffen und sie sollte niemals mit Menschen wie Buzz oder Williams in Berührung kommen. Das ist meine Schuld.

»Du meinst das wirklich ernst?«

Über ihre Wange kullert eine einzelne Träne.

»Ja. Es ist alles vorbereitet. Charly hat uns ein Kennzeichen für den AMG besorgt und du trägst deinen neuen Pass bereits bei dir.«

Ich deute mit dem Kinn auf meinen Smoking. Meinem Nicken folgend fasst sie in die Innentasche und zieht unsere Pässe hervor.

»Oh mein Gott«, keucht sie. »Die hast du gemacht, bevor ich das gestern gesagt habe.« Mit tränenverhangenem Blick sieht sie zu mir hoch. Dabei fährt ihr Finger über den Namen, den ich ihr gegeben habe. Elisabeth Alvarez.

»Das ist kein Antrag oder so. Wahrscheinlich ist es witzlos, weil mein Name auf der Fahndungsliste steht und ich eh einen neuen …«

Weiter komme ich nicht, denn meine gefälschte Ehefrau wirft sich um meinen Hals. Keuchend falle ich mit ihr zurück in den Sitz. Mit so einem Ausbruch habe ich nicht gerechnet.

»Danke«, flüstert sie in mein Ohr und schnürt mir beinahe die Luft ab, so sehr drückt sie mich an sich.

»Dank' mir nicht.« Die Angst, ihr könnte meinetwegen etwas zustoßen, hindert mich nach wie vor daran, mich in meinem Glück vollständig fallen zu lassen. »Dank' mir, wenn eines Tages alles gut ist und unsere Familien in Sicherheit und Frieden leben können.«

»Aber ich danke dir dafür, dass du mich liebst, du Trottel«, kichert sie in mein Ohr. Dabei schluchzt sie und zieht die Nase hoch.

»Na wenn das so ist«, zwinge ich mich zu einem Lachen, »dann dank mir, denn das tue ich. Mit allem, was ich habe.«

Sie löst sich von mir. Ihre kalten Finger fahren über meine unrasierte Wange. Mit Tränen im Gesicht strahlt sie mich an. Dass es ausnahmsweise Freudentränen sind, die ich ihr bereite, besänftigt mein Gewissen etwas.

»Und wir fahren wirklich zu unseren Schwestern? Heute?«

Gott, wenn sie mich so ansieht, könnte ich ihr keinen Wunsch abschlagen. Ganz gleich, was sie verlangen würde.

»Ja. Das machen wir.« Mein Daumen beseitigt die letzten Tropfen von ihrer zarten Haut.

»Jetzt gleich?« In ihrem Ausdruck liegt so viel Vorfreude.

»Ach ...«, scherze ich, »ich dachte du brauchst erst noch ein bisschen Schlaf, eine Pizza und ... wie war das noch ... au!«, rufe ich, weil sie mir einen Schlag gegen die Brust verpasst hat. Elisabeth ist stark geworden. Auch wenn ihre schmale Erscheinung das nicht vermuten ließe.

»Ich ziehe mich nur um, dann können wir los.« Ganz aus dem Häuschen klatscht sie in die Hände und springt auch schon eine Sekunde später aus dem Auto.

Ich folge ihr, klopfe auf das Dach des Wagens, um dem Chauffeur zu signalisieren, dass er fahren kann.

Verdammt, Lis hat recht. Es ist scheißkalt. Ich reibe meine Hände gegeneinander, während wir durch die Lücke des Bauzauns schlüpfen, um auf die hintere Seite des Gebäudes zu gelangen.

»Gott, ich freu mich so«, plappert Elisabeth, »wenn wir direkt fahren, sind wir schon am Nachmittag in Miller Lake, oder? Wir könnten unterwegs etwas einkaufen und ich koche heute Abend für alle. Ob Luca sehr groß geworden ist? Sicher passt er nicht mehr in die Sachen, die Serge für ihn besorgt hat.«

Ohne Punkt und Komma quasselt sie, während ich entspannt hinter ihr her schlendere. Quer über das Gelände bis zu der Treppe, die hinunter in Charlys Boxclub führt.

»Vielleicht finden wir auf dem Weg einen Souvenirladen oder so. Dann können wir ihnen was mitbringen. Meinst du, Esmi und …«

Scheiße!

»Schhh«, unterbreche ich sie und schiebe sie auf der schmalen Treppe zur Seite. Das, was ich sehe, gefällt mir ganz und gar nicht.

»Was?«, murmelt Elisabeth, doch ich hebe eine Hand, um sie zum Schweigen zu bringen. Mit dem Kopf nicke ich Richtung Treppenabsatz. Die schwere Stahltür steht offen. Das tut sie nie. Die Leute, die hier hineinwollen, brauchen entweder einen Schlüssel, so wie ich einen besitze, oder müssen klingeln.

Ich deute ihr mit der flachen Hand stehenzubleiben, und ziehe die Glock, die in meinem hinteren Hosenbund steckt. Ganz langsam gehe ich eine Stufe nach der anderen hinunter. Unten angekommen sehe ich zu Elisabeth.

Fuck! Ich kann sie weder alleine hier draußen lassen, noch will ich, dass sie mit dort hineingeht, solange ich nicht weiß, was uns erwartet. Hin und hergerissen versuche ich ihr ein Zeichen zu geben, damit sie ihre Waffe unter dem Kleid hervorholt. Vorsicht ist besser als Nachsicht.

Ihre Finger zittern, während sie den blauen Seidenstoff anhebt und den Colt aus seinem Gurt löst. Mit zwei Fingern winke ich sie heran und stelle sie dicht hinter mich.

Die Tür lässt sich geräuschlos aufschieben. Die Halle liegt im Dunkeln. Soweit ist das noch nichts Ungewöhnliches. Die meisten Boxer kommen in der Regel erst nachmittags und Charly, der alte Nörgler, sitzt um diese Zeit für gewöhnlich in seinem stickigen Büro und meckert, die Nase tief in der Tageszeitung versunken.

Mit einer Hand halte ich Elisabeth hinter mir, mit der anderen richte ich meine Pistole am gestreckten Arm vor uns. Wir bewegen uns an der Wand entlang. Ganz langsam setze ich einen Fuß vor den anderen. Alle meine Sinne sind geschärft. Ich versuche jeden noch so kleinen Winkel im Auge zu behalten.

Die Türen zu den Waschräumen und unserem Zimmer stehen alle offen, doch ich kann nicht vollständig hineinsehen. Irgendwo plärrt im Hintergrund ein Radio.

»Oh mein Gott«, keucht Elisabeth plötzlich und

ich fahre, die Waffe im Anschlag, herum. Sie hat sich die Hand auf den Mund gepresst. Ich folge ihrem Blick und sehe sofort den Grund dafür.

Charly! Er liegt mit dem Oberkörper auf seinem Schreibtisch und sieht uns direkt an. Der Ausdruck in seinem Gesicht ist genauso tot wie der Rest von ihm. Zwischen seinen Augen klafft eine Schusswunde, aus der ein Rinnsal Blut über seine Nase läuft.

Mein Herz pocht wie wild. Ich muss Elisabeth hier herausbringen! Und zwar schnell!

Ich sehe sie an und lege mir einen Zeigefinger auf den Mund. Sie muss still sein. So, wie die Leiche aussieht, ist es noch nicht lange her, dass er erschossen wurde. Meinetwegen! Ein weiterer Mensch, der für mich sein Leben lassen musste.

Ich halte die Waffe dicht an meiner Brust und mache, Elisabeth in meinem Rücken, einen Schritt nach dem anderen zurück Richtung Ausgang. Die Stahltür zu der schmalen Treppe schon fast in greifbarer Nähe donnert ein Schuss über uns in den Beton.

»Runter«, schreie ich und reiße uns beide auf den Boden.

»Ganz ruhig, Alexander«, ruft jemand. Ich kann nicht sehen, woher die Stimme kommt. »Leg die Waffe weg und niemandem passiert etwas.«

Ich warte. Versuche in meinem Kopf eine Möglichkeit zu finden, sie hier herauszubringen. Die ›Keinem-passiert-was-Nummer‹ kaufe ich ihm nicht ab.

Elisabeth, die sich unter meinem Arm zusammenkauert, flüstere ich zu: »Die Treppe!«

Draußen konnte ich niemanden erkennen. Vielleicht haben wir ein einziges Mal Glück. Das Gelände ist gut einsehbar und wenn sie erst außerhalb des Zauns ist, kann ihr niemand mehr etwas antun. Die Straßen sind um diese Uhrzeit voller Menschen. Sie ist schnell und wäre verschwunden, noch ehe jemand eine Waffe auf sie richten kann.

Ich sehe sie an. Der Schock steht ihr ins Gesicht geschrieben. Sie zittert am ganzen Leib. Ich schiebe ihre Hand mit dem Colt hinter ihren Rücken und zwinkere ihr zu.

»Wir wollen uns nur nett unterhalten«, ruft die Stimme ein weiteres Mal und ich richte mich wieder auf. Wenn sie mich erschießen wollen, dann erhobenen Hauptes und nicht am Boden kauernd wie ein Kind. Soll der Wichser mir dabei in die Augen sehen. Ich halte die Glock in die Höhe, bücke mich kurz, um sie, für jeden sichtbar, auf den Boden vor uns zu legen.

Aus der Dunkelheit des Kellers sowie aus unserem Zimmer und Charlys Büro kommen Männer. Sie alle tragen Sturmhauben und sind komplett schwarz gekleidet.

Ich wische mir über den Mund und flüstere dabei: »Wenn ich es sage, rennst du.«

Elisabeth weint. Wahrscheinlich, weil sie nicht will. Aber das ist mir gerade scheißegal! Wenigstens sehe ich im Augenwinkel, wie sie aufsteht.

»Lauf so schnell du kannst und verschwinde«, murmele ich weiter hinter vorgehaltener Hand. Ich lasse sie sinken und grinse die Männer breit an.

»Lasst mich raten. So sieht das moderne Wahlprogramm des Bürgermeisters aus.«

Ich breite die Arme zu den Seiten aus und stolziere direkt auf sie zu. Mir bleibt nur zu hoffen, dass Elisabeth den Colt versteckt hat und nicht auf dumme Ideen kommt. Wenn ich es schaffe, die Kerle auch nur eine Minute abzulenken, kann sie es die Treppe hinauf und durch den Bauzaun Richtung Michigan Street schaffen.

»Halt die Klappe, Bohnenfresser«, schnauzt mich der an, der gerade aus unserem Zimmer kam. Die Stimmen der Männer erkenne ich nicht. Durch den Schlitz in seiner Sturmhaube funkelt er mich zornig an. Gut so, konzentriert euch schön auf mich, ihr Pisser. Ich gehe ihnen immer zügiger entgegen, um meiner Princesa den bestmöglichen Vorsprung zu verschaffen.

»Ist das wirklich alles, was euer Boss euch an Beleidigungen beigebracht hat? Kommt schon, Jungs«, lache ich laut und schrill. Sie sollen ruhig glauben, ich flippe aus.

Nur noch wenige Schritte, dann bin ich nah genug, um den ersten erreichen zu können.

Ich grinse ihn an wie ein Irrer. Seine Augen sind ganz auf mich gerichtet.

Der gute alte Charly war es, der mir beigebracht hat, dass Ablenkung das Einzige ist, das dich retten kann, wenn du in der Unterzahl bist. ›Spiel den Verrückten, tanz von mir aus nackt im Kreis‹, hat er immer gesagt. ›Und dann schlägst du zu, mein Junge. Mit allem, was du hast.‹

Für Charly ... denke ich, und im nächsten Augenblick schlage ich dem Pisser vor mir so fest in die Fresse, dass er rückwärts umfällt. Dabei schreie ich aus vollem Hals: »Renn!«

Die anderen wurden von meinem Angriff überrumpelt, stürmen jetzt aber auf mich zu.

»Renn! Renn!«, brülle ich immer wieder. Einer der Typen verpasst mir einen Schlag und ich falle. Im Sturz kralle ich den dritten am Bein, der gerade hinter Elisabeth her wollte. »Renn!«, bringe ich noch ein letztes Mal hervor, doch dann wird es dunkel. Es ist vorbei!

LIS

Mein Oberkörper brennt. Ich weiß nicht, ob es ist, weil ich keine Luft mehr bekomme, oder mein Herz jede Sekunde zu explodieren droht.

Ich renne! Laufe so schnell ich kann seit dem Moment, in dem Carlos mich dazu aufgefordert hat. ›Renn!‹ hat er immer und immer wieder geschrien. Und ich habe es getan. Habe den Colt fest in die eine Hand, den Stoff meines Kleides in die andere gekrallt und bin losgelaufen so schnell ich konnte.

Ich habe nicht zurückgeblickt. Bin einfach immer weiter die Michigan Avenue entlang gerannt. Nur ein einziges Mal habe ich angehalten, um mir die Heels von den Füßen zu kicken.

Je weiter ich komme, desto mehr Menschen starren mich an. Sie weichen zurück vor der Irren, die barfuß mit gezückter Pistole durch die Stadt läuft.

Instinktiv biege ich von der Hauptstraße ab und verlangsame mein Tempo. Doch ich bleibe nicht noch einmal stehen, auch wenn ich sicher bin, dass niemand hinter mir ist. Niemand außer dem Schmerz. Er würde mich überrollen, das weiß ich. Er verfolgt mich und uns ist beiden klar, er wird mich kriegen. Er ist mir dicht auf den Fersen und sobald ich einen Moment innehalte, zwingt er mich in die Knie. Ich habe keine Ahnung, wohin ich laufe. Wo sollte ich auch hin? Ich habe niemanden mehr in dieser Stadt.

Vor meinem inneren Auge sehe ich Carlos, wie er sich auf die bewaffneten Männer stürzt. Er hatte keine Chance. Keine!

Ich setze immer weiter einen Fuß vor den anderen. Werde wieder schneller. Der Schmerz ist dicht hinter mir und jeden Moment bereit, mich auszuschalten.

Meine Brust hebt und senkt sich viel zu hastig, während mir das Blut zu schnell durch die Adern schießt. Ich möchte weinen, doch ich habe nicht genug Luft zum Rennen und Heulen gleichzeitig. Daher entscheide ich mich für das Laufen und biege ein weiteres Mal auf die Michigan Avenue. Der Tunnel ist die einzige Möglichkeit, auf die andere Seite des Freeway zu gelangen. Ich muss Richtung Downtown. Ich muss unter Menschen. Muss jemanden finden, der mir helfen kann.

Mit jedem Schritt brennen meine Fußsohlen mehr. Ich kann spüren, dass ich mich mehrmals geschnitten habe. Doch ich renne so schnell es irgendwie geht. Ohne auf die Autos zu achten, überquere ich den Fußgängerweg der 3rd Street, renne vorbei an den Bäumen, die in der Sonne orange leuchten, und erreiche die Bagley Street und da kommt mir plötzlich eine Idee. Es gibt eine Person, die uns helfen kann. Jemand, der Carlos noch vor wenigen Stunden einen Gefallen angeboten hat. Hastig nehme ich die nächste Kurve. Es dürften nur noch wenige Blocks sein, bis ich bereits das Leuchtschild des Avalon erkennen kann.

Ich habe das Gefühl, nicht genügend Sauerstoff zu bekommen. Auf den letzten Metern lege ich noch einmal an Tempo zu, bis ich schließlich keuchend vor der Eingangstür zum Stillstand kommen.

Bevor ich zusammenbrechen kann, gehe ich auf die Schiebetüren zu, doch nichts tut sich. Sie bleiben verschlossen. Mit beiden Fäusten, in einer nach wie vor den Colt umklammert, hämmere ich gegen die Scheibe.

»Williams!«, schreie ich, doch niemand rührt sich. »Williams! Mach auf!« Schluchzer wollen aus meiner Kehle, doch ich dränge sie zurück, bin stärker als sie.

Verzweifelt, weil niemand die Tür öffnet, trete ich einen Schritt zurück und sehe an der Backsteinwand hinauf.

»Williams!«, schreie ich erneut so laut ich kann und lege die Hände samt Colt auf den Kopf. »Ich brauche Hilfe!«, jammere ich.

Ich weiß nicht, was ich tun soll. Verzweifelt drehe ich mich einmal im Kreis. Auf der gegenüberliegenden Straßenseite starrt mich ein alter Mann an, der den Gehweg vor seinem Barbershop kehrt. Hinter ein paar Fenstern sehe ich Menschen, die sich die Nasen plattdrücken, doch keiner hilft mir.

Verdammt! Ich muss Carlos helfen!

Das Avalon ist riesig, das weiß ich nach vergangener Nacht. Es muss einen Hinterausgang geben.

Ich laufe ein Stück zurück in die Richtung, aus der ich gekommen bin und umrunde das Gebäude über eine Seitenstraße. Ich bin nie zuvor hier gewesen, habe keine Ahnung, wohin ich eigentlich laufe, aber ich muss in dieses verdammte Bordell.

Das kleine Gässchen, das zwischen einzelnen Häusern verläuft, ist vollgestopft mit Müllcontainern und Pappkartons. Ich schlüpfe hindurch, bedacht darauf, nicht in weitere Scherben zu treten.

Glück im Unglück! So nennt man es wohl, denn genau in diesem Moment öffnet sich eine alte Metalltür und Buzz tritt hervor. Er schiebt mit dem Fuß einen Keil unter die Tür und reckt sich. Er trägt nur eine Jeans und ein fleckiges Unterhemd. Glanz und Glamour der letzten Nacht sind gänzlich verschwunden. Sein feuerrotes Haar hängt ihm strähnig ins Gesicht und ohne Sonnenbrille wirken seine Augen leer. Wie die eines Junkies.

»Buzz!«, schreie ich und renne ihm entgegen. »Gott sei Dank!«

Völlig verdattert weicht er ein Stück zurück und sieht sich in der Gasse um, nachdem er mich entdeckt hat.

»Du musst mir helfen! Schnell! Carlos! Sie haben Carlos und ganz sicher kann er sich nicht wehren!«, schreie ich. »Schnell! Du musst mir helfen! Er hat gesagt renn und ich ...«

»Hey, Püppchen«, krächzt er mit belegter Stimme und reibt sich über den Bauch, »was wird das hier? Auf welchem Stoff bist du denn?«

Er starrt auf den Colt in meiner Hand.

»Wir wurden überfallen. Ihr müsst mir helfen.

Ich kenne sonst niemanden, Buzz. Bitte! Dein Vater hat doch gestern …!«

»Jetzt mach mal halblang«, fährt er mir über den Mund und baut sich vor mir auf. »Was willst du überhaupt von mir? Ist das ein dummer Trick oder was?«

»Nein! Nein! Buzz«, keife ich verzweifelt und kralle mich mit einer Hand an seinem ekligen Unterhemd fest. Er stinkt nach Alkohol und … ich weiß auch nicht genau. Sein Geruch widert mich auf jeden Fall an. Mit jeder Faser meines Körpers möchte ich weinen. Weil ich den Mann, den ich liebe, nicht riechen kann. Der Geruch, der noch in seiner Smokingjacke hängt, ist alles, was mir geblieben ist. Weil er nicht hier ist, um mir zu sagen, was ich tun soll.

Ihm darf nichts zustoßen! Das kann einfach nicht sein. Ich schließe kurz die Augen, um mich zu sammeln. Denn ich bin stark. Ich bin seine verfluchte Königin und ich werde ihn retten! Und wenn es das Letzte ist, was ich auf dieser Welt tue.

»Was willst du?«, frage ich etwas gefasster und recke das Kinn. »Hilf mir und ich werde dich entlohnen. Wir haben noch mehr Kokain«, bluffe ich. Ich weiß, dass Carlos ihm den Rest gegeben hat, um an seinen Vater heranzukommen.

»Ach Schätzchen«, säuselt er und zückt ein Päckchen Zigaretten aus seiner Hosentasche. Es macht mich wahnsinnig, mit welch entspannter Langsamkeit er sich bewegt. Verdammt! Wir haben für solche Spielchen keine Zeit. »Ich habe genug Koks. Dafür mische ich mich sicher nirgends ein.«

»Okay. Was dann? Spuck's schon aus«, drohe ich.

Langsam werde ich mir der Waffe in meiner Hand wieder bewusst. »Fahr mit mir in die alte Central Station und hilf mir! Du bekommst alles, was du willst.«

Er bemerkt die Pistole in meiner Hand, ehe sein Blick in meinem Ausschnitt hängenbleibt.

»Alles?«, haucht er und kommt einen Schritt auf mich zu. Sein Finger fährt über mein Dekolletee bis zum Ansatz meiner Brüste und ich muss fast kotzen.

»Alles«, sage ich tapfer. Dabei umklammere ich den Waffengriff so fest ich kann. »Aber wir müssen uns beeilen. Bitte!«, flehe ich. Jetzt gerade würde ich ihm mein Leben versprechen, wenn er mir nur hilft, Carlos zu befreien.

Es dauert eine gefühlte Ewigkeit. Meine Füße brennen, der Schmerz hat mich eingeholt und ist dabei, mein Herz zu sprengen.

Endlich dreht Buzz sich Richtung Tür und schnauzt in den gefliesten Flur.

»Jo, ich brauch' drei Männer, um diesem Alvarez zu helfen.«

Eine riesige Last fällt von meinen Schultern. *Wir kommen, Carlos. Wir kommen und helfen dir.*

»Was jetzt, Boss?«

Ich weiß nicht, wie viel Zeit vergangen ist, aber für meinen Geschmack hat es zu lange gedauert, bis wir im Boxclub stehen und auf die Leiche starren.

»Abflug, ehe die Bullen hier sind«, meckert Buzz und schiebt sich seine Sonnenbrille wieder auf die Nase. Bis er sich angezogen und seine widerlichen

Männer ins Auto verfrachtet hatte, sind uns wertvolle Minuten verloren gegangen. Mir ist das bewusst und es macht mich unfassbar wütend.

Ich knie auf dem kalten Betonboden und lasse den Tränen freien Lauf, die seit Stunden darauf drängen, hinaus zu brechen.

»Und der Tote?«, fragt der dämliche Kerl mit den Goldketten um den Hals. Ich folge seinem Blick zu Charly, dessen Haut mittlerweile einen fahlen Grauton angenommen hat. Das Blut in seinem Gesicht ist getrocknet und die Augen starren nach wie vor geradeaus. Direkt in mein Gesicht.

»Nicht mein Problem«, brummt Buzz und zieht mich am Ellbogen in den Stand. »Komm, Püppchen. Du hast ein Versprechen einzulösen.«

Sobald ich wieder aufrecht stehe, schubse ich ihn mit beiden Händen von mir.

»Fass mich nicht an!«, keife ich und er taumelt erschrocken rückwärts. »Du hast versprochen, mir zu helfen. Wir sind zu spät! Deinetwegen! Und jetzt willst du einfach abhauen? Er ist nicht mehr hier!«

»Das sehe ich selbst«, sein Lachen hallt falsch von den Wänden. »Mäuschen, dein Gigolo ist weg. Und ich gehe mal nicht davon aus, dass diese Typen ihn zu 'ner Cocktailparty abgeholt haben. Du wirst ihn nicht wiedersehen. Das hier ist 'ne Nummer zu groß für dich. Hol dein Zeug. Ich bin so nett und biete dir einen Platz in unserem Unternehmen.«

»Fick dich!«, schreie ich und würde ihm am liebsten für seinen widerlichen Blick eine verpassen, aber allein habe ich keine Chance. »Wir müssen ihn finden! Das hier war sein ...«, ich unterbreche mich, »der Bürgermeister«, korrigiere ich.

»Du musst mir helfen, ihn da raus zu holen, Buzz. Wir sind die Einzigen, die ihm noch helfen können.«

Ich wische mir die Tränen aus dem Gesicht. Ich will stark sein. Für Carlos.

»Hör mal, Mäuschen«, bringt er drohend hervor. Seine Finger fahren über meine Haare, ehe er mich am Hinterkopf dicht zu sich heranzieht. Seinem Gesicht so nah zu sein, lässt die Galle in meiner Kehle aufsteigen. Ich schlucke sie bitter herunter. »Er ist längst tot. Verscharrt irgendwo in den Trümmern dieser abgefuckten Stadt!«

Bei jedem seiner Worte schüttele ich den Kopf.

»Nein!«, unterbreche ich ihn, doch sein Griff wird fester und bringt mich zum Schweigen.

»Und ob. Bleib hier und lass dich ebenfalls umlegen oder komm mit und tu, was dir Spaß macht. Mit der Nummer von gestern Nacht könntest du eine Menge Geld verdienen.«

Ich zögere nicht länger. Ziehe den Colt aus der Tasche von Carlos Smokingjacke, in die ich ihn gesteckt hatte, und richte ihn direkt auf seinen Schritt.

Buzz weicht zurück, seine Männer greifen alle zu ihren Waffen.

Er hebt eine Hand, um sie zu stoppen.

»Du bist genauso durchgeknallt wie er, du kranke Hure.«

»Nenn mich noch einmal eine Hure und ich jage dir eine Kugel in deinen mickrigen Schwanz, du elender Feigling«, zische ich und mein Daumen entsichert die Waffe. Ein Grinsen legt sich auf mein Gesicht, während ich durchlade. »Ich bin Alvarez' Frau und nicht eines deiner Mädchen!«

Inzwischen beide Hände in der Höhe weicht er langsam einen Schritt nach dem anderen zurück.

»Viel Glück, Püppchen. Das wirst du brauchen, wenn du denkst, du schaffst es, nur mit deinen wackelnden Titten und einem Colt unseren Bürgermeister zu stürzen.«

»Verpiss dich!«, schnauze ich und ziehe dabei die Nase hoch. Ich glaube daran, dass es Carlos gut geht, bis mir irgendjemand das Gegenteil beweist. Und ich werde für ihn kämpfen. So wie er es jederzeit für mich tun würde.

»Kranke Schlampe«, wiederholt Buzz noch einmal murmelnd, weicht aber zurück, als ich die Waffe hebe und direkt auf seinen Kopf ziele.

Es dauert keine zwei Minuten, bis er mit seinen Männern fort ist und ich allein mit gezückter Pistole in einem illegalen Boxclub stehe und Charlys Leiche alles ist, was mir an Beistand geblieben ist.

Doch ganz gleich, wie sehr ich mich einfach nur in eine Ecke kauern möchte, in einem Punkt hatte Buzz recht. Ich kann unmöglich hierbleiben. Wer weiß, ob jemand den Schusswechsel gehört hat und die Polizei informiert. Oder, ob Edwards weitere seiner Männer in der Nähe hat. Fakt ist, ich muss schleunigst von hier verschwinden.

Ich lasse die Waffe in meiner Hand sinken und sprinte in unser Zimmer. Unter den höllischen Schmerzen an meinen Füßen schlüpfe ich in eine Jeans und anschließend barfuß in meine Sneakers. Alles, was mir wichtig erscheint, packe ich in Carlos' Reisetasche. Die Waffen, das letzte Bargeld und die Pässe. Außerdem einige Unterlagen, die er immer dabeihatte. Das Kleid, das ich nie wieder anziehen würde, selbst wäre es nicht an manchen Stellen kaputtgerissen, werfe ich mit dem Rest unserer Sachen auf einen Haufen. Auf dem Nachttisch liegen Carlos' Autoschlüssel. Ich stecke den Bund mit dem kleinen silbernen Kompass in die Tasche meiner Jeans und werfe mir einen seiner Hoodies über.

Bei jedem meiner Handgriffe zittern meine Finger und doch führe ich einen Schritt nach dem anderen aus. Ziehe mir die Kapuze über den Kopf und stecke den Colt geladen und gesichert hinten in meinen Hosenbund.

Es dauert nicht lange, bis ich mit allem fertig bin, und im Seitenfach der Reisetasche ein Päckchen Streichhölzer finde. Keine Ahnung, ob ich paranoid handele, oder ob es überhaupt notwendig wäre, doch ich stecke den Haufen Klamotten inklusive unserer Bettlaken in Brand. Mein Bauchgefühl sagt mir, es wäre besser, wenn unsere Spuren hier nirgends zu finden sind.

Das Feuer breitet sich rasch aus und ich schultere meinen Rucksack und nehme Carlos Tasche in die Hand.

Den Rauch im Rücken werfe ich Charlys Leiche noch einen letzten Blick zu, während ich den Boxclub hinter mir lasse.

Vielleicht bin ich allein. Vielleicht ist Carlos etwas Schlimmes zugestoßen. Doch bevor ich das nicht mit Sicherheit weiß, werde ich nicht aufgeben. Nicht heute und nie wieder in meinem Leben!

CARLOS

Stimmen sind das Erste, das ich wahrnehme, als ich wieder zu mir komme. Ich halte die Augen geschlossen und versuche mich auf die Gespräche zu konzentrieren. Mein Kopf dröhnt, und ich habe Schwierigkeiten, bei Bewusstsein zu bleiben. Nur ganz langsam schaffe ich es, die Satzfetzen zu verarbeiten.

»Und wie stellt der Boss sich das vor? Sollen wir den Bohnen fressenden Wichser ewig hier festhalten? Warum erledigen wir den kleinen Scheißer nicht direkt? Er ist doch sonst nicht so zimperlich!«

Der Tonfall kommt mir bekannt vor. Das ist der gleiche Typ, den ich im Boxclub angegriffen habe. Nach und nach kehren die Erinnerungen wieder.

Elisabeth!

Ich reiße die Augen auf. Blinzele gegen das helle Licht, das mir direkt ins Gesicht scheint.

»Mi amor?«, frage ich leise und suche den Raum nach ihr ab. Erleichtert atme ich aus. Vielleicht hat sie es geschafft zu entkommen. Ganz sicher hat sie das. Sie muss!

»Na sieh mal einer an, wer da wach geworden ist.«

Noch ehe ich mich umsehen kann, landet eiskaltes Wasser in meinem Gesicht. Trotz des Versuchs, mich wegzudrehen, schwappt mir ein Schwall in Nase und Mund, sodass ich keuche. Meine Hände sind auf dem Rücken gefesselt. Ich habe keine Chance, mich zu befreien, egal, wie fest ich an meinen Fesseln zerre. Ich glaube, sie sind mit Kabelbindern fixiert.

Meine Kiefer mahlen aufeinander. Dieser Wichser! Eine unbändige Wut erfasst mich und ergreift Besitz von mir.

»Wo ist er?«, zische ich und schüttele das Wasser aus meinen Haaren.

»Halt die Fresse«, mault eine weitere Stimme. Ich kneife die Augen gegen das helle Licht zusammen und versuche mir ein Bild der Lage zu machen. Anscheinend bin ich in einem Keller. Es gibt keine Fenster, nur eine Tür. Unmittelbar vor mir steht eine Lampe, die mir direkt in die Fresse leuchtet und verhindert, dass ich den Abschaum sehen kann, der für meinen Vater arbeitet.

»Sag Edwards, er soll kommen und sich holen, was er verdient«, knurre ich. Es ist so typisch für meinen Vater, dass er nicht persönlich erscheint, um seinen Sohn zu töten.

»Ich sagte«, ein Kerl mit schwarzen Klamotten und Sturmhaube tritt vor das Licht. »Halt die Fresse!« Seine Faust donnert gegen meinen Kiefer und mir wird kurz schwindelig.

»Bind mich los, dann kann ich mich revanchieren, Arschloch!«

So schnell bringen mich Schläge nicht zum Schweigen. Da muss schon mehr kommen.

Ich spucke ihm das Blut, das sich in meinem Mund gesammelt hat, direkt vor die Füße. Dann hebe ich den Kopf und grinse ihn an.

»Oder traust du dich nicht, Wichser?«, frage ich und lege den Kopf schief.

Der nächste Schlag trifft mich in den Magen, und ich beiße die Zähne aufeinander, um nicht zu würgen.

»Komm schon«, keuche ich, »ist das alles?«

Wahrscheinlich ist es nicht besonders klug, sie zu provozieren, doch ich werde so oder so in diesem Raum sterben. Und wenn, soll es wenigstens Spaß machen. Ich werde nicht wie ein Baby heulen und auf dem Boden kauernd um Gnade winseln. Das kann er vergessen.

Ich bin bereit zu sterben. Die Hauptsache ist, dass die Menschen, die ich liebe in Sicherheit sind. Elisabeth ist clever. Bestimmt ist sie bereits unterwegs nach Kanada. Sie kann ein neues Leben anfangen. Zusammen mit ihrer und meiner Schwester. Sie sind sicher. Mehr muss ich nicht wissen, um abzutreten.

»Du willst mehr?«, fragt der Kerl, der mich nur zu gern als Bohnenfresser bezeichnet. Ganz bestimmt verschafft ihm sein Rassismus Pluspunkte bei seinem Boss. »Wir haben gehört, Alvarez schneidet gerne schon mal einen Finger ab.« Auch er tritt vors Licht dicht neben mich. »Und du bist doch Alvarez? Oder sollen wir dich lieber Alexander nennen?«

»Ich fand Bohnenfresser eigentlich ganz passend«, lache ich sarkastisch auf. »Aber nenn mich, wie du willst. Ich nenne dich dreckiger Pisser.«

»Wir werden dir das dämliche Grinsen schon noch vertreiben.« Er zückt ein Messer und spielt mit der Spitze der Klinge. »Und dann sehen wir mal, wer zuletzt lacht.«

»Ey, Mann«, wird er unterbrochen. »Wir müssen los!«

Die beiden Idioten, die vor mir stehen, sehen sich an und verschwinden dann wieder hinter dem grellen Licht.

»Was soll das?«, schnauzt der Messerkerl. Ich würde seine Stimme unter tausenden erkennen. Man kann ihm förmlich anhören, dass er ein ekelhafter Drecksack ist.

»Steve ist noch nicht wiederaufgetaucht.«

»Was geht mich das an?«, knurrt er und ich werde hellhörig. Hoffentlich hat Williams sein Wort gehalten. Dann wäre mein Tod wenigstens für etwas gut. Mein Leben, wenn seines ebenfalls vorbei ist. Ein fairer Deal für die Welt.

»Wir sollen ihn suchen. Der Boss will, dass er spätestens bis zur Gala wieder aufgekreuzt ist. Der kleine Hurensohn da«, ich nehme mal stark an, damit bin ich gemeint, »läuft schon nicht weg.«

Anhand der Geräusche gehe ich davon aus, sie packen zusammen und schon im nächsten Moment wird es dunkel. Stockfinster. Vor meinen Augen blitzen noch grelle Punkte, doch im Raum herrscht totale Finsternis.

Ich lasse den Kopf in den Nacken fallen. Kneife die Augen zu und … lache. Ja, ich lache. Laut und wie von Sinnen hallt es durch den kalten Raum.

Vielleicht wird mein Vater mich hier unten töten. Feige wie er ist, wird er sicher seine Männer vorschicken, um seinen einzigen Sohn zu ermorden.

In den vergangenen Jahren hatte ich immer nur ein Ziel: Ich wollte ihn besiegen! Vielleicht hat er in dieser Hinsicht gewonnen. Ja, ganz sicher hat er das. Das Velvet ist hinüber. Meine Mamá ist tot. Charly ebenfalls. Und doch fühle ich mich nicht wie der Verlierer. Denn ich bin nicht wie er geworden. Ich habe geliebt und vor allem wurde ich geliebt. Das ist alles, worauf es doch am Ende ankommt. Meine Liebe zu Elisabeth ist stärker als der Hass gegen meinen Vater.

Mag sein, dass er gewonnen hat. Doch ich habe meine Schwester vor ihm beschützt. Sie hat ein Leben. Genau wie Elisabeth.

»Ihr schafft es auch ohne mich«, schmunzele ich in die Dunkelheit. »Ihr schafft das«, wiederhole ich immer und immer wieder, während ich darauf hoffe, dass Elisabeth längst über alle Berge ist und Onkel Steve zerstückelt auf einer Mülldeponie vor sich hingammelt. Soll er mich umbringen. Doch zerstören wird er mich niemals. Denn ich habe geliebt … und ich tue es noch. So lange, bis mein Herz seinen letzten Schlag macht.

LIS

»Ich weiß nicht, was ich tun soll, Baby«, flüstere ich dem Foto zu, das auf Carlos' Nachttisch steht.

Es ist eine Schwarz-Weiß-Aufnahme von ihm, zusammen mit seiner Mutter und Esmi. Carlos trägt eine Strickmütze und seine wilden Locken kringeln sich hinter den Ohren hervor. Esmi strahlt mit einer breiten Zahnlücke in die Kamera, während ihre Mutter den beiden je einen Arm um die Schultern gelegt hat.

Schnell wische ich eine Träne fort, die sich aus meinem Augenwinkel schleicht. Ich habe mir versprochen, nicht zu heulen und daran halte ich mich. Die Waffen und das Geld sind bis auf den Colt im Safe eingeschlossen. Meine Füße habe ich verarztet, indem ich sämtliche Splitter entfernt und die Wunden desinfiziert habe.

Nach langem Überlegen war das Velvet meine erste Anlaufstelle. Ich bin mir sicher, hier sucht man am wenigsten nach mir. Den AMG habe ich ein paar Blocks entfernt zurückgelassen. Mit dem falschen

Kennzeichen und ohne Carlos Fingerabdruck wäre ich durch die Garage sowieso nicht hineingekommen. Doch ich hatte die Schlüssel für den Club und den Code für die Wohnung.

Trotz der Razzia, die alles in Schutt und Asche gelegt hat, funktionieren die Überwachungssysteme und ich habe den Laptop die ganze Zeit bei mir. Sollte jemand kommen, werde ich es merken.

»Kannst du mir nicht irgendein verdammtes Zeichen geben«, jammere ich weiter und raufe mir die Haare. Seit ungefähr einer halben Stunde sitze ich auf seinem Bett, und die Verzweiflung schafft es allmählich, meine Hoffnung niederzuwalzen. »Was soll ich tun? Zu wem soll ich gehen? Scheiße, Carlos! Ich schaffe das nicht allein!«

Seit ich hergekommen bin, suche ich in meinem Kopf nach einer Lösung, aber mir will einfach nichts einfallen. Ich habe keinerlei Chance, Serge zu erreichen. Weder von Tarik noch von Mike oder irgendjemand sonst aus seinem Umfeld habe ich Kontaktdaten. Und die Alternative, beim Bürgermeister zu klingeln und freundlich zu fragen, ob ich meinen Mann zurückbekommen kann, schien mir auch eher eine schlechte Idee.

»Fuck!«, brülle ich und werfe die Flasche mit dem Desinfektionsmittel gegen die Wand. Sie streift den riesigen Flachbildfernseher, der dem Bett gegenüber hängt, und landet auf der Kommode direkt auf der Fernbedienung. Das Gesicht hinter den Händen vergraben zucke ich zusammen, weil ich den Fernseher damit angeschaltet habe und jetzt irgendein Nachrichtensender läuft.

Ich kann unmöglich einfach hier sitzen und die

Welt verfluchen. Irgendetwas muss ich doch tun können.

»Die vielbesuchte Gala, zu der Daniel Edwards in jedem Jahr einlädt, ist eine der beliebtesten Spendenveranstaltungen dieser Stadt«, erklärt ein Nachrichtensprecher im Hintergrund. Ich lasse die Hände sinken und sehe auf den Bildschirm. »Im Cadillac Place werden an diesem Abend die roten Teppiche für die wichtigsten Menschen Detroits ausgerollt. In den heiligen Hallen unserer Regierung wird eigens zu diesem Anlass ein Streichquartett sowie ein Catering der ersten Klasse aufgefahren, um für Kinder in Not einen erheblichen Betrag zu sammeln.«

Hinter ihm erkennt man das Cadillac Place, vor dem in diesem Augenblick ein roter Teppich ausgerollt wird.

»Für den Bürgermeister, der vor vielen Jahren selbst den Verlust seiner Kinder verkraften musste, ist diese Gala eine echte Herzensangelegenheit«, heuchelt der Reporter weiter und seine grauen Haare wehen dabei im Herbstwind.

»Ha!«, stoße ich viel zu schrill aus. »Das ist es!« Ich springe aus dem Bett. Kurz zucke ich zusammen, weil meine Fußsohlen verdammt wehtun, doch meine Euphorie kann das gerade nicht bremsen. »Das ist ein hervorragendes Zeichen, Baby!«, freue ich mich und in nur wenigen Sekunden steht der Plan in meinem Kopf. Vielleicht ist es gar nicht so abwegig, auf seiner Matte aufzutauchen und ihn freundlichst zu bitten, Carlos freizulassen.

»Heute lernen wir uns kennen, lieber Schwiegerpapa«, lache ich vollkommen übergeschnappt in den Flachbildfernseher.

Die digitale Uhr auf dem Laptop sagt mir, ich hätte noch genau drei Stunden. Das muss reichen, um einen perfekten Auftritt zu planen.

Mein erster Gang führt zu dem Safe, dessen Code ich ja Gott sei Dank auswendig kenne. Keine Ahnung, was mich heute Abend erwartet, aber ich greife mir zwei kleine Messer und eine weitere Pistole inklusive Munition. Mit meiner Ausbeute mache ich mich auf den Weg zu den Umkleiden im Club. Mal sehen, ob die Mädchen etwas zurückgelassen haben, das ich gebrauchen kann. Denn eins ist klar. Diese Gala ist meine einzige Chance. Es wird keine weitere Gelegenheit geben, mich Daniel Edwards zu stellen. Jetzt oder nie.

Nachdem ich durch Carlos' Büro und den langen Flur gelaufen bin, biege ich in den Umkleideraum ab. Als ich heute Vormittag angekommen bin, habe ich sämtliche Lichter im Club angeschaltet. Trotzdem ist es gruselig, allein in diesem Gebäude zu sein. Es ist viel zu still.

»Okay«, murmele ich vor mich hin und lege meinen Waffenvorrat auf den Tisch. Mein Finger fährt über die Tischplatte und erinnert mich schmerzhaft an den Abend, an dem Carlos und ich hier Sex hatten. Kurz schließe ich die Augen, um dem Schmerz standzuhalten, der nach wie vor wie ein Geier über mir kreist und mich zerfleischen will.

Die meisten Spinde sind leer. Nur hier und da hängen einzelne Velvetpolos und andere Shirts herum, mit denen ich nichts anfangen kann. Ich tippe mir mit dem Zeigefinger gegen die Lippe. Mein

Vorhaben darf nicht schon daran scheitern, dass ich keine passenden Klamotten habe.

Im hinteren Teil des Raumes befinden sich weitere Schränke. Sie gehören zu den Tänzerinnen.

Zielstrebig gehe ich darauf zu und öffne die Türen.

»Halleluja«, flüstere ich und ziehe ein Kleid heraus, das eigentlich eher ein schmales Stück Stoff ist. Der schwarze Jersey ist weich und extrem dehnbar. Darin werde ich auf keinen Fall irgendwelche Waffen verstecken können. Ich sehe zurück in den Schrank und entdecke eine Perücke auf einem Ständer. Sie hat langes braunes Haar, das mir sicherlich beinahe bis zum Hintern reichen würde. Mein Blick wandert zwischen dem Kleid und den falschen Haaren hin und her und ich sehe noch einmal auf den Tisch mit den Pistolen.

Während des Boxtrainings hat Carlos mal zu mir gesagt, ich solle die Schwäche meines Gegners finden und sie nutzen.

Von Carlos und Esmi weiß ich, dass ihr Vater ein widerlich sexistisches Schwein ist.

»Hm«, vielleicht muss ich gar keine Messer und Pistolen mitnehmen. »Wart's nur ab, Edwards!« Gut möglich, dass ich ihn einzig und allein mit den Waffen einer Frau schlagen kann.

LIS

Meine Hände zittern. Die Knie auch. Scheiße, eigentlich gibt es nichts an mir, das nicht bibbert. Und es ist nicht die Kälte, die meinen Körper schüttelt. Es ist die Angst. Blanke Panik, wie ich sie lange nicht mehr erlebt habe. Das hier war die dämlichste Idee, die ich je hatte.

Der Taxifahrer hat mich unmittelbar vor dem Cadillac Place abgesetzt. Ich habe ihm hundert Dollar dafür gezahlt, dass er auf die Schlüssel des Velvet aufpasst und einen Block weiter auf mich wartet. Er soll die Polizei alarmieren, sollte ich in einer Stunde nicht zurück sein. Zugegeben, er war nicht sonderlich begeistert von meinem Auftrag. Aber für Geld sind die Menschen bereit, einiges zu tun.

Seitdem starre ich auf die große Uhr über dem Eingang zum Cadillac Place. Darüber weht im Wind die amerikanische Flagge und ich muss schlucken.

Ganz gleich, wie mutig ich mich in den vergangenen Stunden gefühlt habe. Hier und jetzt habe ich wirklich Schiss. Bis auf den ängstlichen Taxifahrer weiß kein Mensch, das ich hier bin. Wenn der Bürgermeister mich beseitigen lässt, wird das höchstwahrscheinlich niemals jemand erfahren.

Trotz all meiner Zweifel, der Sehnsucht, die ich zu meiner Familie habe, und der Angst, sie nie wiederzusehen, setze ich in den schwarzen Lack Heels einen Fuß vor den anderen. Ich trete zwischen den einschüchternden Betonsäulen hindurch, die direkt zur Eingangstür führen. Bereits hier draußen ziehe ich die Aufmerksamkeit der Männer auf mich, die auf dem Gehweg herumstehen. So unangenehm mir das auch sein mag, das war der Plan und er scheint zu funktionieren.

Der Sicherheitsdienst, der vor der vergoldeten Tür steht und die Gäste skeptisch betrachtet, entdeckt mich und ich schenke ihm so gut es geht ein freundliches Lächeln. Sein Blick gleitet zu meinen Beinen, über meinen Bauch, den tiefen Ausschnitt und verharrt dort kurz, ehe er mir wieder ins Gesicht sieht. Dann deutet er mir freundlich Richtung Tür und hält sie sogar für mich auf. Männer sind so dämlich. Lassen sich von einem kurzen Kleid und übertriebenem Make-up derart blenden.

Meine Augen sind schwarz umrandet und der knallrote Lippenstift lässt meinen Mund viel voller wirken. Mit der Perücke würde der Typ mich wahrscheinlich nicht einmal erkennen, wenn er ein Foto von mir besäße.

Im Gebäude angekommen versuche ich die imposanten Decken mit dem goldenen Stuck und glitzernden Kronleuchtern zu ignorieren und konzentriere mich darauf, meine Sinne zu schärfen.

Der rote Teppich führt geradewegs zu einer provisorischen Garderobe, an der ich den langen Mantel abgebe, den ich ebenfalls auftreiben konnte. Er ist für diese Jahreszeit viel zu dünn und sicher für irgendwelche Auftritte gedacht, aber das weiß ja niemand.

Nur in dem schwarzen Minikleid, das gerade so meine Brüste verdeckt und nur knapp unter meinem Hintern endet, fühle ich mich nackt und unwohl. Doch es ist zu spät für einen Rückzieher.

Also straffe ich die Schultern, strecke meine Brust nach vorne und folge dem roten Teppich Richtung Ballsaal. Schon von Weitem klingen neben dem regen Stimmgemurmel sanfte Melodien an meinem Ohr.

Die weiße Flügeltür bildet die letzte Hürde. Der Gang ist so gut wie leer. Die Gala ist bereits in vollem Gang. Ein letzter tiefer Atemzug, und ich trete in den mit Menschen überfüllten Saal. Hier und da heben sich ein paar Köpfe, als ich hereinkomme, doch im Großen und Ganzen bemerkt mich kaum jemand.

Rechts von mir entdecke ich eine Bar. Ohne lange darüber nachzudenken, steuere ich sie an und bestelle bei dem freundlich grinsenden Barkeeper einen Champagner, den er mir unverzüglich reicht. Natürlich ist der Bürgermeister so gönnerhaft und lädt seine Gäste ein. Bei dem Gedanken daran, wie viele der hier Anwesenden ein falsches Spiel treiben, zerspringt beinahe das Glas in meiner Hand. Ich habe nicht vor zu trinken, doch hier zu stehen, erscheint mir die beste Deckung, um möglichst unauffällig die Lage zu checken.

Bedacht darauf, niemandem zu nahe zu kommen, suche ich mir einen Platz am Rande des Saals und gehe mit den Augen den Raum ab. Ich kenne den Bürgermeister unserer Stadt nur von Fotos oder aus dem Fernsehen. Und doch weiß ich sofort, wer er ist, als ich ihn sehe. Er ist rein optisch ein imposanter Mann. Noch dazu erinnern die breiten Schultern und die schmale Hüfte an seinen Sohn.

Er sitzt an einem der großen runden Tische, auf denen kleine amerikanische Flaggen in aufwendigen Blumenarrangements stecken. Allein für das, was diese Dinge kosten, könnte man unzähligen Kindern helfen.

Direkt vor dem Tisch von Edwards und seinen engsten Vertrauten erstreckt sich die Tanzfläche, auf der einzelne Paare sich zu der sanften Musik bewegen.

Meine Atmung beruhigt sich allmählich und ich suche den Raum weiter nach Steve Edwards, dem hiesigen Polizeichef, ab. Er ist der Einzige, dem ich schon live begegnet bin und der mich problemlos identifizieren könnte, wenn er meine Verkleidung durchschaut. Erleichtert stelle ich fest, dass er nirgends zu sehen ist.

Carlos' Vater erhebt sich und unterhält sich mit einem älteren Herrn, direkt am Rande der Tanzfläche.

Das ist meine Chance.

Das Glas Champagner landet etwas zu unsanft auf einem der Tische direkt in meinem Umfeld, doch ich achte nicht darauf. Mit großen Schritten und schmerzenden Füßen marschiere ich auf Edwards zu. Am liebsten würde ich das kleine Messer zücken, das an meinem Oberschenkel kitzelt, und es ihm in die Kehle rammen. Diesmal würde ich keine Sekunde zögern. Allerdings bringt mir das Carlos nicht zurück. ›*Sofern er denn noch lebt …*‹, flüstert mein Unterbewusstsein, aber ich ignoriere es. Ihm darf nichts passiert sein!

»Bürgermeister Edwards«, spreche ich Carlos' Vater übertrieben freundlich an und sterbe womöglich jeden Moment an einem Herzinfarkt. Unsere Blicke treffen sich und ich zucke kaum merklich zurück. Seine Augen! Ich kenne seine Augen. Noch gestern haben sie mir so viel Liebe und Wärme geschenkt. Doch bei seinem Vater sehe ich nichts als Kälte darin. »Würden Sie mir die Ehre erweisen?«, krächze ich. Mir bleibt nur zu beten, dass niemandem meine Nervosität auffällt.

Daniel Edwards ist objektiv betrachtet ein gutaussehender Mann. Die dunklen Haare werden an den Schläfen mit silbrigen Strähnen durchzogen und das Kinn sowie die Kieferpartie sind genauso markant wie die seines Sohnes. Und doch haben sie nichts gemeinsam. Es widert mich an, wie er meine Figur begutachtet, ehe sich ein fieses Grinsen auf sein Gesicht legt. Oh, wie gerne würde ich ihm in diesem Moment zeigen, was ich von seinem Sohn gelernt habe.

»Wie könnte ich da nein sagen?«, fragt er und nickt seinem Gesprächspartner kurz zu. »Du entschuldigst mich?«, heuchelt er in einem schleimigen Tonfall und ergreift meine Hand. Beinahe hätte ich laut aufgeheult. Die Wärme seiner Haut zu fühlen, dabei seine Stimme zu hören und mir seiner Größe bewusst zu werden, nachdem er mich zur Tanzfläche führt, fühlt sich falsch an. Er sollte nicht hier stehen dürfen. Die Vorstellung, er könnte den Mann getötet haben, den ich liebe, raubt mir jegliche Kraft. Während er mich hinter sich herführt, versuche ich, ruhig zu bleiben. Ich muss das hier durchziehen, und ich kann es nur dann schaffen, wenn er mich nicht mal eine Minute für schwach hält.

»Eine Lady wie Sie sollte nicht um einen Tanzpartner betteln müssen«, säuselt er und zieht mich eng in seinen Arm. Ihn zu berühren, fühlt sich an, als würde ich innerlich verbrennen.

»Es war kein Betteln«, stelle ich klar und schaue ihm standhaft in die hellblauen Augen. »Ich nehme mir immer, was ich will«, hauche ich im gleichen falschen Tonfall wie er.

»Hm«, schnurrt er, »eine Frau, die weiß, was Sie will. Das gefällt mir.«

Das Streichquartett dudelt weiter den ruhigen Song und der Bürgermeister wiegt mich in seinem Arm hin und her. Alles in mir sträubt sich gegen die enge Berührung.

»Verraten Sie mir Ihren Namen. Irgendwie kommen Sie mir bekannt vor, andererseits kann ich mir nicht vorstellen, ein so hübsches Gesicht vergessen zu haben.«

»Hm«, presse ich hervor und lasse mein falsches Lächeln ganz langsam verschwinden. Es ist Zeit, den Vorhang fallen zu lassen. »Nett, dass Sie das sagen. Aber Sie kennen mich nicht, Mister Edwards. Allerdings haben Sie etwas, das mir gehört, und ich hätte es gerne zurück.«

Sein Blick huscht über mein Gesicht und sucht dort nach einer Erklärung für meinen Sinneswandel. Er wird sie nicht finden. Die Wahrheit liegt noch gut versteckt hinter Make-up und einer Verkleidung.

»Wer sind Sie?«, fragt er und die Mauer seiner falschen Höflichkeit beginnt zu bröckeln.

»Das tut nichts zur Sache. Ich hätte nur gerne meinen Mann zurück, andernfalls sehe ich mich gezwungen, ernsthafte Schritte gegen Sie einzuleiten.«

Mittlerweile bewegen wir uns nicht mehr. Seine Hand drückt meine mit wachsendem Nachdruck.

Er stiert mich an. Um uns herum tanzen fröhliche Paare. Hin und wieder grüßt ihn jemand, der an uns vorbeiläuft, und er ist gezwungen, sein Pokerface aufrechtzuerhalten. Doch ich kann das Unbehagen in seinen Augen erkennen. Und mit jeder weiteren Sekunde, in der er unsicherer wird, fühle ich mich mächtiger.

»Lassen Sie Carlos frei, oder Sie sind ein toter Mann«, formuliere ich klipp und klar meine Forderung. Die Lust an diesem Spielchen ist mir vergangen.

Es dauert einen Augenblick der Erkenntnis, dann verziehen sich seine schmalen Lippen zu einem ekelhaften Grinsen.

»Du bist also seine kleine Hure.« Ich funkele ihn wütend an, lasse aber zu, dass er mich noch dichter zu sich heranzieht. »Die Kleine aus dem Forest Park, die mein lieber Bruder besucht hat. Und du denkst …«, er sieht lächelnd zu allen Seiten, damit niemand Verdacht schöpft, »du marschierst hier einfach so rein und drohst mir?«

Jetzt bin ich es, die triumphierend grinst. »Ganz

genau«, strahle ich ihn an, mein Ass noch gut im Ärmel versteckt.

»Nur eine so dämliche Schlampe wie du kann es mit meinem Sohn aushalten.«

»Ich wäre vorsichtig damit, was Sie sagen«, spreche ich eine Spur lauter. Die ersten Gäste werden auf uns aufmerksam. »Sie wollen doch nicht, dass Ihr guter Ruf befleckt wird«, sage ich laut und klar, damit alle umstehenden Menschen es hören können.

Edwards stellt unsere Tanzposition wieder her und beginnt erneut, uns im Takt zu bewegen.

»Du bist tot, noch ehe du dieses Gebäude verlassen hast«, flüstert er in mein Ohr. Am Klang seiner Stimme hört man, dass er dabei grinst.

»Das denke ich nicht«, schmunzele ich und lasse meine Hand absichtlich für die Augen aller auf seinen Arsch wandern. Dort kneife ich zu und ziehe ihn dicht an mich heran. »Sie unterschätzen mich, lieber Schwiegervater«, hauche ich in sein Ohr zurück. »Ich sagte doch, ich weiß, was ich will. Also passen Sie auf: Ich habe mehr Männer in diesem Saal, als Sie sich vorstellen können. Dazu kommen Sprengsätze an den Ausgängen«, bluffe ich.

›*Wenn nichts mehr geht, musst du lügen …*‹ Das waren Carlos Worte, während er mir die ersten Selbstverteidigungsgriffe beigebracht hat.

»Ach, und ehe ich es vergesse«, singe ich schon fast. »Ihre Tochter lässt Sie herzlichst grüßen.«

Ich kann spüren, wie alles in diesem grausamen Mann erstarrt. Das ist der Moment, in dem ich ihm den Todesstoß verpasse. Ich weiß nicht, ob ich gerade einen schrecklichen Fehler begehe, doch dieser

Trumpf ist meine letzte Karte, um Carlos zu befreien.

»Sie wäre ja wirklich gerne selbst gekommen. Aber wissen Sie«, plaudere ich, bewusst etwas lauter als gewöhnlich, »die Sache mit Meredith hat sie mehr mitgenommen als erwartet. Doch ich soll Ihnen einen Kuss geben. Sie hofft, bald wieder persönlich in Ihre Nähe kommen zu können.«

Edwards entlässt mich aus seinem Griff. Die Arme schlaff an den Seiten herabhängend starrt er mich an. Ich habe ihn! Ich habe ihn an seinen verdammten Eiern!

Ich strahle ihm entgegen, lege ihm meine Hand auf die Schulter und drücke ihm meinen roten Lippenstift auf die Wange. »Bis morgen ist Carlos frei, oder die Welt erfährt endgültig die Wahrheit.«

Und damit drehe ich mich herum und lasse ihn stehen.

Erhobenen Hauptes gehe ich durch den Saal und bete, dass er meinen Köder geschluckt hat und mich ziehen lässt. Gott, so sehr ich vielleicht auch gerade durch den Raum schreite wie eine Königin. Ich bin kurz davor, mich vor lauter Aufregung auf den glänzenden Marmorboden zu übergeben.

Ich verzichte darauf, meinen Mantel zu holen, gehe stattdessen direkt mit großen Schritten Richtung Ausgang.

Den Gehweg durch die großen Glastüren schon in Sichtweite halte ich inne, weil ein Schatten meine Aufmerksamkeit erregt. Ich drehe mich zur Seite und sehe eine Frau, die gerade dabei ist, durch eine Nebentür zu verschwinden. Die schwarzen langen

Haare, die über ihre Schultern fallen, kommen mir merkwürdig vertraut vor.

Sie huscht durch die Tür, doch in letzter Sekunde, ehe sie ins Schloss fallen kann, treffen sich für einen winzigen Moment unsere Blicke.

»Shakira?«, flüstere ich leise. Ich bin mir nicht sicher, ob sie es war. Vielleicht spielt mein Hirn mir auch einen fiesen Streich. Es dauert nur den Bruchteil einer Sekunde, dann habe ich mich wieder unter Kontrolle. Ich sollte nicht hier herumstehen, sondern so schnell wie möglich verschwinden. Daher hechte ich zu meinem Taxi, das Gott sei Dank gewartet hat und mich zurück ins Velvet bringen wird. Jetzt heißt es warten. Mehr kann ich nicht tun. Nur darauf hoffen, dass Edwards meinen Bluff geschluckt hat und Carlos frei lassen wird. Während der Fahrt durch den Abend schleicht sich dennoch ein erleichtertes Grinsen auf mein Gesicht. Denn bei einer Sache bin ich mir sicher. Carlos lebt! Denn mit keiner Silbe hat der Bürgermeister davon gesprochen, dass ich zu spät gekommen sei.

CARLOS

Dass sämtliche Lichter im Club erleuchtet sind, ist nicht das Erste heute, das mir komisch vorkommt. Ich werde das Gefühl einfach nicht los, geradewegs in eine Falle zu tappen. Dennoch bin ich hineingegangen. Warum auch nicht? Elisabeth ist sicher mittlerweile über alle Berge und Charly tot. Es gäbe sowieso keinen Ort, an den ich stattdessen gehen könnte.

Noch immer kapiere ich es nicht. Egal wie lange ich darüber nachdenke. Die Ereignisse der letzten Nacht machen keinen Sinn. Ganz gleich, wie ich es drehe und wende. Ich war mir so sicher, mein Vater würde mich töten. Nachdem er seine Gorillas abgezogen hat, weil Steve offensichtlich vermisst wurde, ist stundenlang niemand erschienen. Ich hatte mit Einigem gerechnet, jedoch nie im Leben damit, dass zwei Männer mir eine Maske über den Kopf ziehen und mich anschließend direkt auf dem Parkplatz meines Clubs aus dem Auto werfen würden. Ohne mir ernsthaft Schmerzen zuzufügen, haben sie mich nach Hause gebracht.

Ihre Worte dabei gehen mir nicht mehr aus dem Kopf. ›Richte der Schlampe aus, es ist noch nicht vorbei!‹

Ich muss nachdenken. Und ich brauche eine Dusche. Das Blut in meinem Gesicht ist mittlerweile getrocknet und fühlt sich widerlich an.

Mit müden Schritten gehe ich durch mein Büro, ignoriere das Chaos, das nach wie vor überall herrscht, und tippe den Code zu meiner Wohnung ein. Die Alarmanlage ist scharf, deswegen kann ich mir nicht vorstellen, dass mich hinter dieser Tür eine Überraschung erwartet. Trotzdem wundert es mich, dass auch hier sämtliche Lampen eingeschaltet sind. Auf dem Weg ins Schlafzimmer knöpfe ich mein Hemd auf und noch ehe ich sie sehe, spüre ich ihre Anwesenheit. Rieche ihren Duft in meiner Nase und halte inne.

»Nein«, flüstere ich, als ich durch die offene Tür gehe. In meinem Bett liegt Elisabeth. Eingerollt in einen meiner Pullover liegt sie auf der Seite und schläft. Sie sollte nicht hier sein. Warum zur Hölle ist sie hier?

Ganz langsam, ohne sie zu wecken, umrunde ich mein Bett und lasse mich erschöpft in den Sessel neben ihr sinken. Die Ellbogen auf die Knie gestützt betrachte ich meinen Engel. Mi ángel. Meine angeschlagene Wange schmerzt, weil sich mein Gesicht zu einem Lächeln verzieht. Sie ist hier! Verdammt, sie ist nicht weggerannt. Ich lege mir eine Faust vor den Mund. Heilige Scheiße. So sehr ich mir gewünscht hätte, sie sei inzwischen bei Kim und ihrem Neffen. Der Egoist in mir muss aufpassen, nicht Gefahr zu laufen loszuheulen. Denn sie ist hiergeblieben. Bei mir. Ihre Atmung geht ganz ruhig und gleichmäßig.

Ich sehe mich im Zimmer um. Der Safe ist geschlossen und meine Tasche aus dem Boxclub steht davor. Sie hat mich nicht aufgegeben. Hat meine Sachen hergeschafft und auf mich gewartet.

›Richte der Schlampe aus, es ist noch nicht vorbei!‹

Die Männer meines Vaters können unmöglich Elisabeth gemeint haben, oder doch? Neben mir auf der Lehne liegt eine Perücke, die ich hochhalte. Darunter finde ich ein Kleid, das ganz sicher nicht Elisabeth gehört. Was genau ist hier gelaufen?

Die Hand schon ausgestreckt, um sie zu wecken, ziehe ich sie im letzten Moment zurück. Zuerst sollte ich mir das Blut aus dem Gesicht waschen. Sie musste auch so schon genug durchmachen. Wenn ich ihr so wenigstens meine blutige Fresse ersparen kann, können die Antworten noch ein bisschen warten. Darauf bedacht, sie nicht zu erschrecken, stehe ich auf und gehe ins angrenzende Bad.

Der Blick in den Spiegel verrät, dass ich so scheiße aussehe, wie ich mich fühle. Meine Klamotten stinken ekelhaft und ich bin kurz vor dem Verdursten. Ich drehe den Wasserhahn auf, spritze mir kaltes Wasser ins Gesicht und nehme einen kleinen Schluck, bevor ich mein Hemd und die Anzughose in den Wäscheeimer werfe.

Die Hand bereits auf der vergoldeten Duscharmatur höre ich das Klicken einer Pistole und fahre herum.

»Oh mein Gott«, kreischt Elisabeth und ihr Colt knallt auf den Fliesenboden. »Oh Gott«, wiederholt sie und mit Tränen in den Augen stürzt sie sich auf mich.

Soweit ich kann, breite ich meine Arme aus und nehme sie in Empfang. Sie an mein Herz zu drücken, ist etwas, auf das ich in den letzten Stunden nicht mehr gehofft hatte.

»Vor einiger Zeit hast du mich noch beschimpft, ich sei kein Gott«, schmunzele ich und vergrabe mein Gesicht in ihrem Haar. »Wolltest du mich erschießen, Princesa?«

»Es hat geklappt. Es hat tatsächlich geklappt. Ich glaub's einfach nicht«, murmelt sie immer weiter und ich löse sie ein Stück von mir.

»Was hast du getan?« Ihr Gesicht in meinen Händen, streicheln meine Daumen über ihre zarte Haut. Ich vergesse immer wieder, wie wunderschön sie ist. »Geht's dir gut?«

»Es geht mir gut. Aber du ...« Sie streckt ihre Finger aus, berührt allerdings die Wunde an meiner Lippe nicht. »Du bist verletzt.«

»Das sieht schlimmer aus, als es ist. Was hast du getan, Elisabeth?«

Ihre Mundwinkel wandern nach oben und ihre zarten Fingerspitzen krallen sich in meine nackten Oberarme. »Du bist da«, sagt sie. Beinahe, als könne sie es selbst nicht glauben.

»Ja, ich bin da«, wiederhole ich und streiche ihr die Haare aus dem Gesicht. Dieser Moment ist magisch. Ich kann sie sehen, sie anfassen, mit ihr reden. Damit hatte ich letzte Nacht abgeschlossen. Und doch stehen wir hier voreinander. Ihr süßer Duft steigt mir in die Nase und sie berühren zu können, ist ... schön. Es ist schön. So kitschig das auch klingen mag. In ihren Augen steht dieselbe Freude wie in meinen. »Und jetzt erzähl mir, was passiert ist, mi amor.«

»Das hat Zeit«, flüstert sie und der Ausdruck in ihrem Gesicht verändert sich. »Zuerst …«, sie tritt einen Schritt zurück und begutachtet meinen Körper. Bis auf ein paar Prellungen und die Schläge ins Gesicht bin ich okay. »… kümmern wir uns um dich.«

»Es geht mir gut«, versichere ich, doch sie lässt sich nicht abbringen. Führt mich an einer Hand zur Dusche und dreht das Wasser auf, ehe sie sich meinen Pullover über den Kopf zieht und nur in einem knappen Spitzenhöschen vor mir steht. »Wie sollte es mir bei dem Anblick auch nicht gut gehen?«, schmunzele ich und lasse meine Boxershorts auf den Boden fallen. Ganz gleich, wie müde und hungrig ich bin oder wie viele Fragen in meinem Kopf schwirren, wenn Elisabeth sich vor mir auszieht, werde ich steinhart.

»Ich habe dich so sehr vermisst«, flüstert sie und zieht uns beide unter die warme Regendusche. Das Wasser, das über meinen Körper fließt, färbt sich rot und spült die Demütigung der letzten Stunden in den Abfluss. Elisabeth reibt Seife auf einen Schwamm und beginnt damit, meinen Körper zu waschen. Ich stütze mich rechts und links mit den Händen gegen das kühle Glas und schließe die Augen, während sie das weiche Material über meinen Oberkörper wandern lässt. Dabei verteilt sie sanfte Küsse auf die Stellen, an denen das Wasser den Schaum bereits abgespült hat.

Als ihre Berührungen aufhören, öffne ich die

Augen. Auf dem Fliesenboden kniend, sieht sie zu mir hoch.

Das Wasser rinnt über ihre Lippen, bahnt sich einen Weg und perlt an ihren harten Nippeln ab. Der Ausdruck in ihrem Gesicht fährt mir wie ein Blitz bis in die Zehenspitzen. Was zwischen uns beiden herrscht, ist nicht nur stärker als der Hass zu meinem Vater. Die Liebe zwischen uns basiert auf einer so tiefen und reinen Basis. Niemand könnte jemals etwas daran ändern, was ich für sie empfinde.

»Entspann dich, Baby«, flüstert sie und ihre Finger fahren über die Länge meines Schwanzes. Ich kann spüren, wie er in ihrer Hand noch härter wird. »Du bist zuhause«, ergänzt sie und ich kneife die Augen zu und gebe mich dem Gefühl hin, geborgen zu sein. Etwas, auf das ich viele Jahre verzichten musste, das jedoch selbst der größte Hengst hin und wieder braucht.

»Ay dios«, keuche ich, weil Elisabeth ihre Zunge einsetzt und damit meine Eichel neckt. Mit jedem Blowjob wird sie besser, und ich kann mir nicht vorstellen, das je wieder bei einer anderen Frau derart zu genießen.

Sie stöhnt, während ich mit einer Hand ihren Hinterkopf umfasse, damit ich mich in sie schieben kann. Denn sie hat recht. Hier bin ich zuhause. Bei ihr.

»Fuck«, stöhne ich, denn schon nach kurzer Zeit erhöht Elisabeth ihr Tempo. Ihre Zähne streifen bei jedem Stoß mein Fleisch und jagen mich so schnell dem Ende entgegen, dass mir schwindelig wird.

Ich will sie unbedingt ficken, sie lecken und ihr alles geben, das ich zu geben habe. Doch jetzt gerade kann ich mich nicht mehr zurückhalten. Ich lege den Kopf in den Nacken. Lasse mich vom warmen Wasser berühren, während ich meinen Schwanz zwischen ihre süßen Lippen schiebe. Immer und immer wieder, bis ich das Ende nicht mehr unterdrücken kann. Meine Finger krallen sich in ihren Hinterkopf, und ich senke den Blick, damit ich sehen kann, wie sie jeden einzelnen Tropfen meines Spermas schluckt. Wow!

Ihre kugelrunden Augen schauen zu mir nach oben und einen Moment lang genieße ich diesen devoten Blick durch ihre feuchten langen Wimpern. Doch dann reiche ich ihr eine Hand, damit sie aufstehen kann. Denn außer für einen rekordverdächtigen Blowjob wie diesen hat meine Königin nichts auf ihren Knien zu suchen.

»Hm«, seufze ich bei dem Kuss, den ich ihr anschließend gebe. Ich kann mich auf ihren Lippen schmecken. Auch wenn es nur ihr Gesicht ist, das ich in meinen Händen halte, es fühlt sich an, als läge ihre ganze Welt darin. »Te quiero, mi amor.«

»Und ich liebe dich«, erwidert sie und streicht mir meine Haare aus dem Gesicht. Ihre Augen wandern über mein Gesicht, ihre Finger über meine Wange. Sie versucht stark zu sein, doch hinter ihren Mauern sehe ich die Angst hervorblitzen.

»Was ist letzte Nacht passiert, Elisabeth?«

Der Gedanke, die Lakaien meines Vaters könnten sie gemeint haben, lässt mich einfach nicht los.

»Ich mache uns Frühstück, dann reden wir, okay?« Sie reckt sich mir entgegen, doch ich weiche ein Stück zurück und verweigere mich ihr.

»Ich werde das Gefühl nicht los, dass mir deine Geschichte nicht gefallen wird.«

»Tja«, lacht sie und greift nach einem Handtuch, nachdem sie die Wärme der Dusche ohne ihren Kuss verlassen hat. »Immerhin bist du hier, oder nicht?« Sie wirft mir noch ein freches Grinsen zu, ehe sie sich das Handtuch um den Körper schlingt und ins Schlafzimmer verschwindet. Mittlerweile bin ich mir sogar ziemlich sicher, dass ihre Geschichte mir nicht gefallen wird.

»Das kann nicht dein Ernst sein?«

»Was sollte ich denn machen? Ich hatte keine Möglichkeit, Serge oder irgendwen zu fragen, und Buzz war der Einzige, der mir auf die Schnelle eingefallen ist«, erklärt Elisabeth kauend. Sie ist dabei, ihren zweiten Muffin zu verschlingen und wirkt genauso ausgehungert wie ich. Natürlich waren die Schränke meiner Wohnung leer, das meiste des Geschirrs kaputt geschlagen durch die Bullen, sodass wir uns von Macy's ein gigantisches Frühstück haben liefern lassen.

»Was, wenn er nicht einfach verschwunden wäre? Er hätte dich zwingen können, mit ihm zu gehen, hast du daran mal gedacht?«

»Ich habe ihn mit der Waffe zum Teufel gejagt.« Bei jedem ihrer Worte verliert sie kleine Krümel des Schokoladenteigs, weil sie alles so gierig in sich hineinstopft.

»Madre mía«, stöhne ich und lege die Hände vor

mein Gesicht. »Als ich sagte *›renn‹*, meinte ich eigentlich weit weg. Nach Kanada oder sonst wohin.«

Allein bei der Vorstellung, wie Elisabeth sich ein Duell mit Buzz liefert, vergeht mir der Appetit.

»Jedenfalls … als ich wieder hier war, habe ich die Flasche Desinfektionsmittel gegen den Fernseher geworfen und dann hat der Nachrichtensprecher von der Spendengala geredet …« Ich lasse die Hände sinken und kann spüren, wie meine Augen immer größer werden. »… ich wusste, du lebst und ich musste dich doch irgendwie da rausholen.«

»Sag mir bitte ganz schnell, dass du nicht auf dieser Gala warst und meinen Vater getroffen hast.«

»Ich habe mit ihm getanzt.«

Ich lasse mich nach hinten aufs Sofa fallen, auf dem wir es uns mit unserem Frühstück gemütlich gemacht haben. Bis vor drei Minuten dachte ich, das könnte eine entspannte Angelegenheit werden.

»Maldito sea, Elisabeth! Ich habe mich fünf Jahre lang vor ihm versteckt und du läufst ihm geradewegs in die Arme? Verdammt, bist du lebensmüde?«

»Er ist widerlich«, schnaubt sie und nimmt einen Schluck von ihrem Orangensaft. »Ich hasse ihn mindestens genauso sehr, wie ich meinen eigenen Vater hasse.«

»Was ist dann passiert?«, brülle ich schon beinahe. Meine Nerven sind so gespannt, es reicht eine simple Berührung und sie zerreißen.

»Ich habe ihm gesagt, er soll dich freilassen.«

»Einfach so?« Wie kann sie die ganze Zeit essen? Ich drehe jede Sekunde durch. »Du bist auf ihn zu gestiefelt und hast dem grausamsten Mann der Stadt gesagt, was er zu tun und zu lassen hat?«

»Okay, ich musste ein bisschen bluffen. Ihm was von Sprengsätzen und deinen Männern erzählen, die sich unter die Gäste gemischt haben.«

Das macht überhaupt keinen Sinn. Mein Vater ist vielleicht ein Arschloch, aber ganz sicher nicht dumm. Elisabeths Augen verraten, dass das noch nicht alles ist.

»Was noch?«, knurre ich, die Hände zu Fäusten geballt.

Jetzt hört sie ebenfalls auf zu essen und zieht ihre Unterlippe zwischen die Zähne.

»Carlos, ich war verzweifelt. Ich hatte keine Wahl.«

»Was, Elisabeth?«, knurre ich und springe auf. Egal, wie müde mein Körper ist, ich kann keine Sekunde länger ruhig sitzen. Da laufe ich lieber wie ein Irrer in meinem Wohnzimmer auf und ab.

»Ich habe ihn von Esmi gegrüßt und durchblicken lassen, dass ich über alles Bescheid weiß.«

Wir starren uns an. Mir fällt einfach nichts ein, außer sie mit offenem Mund anzugaffen. Im Hintergrund plärrt irgendeine moderne Sängerin im Radio. Langsam lässt Elisabeth das Glas in ihrer Hand sinken und stellt es auf den Tisch vor sich. Ohne auch nur für eine Millisekunde unseren Blickkontakt zu unterbrechen, zieht sie die Knie an den Körper und umschlingt ihre Beine.

»Ich weiß nicht, was ich sagen soll«, gestehe ich, noch immer gefangen in meinem Gefühlschaos.

»Dann bist du nicht sauer?« Es ist lange her, dass ich ihre Stimme so piepsig erlebt habe.

»Doch!«, erwidere ich schnell und fahre mir durchs Haar. »Oh doch! Und ob ich das bin.« Schmunzelnd schüttele ich den Kopf. »Aber ich bin auch sehr stolz auf dich.«

Verdutzt weicht sie kaum merklich zurück.

»Elisabeth«, spreche ich wieder in einem ruhigen Tonfall und gehe auf sie zu. Vor ihr gehe ich auf die Knie und lege meine Hände auf ihre. »Was du getan hast, war dumm und gefährlich.« Sie will gerade zum Sprechen ansetzen, doch ich deute ihr mit einer Hand, mich ausreden zu lassen. »Aber dumm und gefährlich liegen sehr nah bei verdammt mutig«, führe ich zu Ende, was ich sagen wollte. »Du wusstest, dass mein Vater für dieses Wissen bereits gemordet hat. Und doch hast du dich ihm geradewegs als Zielscheibe geliefert. Meinetwegen.«

»Ich wollte einfach nicht glauben, dass du tot bist«, flüstert sie und ihre Augen glänzen bedrohlich. »Es tut mir leid, dass ich ihm von Esmi erzählt habe. Ich wusste einfach keine andere Lösung, um ihn zu ködern.«

Ihre kalten Finger legen sich auf meine und ich nehme sie sofort in meine Hände.

Seufzend schließe ich die Augen. »Ich verstehe, warum du es getan hast. Auch wenn mir das ganz und gar nicht gefällt. Du weißt, dass ich lieber sterben würde, statt unsere Schwestern in Gefahr zu bringen.«

»Ich weiß«, bringt sie keuchend hervor, »aber ich hätte nicht damit leben können.« Elisabeth rutscht mir ein Stück entgegen, sodass sie beinahe auf meinem Schoß landet. »Ich darf dich nicht verlieren.«

Jeder Kuss von ihr ist wie ein Geschenk. Eine Gabe, die ich niemals erhofft habe, aber jetzt schmerzlich vermissen würde, wenn sie mir jemand wieder nähme. Also ja, ich verstehe sie. »Du hast gesagt, niemand weiß von Kanada und ihr. Wir haben seit Wochen keinen Kontakt mehr. Sie können sie unmöglich finden und solange es eine Chance gab, uns alle zu retten, musste ich sie ergreifen.«

Mein Bart ist so lang, dass er schon kratzt, als ich mir über das Kinn streiche.

»Klug war das sicher nicht. Er wird sie suchen. Aber bis dahin haben wir genug Zeit, alles zu regeln.« Ich kann mir mein dummes Grinsen nicht verkneifen. »Und er hat dich einfach so gehen lassen?«

Auch Elisabeth lässt ihre Mundwinkel nach oben wandern. Langsam und zaghaft.

»Ich habe ihm ins Ohr geflüstert, dass er genau bis heute Morgen Zeit hat, dich freizulassen, sonst würde ich der Welt die Wahrheit sagen. Und dann bin ich gegangen.«

»Aber wieso hat er dich nicht aufgehalten? Mir schmeckt das nicht. Er hätte dich einfach umbringen können, das wäre ein leichtes Spiel für diesen Penner gewesen.«

Nicht zu fassen, dass sie das eiskalt durchgezogen hat. Elisabeth Turner ist nicht zu unterschätzen. Ich lasse mich auf den Hintern fallen und lehne mich gegen den Couchtisch.

»Ich weiß es nicht«, stöhnt sie und wirkt dabei sichtlich erleichtert. »Ganz ehrlich. Mir erschien es auch fast zu einfach. Aber weißt du, was noch seltsam war?«

Neben ihren Erzählungen lausche ich dem Radiosprecher, der irgendetwas von der örtlichen Polizei faselt.

»Hm?«, brumme ich.

»Als ich gerade gehen wollte, da habe ich eine Frau ...«

»Oh mein Gott«, stoße ich aus und springe auf.

»Was?«

»Schhh ...«, unterbreche ich sie und hechte auf die Küchentheke zu, um das Radio lauter zu stellen und der Stimme des Reporters zu lauschen.

»Laut dem stellvertretenden Polizeichef gibt es bislang keine Spur, was den Täter betrifft. Steve Edwards wurde unseren Angaben zufolge in der vergangenen Nacht mit einem Brustschuss aus dem River Rouge südlich von Delray geborgen. Die Polizei bittet aus ermittlungstechnischen Gründen um Geduld, was die Informationen zu diesem erschütternden Mord angeht. Steve Edwards galt viele Jahre ...«

Wie ferngesteuert drehe ich das Radio leiser. Ich schließe die Augen und atme tief durch. Bin ich ein schlechter Mensch, weil alles, was ich in diesem Moment fühle, pure Freude ist?

»Carlos?« Elisabeth legt ihre Finger auf meine Schulter. Ich habe nicht einmal mitbekommen, wie sie herübergekommen ist. Mit einem fetten Grinsen im Gesicht drehe ich mich zu ihr um. Verdammte Scheiße! Wir haben es wirklich geschafft. Ein kleiner Sieg für Team Celisabeth.

»Er hat es wirklich getan«, stoße ich fröhlich aus. Lis zögert noch mit ihrer Freude, doch ich reiße sie mit mir auf die Welle der Erleichterung, auf der ich gedanklich surfe. »Princesa!« Ich hebe sie auf meine Arme und wirbele sie einmal im Kreis herum. »Jetzt ergibt alles einen Sinn«, lache ich und küsse sie auf die Wange. »Das ist genial! Gestern Abend habe ich mitgekriegt, dass sie Steve vermissen. Als du dann bei meinem Vater aufgekreuzt bist, ist er sicher davon ausgegangen, dass wir Steve haben. Also blieb ihm nichts Anderes übrig, als mich gehen zu lassen. Und doch habe ich, ihm gegenüber, ein Alibi für den Mord, weil ich gefesselt in seinem Keller saß.« Bei den letzten Worten verrutscht ihr zaghaftes Grinsen kurz. »Einen besseren Zeitpunkt hätte Williams nicht finden können.«

Gott, wie gut es tut, auch mal auf der Gewinnerseite zu stehen. Das triumphierende Gefühl, diesem Wichser, der mich auf die Welt gesetzt hat, einen Schritt voraus zu sein, strömt durch meinen Körper und macht sich breit.

»Und ganz offensichtlich hat Buzz bei Daddy nicht gepetzt, dass ich eine Waffe auf seinen Schritt gerichtet habe.«

Mit ihr auf meinem Arm halte ich kurz inne. »Du hast auf seinen Schwanz gezielt?«

Mittlerweile strahlt auch sie über das ganze Gesicht. Noch während sie nickt, lege ich meine Lippen auf ihre. Schmecke nicht nur den süßen Saft der Orangen, sondern auch die Frau, die ohne zu zögern ihr Leben für mich gegeben hätte.

Langsam lasse ich sie von meinem Arm gleiten, halte sie aber nach wie vor eng umschlungen.

Ganz gleich, wie der Krieg ausgehen mag. Diese fucking Schlacht haben wir gewonnen und ohne den Polizeichef an seiner Seite wird es für den Bürgermeister sicher nicht so einfach laufen wie bisher. Jetzt müssen wir nur noch diesen Wichser in die Enge treiben. Er weiß von Esmi. Er weiß von mir. Die Karten liegen offen auf dem Tisch. Jetzt muss ich es nur noch zu Ende bringen.

LIS

Würde um uns herum nicht das reinste Chaos herrschen und wir uns nicht gerade darüber freuen, dass wir erfolgreich den Mord an Carlos' Onkel in Auftrag gegeben haben, könnte man meinen, wir seien ein ganz gewöhnliches Paar. Ich räume den Tisch ab und entsorge die Reste von unserem Frühstück, während mein Freund auf seinem Laptop nach genaueren Informationen zu Steves Tod sucht. Nur in einer Jogginghose und einem engen weißen Shirt beugt er sich über die Kücheninsel und der Bildschirm lässt die Wunden in seinem Gesicht lila leuchten.

»Ich werde Serge anrufen.« Er richtet sich auf und greift nach seinem Telefon.

»Denkst du, sie sind in Gefahr?«

Ich versuche mir seit gestern Abend einzureden, dass es ausgeschlossen ist, dass jemand unsere Familie finden könnte, doch so richtig beruhigen lassen will sich mein Unterbewusstsein nicht. Dem Bürgermeister von Esmi zu erzählen, schien meine einzige Möglichkeit, Carlos da herauszuholen. Dafür musste ich ein Risiko eingehen, das mir erst heute wirklich bewusst wird.

»Ich denke nicht. Aber wir sollten auf Nummer sicher gehen. Serge soll mit den Mädchen weiter nördlich abtauchen und dort warten, bis das alles hier vorbei ist.«

Unsere Blicke treffen sich kurz. Es ist ein eigenartiges Gefühl, sich zu wünschen, dass jemand stirbt. Und doch ist genau das unser Plan. Ich weiß, auf wessen Seite ich stehe und ich möchte nie wieder woanders sein. Dennoch nagt der moralische Teil in mir kräftig an meinem Gewissen.

Natürlich war uns klar, dass Williams den Polizeichef töten würde, sich dann aber tatsächlich über das Ergebnis zu freuen, fühlt sich befremdlich an. Nicht falsch, aber eben fremd.

Sein Finger fliegt über das Display und ich wische mir die Hände am Geschirrtuch ab. Seit Wochen habe ich nichts von meiner Schwester gehört oder gesehen. Ich vermisse sie fürchterlich. Durch die ganze Katastrophe hatte ich keine Zeit, zu bedauern, dass wir sie nicht besuchen konnten. Doch ich denke in jeder freien Minute an sie. Manchmal glaube ich, dass der Verdrängungsmechanismus, den meine Mom mir eingetrichtert hat, erst jetzt richtig zum Einsatz kommt.

Carlos schaut mich an und der Ausdruck in seinem Gesicht wird, wie so oft wenn er mich ansieht, weich.

»Willst du mit ihr sprechen?«, fragt er und meine Augen weiten sich.

»Darf ich?«

Er hält seinen Zeigefinger in die Luft und ich

höre im Hintergrund das Freizeichen. Voller Vorfreude klatsche ich geräuschlos in die Hände, doch mit jedem weiteren Ton verfinstert sich seine Miene und ich werde unruhig.

»Vielleicht duscht er«, schlage ich vor.

Carlos stützt sich von der Kücheninsel ab und beginnt nervös auf und ab zu laufen. Dabei drückt er auf seinem Smartphone herum. Ehe ich fragen kann, was er vorhat, legt er sich das Handy erneut ans Ohr.

Mit der freien Hand fährt er sich durch die langen Haare, die wild in einem Zopf liegen.

»Was ist?«, frage ich, weil er mich total hibbelig macht.

»Es geht einfach keiner ran.«

»Sie könnten noch schlafen.«

Er hebt nur eine Augenbraue und sieht mich wütend an. Erneut tippt sein Daumen auf dem Display und er aktiviert den Lautsprecher, damit wir beide hören können, ob sich etwas tut. Doch es nimmt niemand ab. Auch nicht bei den nächsten drei Versuchen.

»Scheiße!«, brüllt Carlos und zerquetscht beinahe das Smartphone in seiner riesigen Hand. »Das ist nicht gut. Gar nicht gut.«

»Wie sollte er sie gefunden haben? Du hast gesagt, es weiß niemand von Esmi. Gibt es jemanden außer dir, der von dem Haus weiß? Ich mein', du hast so viele Immobilien. Wie sollte jemand ausgerechnet auf diese eine kommen?«

»Nein«, brummt er und läuft weiter durch den Raum. »Vom Haus in Kanada wissen nur du, Serge und Shakira.«

»Oh mein Gott«, keuche ich und schlage mir eine Hand vor den Mund. Meine Atmung beschleunigt sich. Ich bekomme keine Luft. Auf einmal ergibt alles einen Sinn. Der Verrat im Velvet. Die Frau auf der Gala. Und jetzt Esmi!

»Elisabeth!« Carlos ist neben mir und stützt mich, weil meine Beine nachzugeben drohen.

»Shakira«, flüstere ich und mir wird kotzübel. »Ich habe sie auf der Gala deines Vaters gesehen.«

Carlos zuckt ein Stück zurück. So oft haben wir darüber diskutiert, ob Shakira diejenige gewesen sein könnte, die das Velvet und Carlos an die Polizei verraten hat. Doch bislang war es nie mehr als mein Bauchgefühl, das sie hätte belasten können.

Man kann dabei zusehen, wie sich die Gewissheit in ihm ausbreitet wie ein lästiger Parasit. Sein Gesicht wird kreidebleich und tiefe Falten bilden sich auf seiner Stirn.

»Das kann doch nicht sein«, murmelt er vor sich hin und löst sich von mir. Erschöpft beugt er sich mit den Ellbogen auf die Arbeitsfläche. Dabei schüttelt pausenlos sein Kopf. Er versucht sich gegen die Einsicht zu wehren und ich kann es ihm nicht verdenken. »Ich hab' sie auch gesehen!«, sagt er plötzlich und dreht den Kopf, den er bislang starr auf die Granitfläche gerichtet hatte, in meine Richtung.

»Wann?«, frage ich und lege meine Hand auf seinen Rücken.

»Als ich das erste Mal bei Williams war. Sie sah scheiße aus. War hundert pro wieder auf Droge.«

»Scheiße«, flüstere ich.

Wir sehen uns an. Worte wie ›Ich habe es gewusst‹ bleiben mir im Hals stecken. Egal, was ich in ihr gesehen habe. Shakira zählte zu Carlos' Vertrauten und der Schmerz ist ihm ins Gesicht geschrieben.

Schon kurze Zeit, nachdem ich im Velvet angefangen hatte, hatte ich die Vermutung, dass mit ihr etwas nicht stimmt. Wie sie mich angesehen hat und die Art und Weise, wie sie um uns herumgeschlichen ist. Mir hat das nicht gefallen. Mein Fehler war, ihr Verhalten als schlichte Eifersucht abzutun.

»Warum sollte sie das tun? Es gibt doch überhaupt keinen Grund.«

»Das werden wir gleich herausfinden.«

Carlos greift zu seinem Handy.

»Was hast du vor?«

»Ich ruf sie an«, knurrt er und richtet sich wieder auf.

»Denkst du, das ist clever?«

Bevor er mir antworten kann, hält er das Telefon an sein Ohr und sein Gesicht erstarrt. Es ist, als hätte er einen Geist gesehen. Das Handy fest umklammert sieht er mich mit weit aufgerissenen Augen an.

»Hallo, Vater«, murmelt er. Ich weiche zurück. Was habe ich getan? Alles, worum es je ging, war, unsere Schwestern zu beschützen. Und ich? Ich habe ihnen den Teufel persönlich auf den Hals gehetzt.

»Wie lange dauert es noch?« Seit Stunden wippe ich nervös mit dem Fuß und starre aus dem Seitenfenster. Die Wolken hängen tief über den Wäldern Kanadas und lassen alles irgendwie grau erscheinen.

»Höchstens zwanzig Minuten«, knurrt Carlos, der das Lenkrad des Mercedes die ganze Fahrt über mit beiden Händen fest umklammert. Als ich vor vielen Wochen aus Kanada nach Detroit gefahren bin, habe ich mindestens sechs Stunden gebraucht. Wir sind gerade mal vier unterwegs.

Seit wir in Detroit in den Wagen gestiegen sind, haben wir so gut wie kein Wort gewechselt.

Das Telefonat mit seinem Dad geht Carlos nah. Das sehe ich. Er hat versucht, mit ihm zu reden. Ihm zu erklären, dass er seine Schwester, die ursprünglich Sally hieß, in Ruhe lassen soll. Er hat ihm angeboten zu verhandeln. Doch dieser ekelhafte Mistkerl hat nur laut gelacht und gemeint, das hätte er sich vorher überlegen sollen. Mir läuft es noch immer kalt den Rücken hinunter, wenn ich an seinen letzten Satz denke. ›Wer tot ist, den kann man nicht umbringen, mein Junge.‹ Dann hat er aufgelegt.

Wir haben sofort auf Autopilot geschaltet. Unsere Sachen waren ja quasi noch gepackt und schon wenige Minuten später heizten wir über den Freeway.

»Hör mal« Ich sehe hinüber zu ihm, doch Carlos konzentriert sich voll und ganz auf die Straße vor ihm. Er presst die Worte lediglich zwischen den Zähnen hervor. »Wenn wir da sind, will ich, dass du erst mal im Auto bleibst.«

»Auf keinen Fall«, widerspreche ich und er sieht mich kurz an. In seinen Augen liegen so viel Wut und Schmerz, dass ich zusammenzucke. So verbittert habe ich ihn noch nie gesehen. »Es ist auch meine Familie, Carlos.«

»Gerade deswegen«, beharrt er mit Nachdruck,

»lässt du mich vorgehen und wartest, bis ich dir ein Zeichen gebe.«

Seine Worte jagen mir Angst ein. Als ob ich nicht schon genug davon hätte. Jeder noch so kleine Winkel in meinem Körper heult vor Panik, während ich tapfer wieder aus dem Fenster schaue und die Zähne zusammenbeiße.

Ich kann nicht einmal beschreiben, was in mir vorgeht, wenn ich darüber nachdenke, Kim und Luca könnte etwas zugestoßen sein. Dieses Gefühl tötet mich. Es zerreißt mich von innen heraus.

Wir wissen nicht, was uns erwartet, wenn wir das Anwesen am See erreichen. Wenn wir Glück haben, sind wir früh genug, schnappen uns unsere Familien und verschwinden. Allein diese Möglichkeit hält mich in den vergehenden Stunden am Leben.

Bereits kurze Zeit später erreichen wir das Eingangstor zu Carlos' Grundstück. Er lässt die Fensterscheibe herunter und deaktiviert mit seinem Fingerabdruck die Alarmanlage, ehe wir auf den kleinen Waldweg abbiegen, der zum Haus führt.

»Das ist doch ein gutes Zeichen, oder?«, frage ich und zücke meinen Colt aus dem Seitenfach der Tür. Carlos' Beretta liegt bereits in der Mittelkonsole. »Sie können nicht aufs Grundstück gelangt sein, oder?«

»Wenn sie gewaltsam eingebrochen wären, sähe es sicher anders aus.«

Wir sehen uns nur für den Bruchteil einer Sekunde an, und doch reicht der winzige Blickaustausch, um meine soeben gewonnene Hoffnung zu zerschmettern.

»Du bleibst im Wagen«, wiederholt er mit Nachdruck, als die Pistole in meiner Hand seine Aufmerksamkeit erregt.

»Carlos, ich …«, in diesem Moment biegen wir von dem Weg auf den großen Schotterplatz vor dem Blockhaus. Meine Finger krallen sich fester um den Griff des Colts.

Wir kommen zu spät!

Das Heck des AMG bricht aus, so fest tritt Carlos auf die Bremse. Schotter spritzt und Staub fliegt auf, während wir dennoch glasklar sehen, was sich vor unseren Augen abspielt.

»Oh nein«, flüstere ich vor mich hin, während Carlos sich bereits seine Waffe schnappt und aus dem Auto springt.

Auf den Stufen zum Blockhaus steht ein schwer gebauter Mann. Er hält Esmi, die vor ihm auf den Knien kauert, an den Haaren. Serge liegt ein paar Meter vor uns im Schotter. Er bewegt sich nicht. Sein massiger Körper liegt schlaff auf dem Boden. Ich kann sein Gesicht nicht sehen, allerdings steht sein Bein in einem ungesunden Winkel vom Rest seines Körpers ab.

So schnell meine Augen es zulassen, sehe ich mich nach Kim und Luca um, doch ich kann sie nirgendwo entdecken.

Ich entsichere den Colt und lade durch, ehe ich die Beifahrertür leise öffne und aussteige. Ich kann gar nicht anders.

»Wie schön, wie schön«, erklingt von der Veranda und alles in mir zieht sich zusammen. Edwards. »Die Familie kommt zusammen. Samt meiner zukünftigen Schwiegertochter.«

Carlos, der die Waffe auf seinen Vater gerichtet hat, sieht über seine Schulter zu mir. Seine Lippen formen ein ›Nein‹.

»Carlos, verschwindet!«, jammert Esmi und zieht unser aller Aufmerksamkeit auf sich.

»Ich muss sagen«, unterbricht Edwards seine Tochter und erhebt sich aus dem Schaukelstuhl, in dem er auf der Veranda gesessen hat, als sei das hier ein normaler Familienbesuch. »Der Auftritt deiner kleinen Schlampe hat mir wirklich gefallen. Ich versteh', warum du sie fickst. Der Rest deines Plans allerdings war ziemlich schwach. Dachtest du wirklich, mir entgeht, wenn du einen Club direkt vor meiner Nase eröffnest? Es war so simpel, mir eine geeignete Partnerin als Spitzel bei dir zuzulegen. Du unterschätzt mich ein weiteres Mal, mein Sohn.«

»Ich weiß nicht, was du Shakira dafür geboten hast, um mich zu verraten, doch ihr könnt das im Jenseits ausdiskutieren, nachdem ich euch beide kalt gemacht habe.«

»Er hat mir gar nichts geboten«, zischt eine Stimme hinter der Fliegengittertür und schon stößt Shakira sie auf und tritt auf die Veranda.

Ich schnappe nach Luft. Sie schiebt Kim vor sich her, einen Arm um ihre Kehle, eine Waffe direkt auf ihre Schläfe gerichtet. Kims Augen sind geweitet und sie sieht mich flehend an.

»Shaki«, warnt Carlos, doch ihr Blick ist einzig auf mich gerichtet.

»Na, wie fühlt sich das an, wenn eine andere Schlampe einem alles nimmt, was man liebt?«

»Shakira«, jammere ich, die Finger um den Griff meines Colts gekrallt. Noch richte ich ihn auf den Boden, doch ich bin bereit, ihn zu benutzen, wenn es sein muss.

Kim weint. Sie schluchzt laut in die angespannte Situation hinein.

»Kim«, sagt Carlos. Nach wie vor schaue ich zu meiner Schwester. Was habe ich getan? »Sieh mich an.«

Sie gehorcht und wendet zitternd den Kopf in seine Richtung.

»Bleib ganz ruhig. Du musst keine Angst haben. Sie wird dir nichts tun. Hierbei geht es nur um mich. Und deswegen«, wendet er sich an Shakira, »wirst du sie jetzt gehen lassen.«

»Gar nichts werde ich. Die Zeiten, in denen ich nach deiner Pfeife tanze, sind vorbei. Du warst derjenige, der mich weggeschickt hat, also wundere dich nicht, wenn ich jetzt die Hilfe eines anderen annehme.«

»Hilfe?«, fragt Carlos und lässt seine bewaffnete Hand etwas sinken. »Er hilft dir nicht, Shakira. Er benutzt dich nur.«

Ich höre Edwards im Hintergrund abfällig schnauben, doch Shakiras Ausdruck wird unsicher.

»Du lügst«, zischt sie und zerrt dabei an Kim.

»Nein! Sieh mich an, Shakira. Noch ist es nicht zu spät. Ich bin für dich da.«

Meine Beine zittern, und ich weiß nicht, auf wen ich mich konzentrieren soll. Den Kerl, der Esmeralda mittlerweile ebenfalls eine Waffe gegen den Kopf drückt, Shakira, Kim oder Edwards, der langsam auf die oberste Stufe der Veranda tritt. Er hat nun beide Frauen zu seinen Seiten.

»Hör dir doch mal selbst zu«, schreit Shakira wie aus dem Nichts und drückt Kims Kehle fester zu. »Es geht immer nur um dich. Du bist so ein selbstverliebtes Arschloch. Ich habe alles für dich getan und als Dank kann ich mir jahrelang ansehen, wie du eine Schlampe nach der anderen fickst. Du hast mich zerstört, Alvarez. Ich wäre lieber damals in dem Keller verreckt, anstatt deine Sklavin zu werden.«

Sie und Carlos starren sich an.

»Ich habe dir das Leben gerettet«, keucht er. »Ich habe dir einen Job gegeben. Eine Wohnung. Ein verfluchtes Leben.«

»Und? Dann kommt sie daher und du verlierst den Verstand!«

Kim zerrt mit ihren Fingern an Shakiras Unterarm, der ihr allmählich die Luft abschnürt.

»Wir waren Freunde, Shaki.«

»Freunde«. Spuckt sie ihm entgegen. »Dass ich nicht lache. Du hast zugesehen, wie deine kleine Schlampe mich dazu getrieben hat, wieder zu koksen.«

Ich schnappe nach Luft. Carlos hebt seine Hand, um mich am Sprechen zu hindern.

»Dass du wieder Drogen nimmst, hat nichts mit Elisabeth zu tun, Shakira. Sieh mich an, du musst das nicht machen.«

Tränen sammeln sich in ihren Augen. Sie blickt zwischen Carlos und seinem Vater hin und her. Aller Glanz, den sie früher zur Schau getragen hat, ist von ihr gewichen. Die wunderschöne schlanke

Frau wirkt mit den eingefallenen Wangen und dem ungeschminkten Gesicht nur noch alt und ausgebrannt.

»Du hast mich einfach weggeschickt«, jammert sie. Für einen kurzen Moment denke ich, Carlos ist zu ihr durchgedrungen, da sieht sieh zu mir und ihr Blick verfinstert sich wieder.

»Du hast alles zerstört. Das alles hier ist deine Schuld«, faucht sie und zerrt an Kims Hals.

Die Pistole nur noch halbherzig nach vorne gerichtet, sacken Carlos Schultern nach unten. Dafür trete ich einen Schritt nach vorne.

»Rühr meine Schwester weiter an und du bist tot, Schlampe«, schreie ich und hebe meine Pistole. Dabei vermeide ich es, Kim in die Augen zu sehen. Die Angst um sie macht mich schwach und Schwäche dürfen wir uns gerade nicht erlauben.

»Aber, aber, meine Lieben«, unterbricht der Bürgermeister unseren Schlagabtausch. Wie er vollkommen entspannt die Finger gegeneinander legt, ein fieses Grinsen auf den Lippen, schürt meine Wut nur noch mehr. »Wir wollen doch nicht streiten. Wir sind doch alle eine große Familie«, verhöhnt er uns.

»Dad, bitte«, weint Esmi. Die Situation gerät völlig außer Kontrolle. Unsere Schwestern weinen, während Carlos und ich mit vorgehaltener Waffe am Fuße der Veranda stehen.

»Sieh dir das Schlamassel an, Alexander«, knurrt Edwards, »so viele Frauen, die auf deine Rettung hoffen. Ob du sie genauso enttäuschst wie deine Mutter?«

»Halt's Maul!«, schreit Carlos und funkelt seinen Vater wütend an. Dieser lacht nur.

»Du bist so schwach, Alexander. Das warst du immer schon. Erst hast du dich von deiner Mutter blenden lassen und jetzt macht die kleine Hure dich weich. Du lässt dich von Gefühlen leiten, anstatt die Augen auf das Wesentliche zu richten.« Carlos hebt seine Waffe wieder höher. Die Adern an seinem Hals zeigen, dass er kurz vom Explodieren steht. Doch sein Vater ist längst noch nicht fertig. »Erst war die Kleine«, dabei deutet er mit der Pistole in seiner Hand auf Shakira, »dir treu ergeben. Doch mit ein bisschen Koks und dem nötigen Kleingeld war es ein Kinderspiel, dass sie uns deine Fingerabdrücke beschafft hat.«

Carlos sieht erneut zu Shakira. Ich folge seinem Blick.

Noch immer hält sie Kim fest in ihrem Griff. Jedoch heult sie inzwischen.

»Wenn du mir doch einfach geholfen hättest«, jammert sie. »Er hat gesagt, die Razzia soll dich nur erschrecken. Ich wusste das doch alles nicht.«

Ich bin kurz davor, ihr an die Gurgel zu springen. Im Hintergrund fleht Esmi ihren Vater um Gnade an.

»Wie konntest du nur?«, fragt Carlos an Shakira gerichtet, doch statt zu antworten, heult sie rum, wie sehr sie ihn geliebt hat und sie doch nur seine Hilfe wollte.

Edwards schiebt sich in aller Ruhe die Hände in seine Manteltaschen. Als er sie wieder herauszieht, bringt er eine silbern glänzende Waffe mit der einen Hand und ein Babyfon mit der anderen zum Vorschein.

»Nein!«, schreit Kim, da Carlos' Vater nur grinsend mit dem Gerät winkt. Luca.

»Ist der Bastard von dir? Ich denke, wir sollten diese Blutlinie hier und jetzt abbrechen, oder, was meinst du, Alexander? Die Welt braucht nicht noch einen rebellierenden Latino.«

Kim schluchzt im Hintergrund laut auf und kassiert dafür von Shakira einen Stoß in die Rippen, die sich wieder gefangen hat, um meine Schwester in Schach zu halten.

»Elisabeth und ihre Familie haben mit unserem Theater nichts zu tun. Zeig den letzten Rest deiner Menschlichkeit und lass sie gehen.«

»Oh mein lieber Sohn. Ich hätte schon vor Jahrzehnten Menschlichkeit zeigen sollen, indem ich euch mit eurer Mutter zurück in den Dschungel schicke.«

»Dad«, weint Esmi. »Bitte, das muss doch so nicht enden.«

Sein Blick schießt zu ihr und er ... lacht. Ekelhaft und gemein hallt sein Lachen über den Platz.

»Und ob es das muss. Und das habt ihr euch selbst zuzuschreiben. Hier und heute beenden wir dieses Theater.« Mit jedem seiner Worte wird seine Stimme lauter. »Eure Mutter zu heiraten, war der größte Fehler meines Lebens. Ganz dicht gefolgt davon, euch auf die Welt zu setzen.«

Carlos macht einen Schritt nach vorne. Ich ebenfalls.

»Du hast es nicht verdient zu leben«, schreit er seinen Vater an.

Dieser stößt nur einen weiteren abfälligen Ton aus. »Nicht?«, fragt er, die Stimme vor Sarkasmus triefend. »Und was genau willst du jetzt machen, he?« Er hebt die Hände in die Höhe und grinst. »Wen rettest du mein Sohn? Deine Schwester?« Er sieht auf Esmeralda hinab. Mit der Waffe in der Hand tätschelt er ihr den Kopf wie einem Hund. »Oder deine Zukünftige?« Er hebt seine Hand und richtet damit seine Waffe genau auf mich. Carlos kommt einen Schritt auf mich zu. »Oder doch lieber das Baby?« Er wedelt mit dem Babyfon, durch das man Luca quengelt hören kann. »Oder habe ich etwas übersehen und du vögelst die liebe Schwägerin?« Er nickt Shakira zu und sie drückt den Arm wieder fester um Kims Hals.

»Nein!«, schreien Carlos und ich fast gleichzeitig.

Das immer lauter werdende Geräusch von einem Hubschrauber drängt sich in unsere Szenerie.

»Wie es aussieht, müssen wir das hier wohl abkürzen«, blafft Edwards. Ich folge seinem Blick und sehe einen Helikopter, der sich vom See aus nähert. Seine Leute? »Schade, es war gerade so nett, mit euch zu plaudern.«

Er nickt dem Typen, der Esmi festhält, und Shakira zu und richtet seine eigene Waffe auf Carlos. Shakira murmelt irgendetwas vor sich hin, doch der Kerl zögert nicht. Er wirft Esmi vor sich und hält seine Pistole genau auf ihren Kopf gerichtet.

Carlos schießt sofort. Ich kann nicht nachsehen, ob er getroffen hat, denn ich starre nur auf seinen Vater, der seine Waffe entsichert und gerade dabei ist, auf seinen einzigen Sohn zu schießen.

So schnell ich kann, renne ich auf Edwards zu und werfe mich in die Schussbahn.

Alles geht so schnell. Kim kreischt. Esmeralda ebenso. Das ist gut. Denn dann leben sie noch.

Carlos schreit so laut, dass es mir im Bauch wehtut. Dann sehe ich Edwards ekelhaftes Lächeln und mir ist klar, dass es nicht der Schrei ist, der mir Schmerzen bereitet. Er lässt seine Pistole sinken und grinst zufrieden. Noch ehe jemand reagieren kann, hebe ich den Colt und drücke ab. Ein Schuss. Ein zweiter und noch ein letzter, ehe ich den Schotter an meiner Wange spüre. Ich bin gestürzt.

»Kim«, stöhne ich und verschwommen kann ich beobachten, wie der Hubschrauber mehrere schwarz gekleidete Männer am Ufer des Sees hinauslässt.

Eine schwere Müdigkeit legt sich auf mich. Ich kann die Augen kaum noch offenhalten. »Kim«, wiederhole ich, doch noch bevor ich mich vergewissern kann, ob es ihr gut geht, übermannt mich der Schlaf. Es fühlt sich an, als würde ich träumen. Mir ist kalt. Zwar spüre ich den Schweiß auf meiner Stirn, aber meine Beine zittern vor Kälte. Ich höre Stimmen. Carlos! Er brüllt mich an, ich solle die Augen aufmachen. Doch ich schaffe es nicht. Ich bin müde. Der Tag. Er war so anstrengend. Ich muss mich nur ganz kurz ausruhen, dann können wir weiter die Welt retten.

CARLOS

Ihr Blut klebt an meinen Händen. Es ist klebrig und dunkel. Erinnert mich daran, dass ich gescheitert bin. Ich konnte sie nicht retten. Ich kann niemanden retten. Alles, was mir wichtig ist, wird in meine Dunkelheit gerissen und vernichtet.

Ich habe es nicht verdient, ihren Herzschlag unter meinen Fingern zu spüren. Ihr Gesicht berühren zu dürfen oder ihr die blutverschmierten Haare aus dem Gesicht zu schieben.

Ich habe sie nicht verdient. Denn das hier ist allein meine Schuld.

Ich sollte in diesem Bett liegen. Verwundet und gebrochen. Stattdessen stehe ich hier und starre ihren geschundenen Körper an.

»Es tut mir leid«, flüstere ich und gebe ihr einen federleichten Kuss auf ihren Handrücken.

Ich sollte gehen. Sie endlich aus meinem Schatten befreien und ins Licht lassen.

»Hm«, gibt Elisabeth plötzlich kaum hörbar von sich und mein Kopf schießt hoch.

»Du bist wach.« Sofort bin ich an ihrer Seite und

beuge mich über sie. Ich streiche über ihre zarte Wange. Sie ist so blass. Bis auf die Milz wurden keine weiteren Organe verletzt. Die Ärztin sagt, sie hat jedoch sehr viel Blut verloren. »Hast du Schmerzen?«

»Hmmm«, murmelt sie und ihre Lider schließen sich viel zu schnell wieder. Das stetige Piepen der Maschinen frisst sich durch meine Ohren in mein Gehirn. Die Stirn auf ihren Oberarm gelegt, schließe ich kurz die Augen. Der Anblick ihres schwachen Körpers ritzt mit jeder fortwährenden Minute weitere tiefe Kerben in mein Herz.

»Sie haben nur diesen widerlichen Automaten ...«

Erneut fahre ich hoch. »Sie war wach«, erkläre ich, weil Kim mich anstarrt wie ein Gespenst.

»Oh mein Gott.« Sie stellt zwei Pappbecher auf die Fensterbank und tritt an die andere Seite ihrer Schwester. »Lissy?«, fragt sie und streichelt zaghaft ihren anderen Handrücken. Doch Elisabeth reagiert nicht. Seit Stunden sitzen wir hier und warten darauf, dass sie zu sich kommt. Wie eine Tote liegt sie vor uns. Die Haare strähnig über das Pflaster an ihrer Stirn gelegt. Der Aufprall auf den Schotter hat ihre Haut aufklaffen lassen und sie musste genäht werden. Das Gesicht aschfahl und der Körper wie zusammengesackt. Diese Nacht. Die Ärzte haben gesagt, wenn sie die übersteht, dann kommt sie durch.

»Lissybär«, flüstert Kim und erneut laufen Tränen über ihre Wangen. Die Kleine ist völlig fertig. Wer könnte es ihr verdenken? Dieser Tag war für uns alle die Hölle, aber sie versteht am wenigsten, was heute geschehen ist.

»Lissybär?«, frage ich, einzig, um sie ein klein wenig abzulenken. Seit wir hier sind, beobachtet sie mich mit Argusaugen und spricht kein Wort mit mir. Dass sie mich hasst, kann ich verstehen. Ich allein habe es zu verantworten, dass wir sie und ihr Baby nach Kanada geschleppt haben. Und nun liegt obendrein die letzte Bezugsperson in ihrem Leben schwer verletzt in einem Krankenhaus.

»So habe ich sie früher immer genannt«, erklärt Kim und lässt sich auf den Stuhl nieder, der neben dem Krankenhausbett steht. Wir beide halten je eine Hand von Elisabeth. »Ich war als Kind mal in einen Jungen verliebt«, bringt sie unter Tränen hervor, »Jimmy.« Sie wischt mit der freien Hand unter ihre Nase und zum ersten Mal sieht sie mich bewusst an. Kim ist ein hübsches Mädchen. Ihr Aussehen ist zwar das komplette Gegenteil von Lis, aber auf ihre Art ist sie süß. »Daraufhin hat sie mich ständig geärgert und mich Kimmy-Jimmy genannt.«

Sie sieht zurück zu ihrer Schwester. Tränen fließen unentwegt über ihre rundlichen Wangen.

»Lis hat nie einen Jungen mit nach Hause gebracht. In ihrem Bett saß dafür viele Jahre ein dicker, hässlicher Teddybär. Deswegen …«

»Lissybär«, schlussfolgere ich und lächele sie an.

Zu sehen, wie dieses Mädchen meinetwegen leidet, bringt mich um den Verstand. »Sie wird wieder gesund.« Ob ich zu ihr spreche oder zu mir selbst, keine Ahnung. Aber es muss einfach so sein. Eine Alternative gibt es nicht.

»Ja. Bestimmt.«

Beide mit zusammengebissenen Zähnen blicken wir uns in die Augen, bis sich die Tür öffnet und Esmi hereinkommt.

»Und?«, frage ich und meine Schultern verspannen sich.

»Das Bein ist gebrochen und er hat eine Gehirnerschütterung, aber da er schon wieder kräftig meckern kann, denke ich es sieht gut aus. Sie legen ihm einen Gips an und morgen kann er raus.«

Ich bin erleichtert, dass es Serge gut geht. Er hätte sein Leben für meine Schwester gegeben. Dafür werde ich für alle Zeit in seiner Schuld stehen. Esmeralda sieht müde aus. Ihre weiße Jeans ist an den Knien schmutzig und tiefe Schatten liegen unter ihren Augen. In ihrer Armbeuge schaukelt eine Babyschale. Der Kleine von Kim verschläft die ganze Aufregung. Wenigstens bekommt er so von dieser Scheiße nichts mit, die seine Familie meinetwegen durchmachen muss.

»Und sie?« Ich weiß nicht, welche Antwort ich mir erhoffe, aber als meine Schwester mit zusammengepressten Lippen stumm verneint, verspüre ich keine Erleichterung. Ich habe Shakira den Tod nicht gewünscht. Es sind so viele Fragen offen, die ich ihr hätte stellen wollen und die mir niemand jemals beantworten kann. Warum hat sie all das getan? Ich verstehe es noch immer nicht. Wie konnte sie mich an meinen Vater verraten, wo sie doch wusste, was passieren würde? Waren es die Drogen, die aus ihr gesprochen haben, oder waren die Mauern, die sie um sich gebaut hat, doch höher, als dass ich hätte darüber hinwegsehen können? Ich weiß es nicht und ich werde es niemals erfahren. Alle Menschen, die Antworten auf diese Fragen wüssten, sind tot. Einerseits bedauere ich das, andererseits sind wir endlich frei. Wir alle.

»Ich sehe ihr Gesicht immer noch vor mir«, flüstert Kim. Esmeralda geht zu ihr und legt ihr eine Hand auf die Schulter.

»Das wird vergehen, Kim. Das braucht Zeit. Aber es wird besser, versprochen.«

Die beiden scheinen in den vergangenen Wochen echte Freundinnen geworden zu sein. Esmi kümmert sich rührend um den Kleinen und für Kim scheint das in Ordnung zu sein.

»Ich versteh' das einfach immer noch nicht«, schluchzt Elisabeths Schwester.

Es gibt nichts, was ich ihr erklären könnte, damit sie sich besser fühlt. Das ist mir klar.

»Kim, sie wollte dich umbringen. Dem FBI blieb nichts Anderes übrig, als zu schießen. Hätten sie nicht so schnell reagiert, wärst du jetzt nicht hier, bei Lis.«

»Aber wo kamen die überhaupt her? Und wieso seid ihr überhaupt gekommen? Warum wollte euer Vater euch umbringen?«

»Das FBI war meinetwegen dort«, erklärt Esmi und ich kann noch immer nicht glauben, dass sie gemeinsame Sache mit Parker gemacht hat. Das kam überraschender als alles andere in den vergangenen Wochen. Aber schlussendlich hat sie uns das Leben gerettet. Sicherlich wäre ich mit Shakira klargekommen, doch wer weiß, ob Kim dabei verletzt worden wäre. Alles ging so rasend schnell. Ich hatte keine Gelegenheit, Shakira zu fragen, was all das sollte.

Wann der Moment kam, an dem sie sich gegen mich gerichtet hat?

Einzig, dass ein Hubschrauber unmittelbar nachdem Lis angeschossen worden war, eingetroffen ist, und sie sofort nach Toronto fliegen konnte, hat sie gerettet. Wir hätten es nie und nimmer rechtzeitig in ein Krankenhaus geschafft.

Esmi stellt Luca in seiner Babyschale auf den Boden und kniet sich vor Kim.

»Mein Vater war ein sehr grausamer Mann. Vor langer Zeit habe ich ihn bei einem Mord beobachtet und seither hat er versucht, mich dafür umzubringen. Carlos und deine Schwester haben versucht, ihn aufzuhalten, doch ich hatte von Anfang an kein gutes Gefühl dabei. Deshalb habe ich einen Anwalt kontaktiert und beim FBI eine Aussage gemacht.«

»Bei dem Agenten, der letzte Woche bei uns war?«

»Genau.« Ich merke erst, dass ich den Kopf schüttele, als meine Schwester mich ansieht. »Nachdem Onkel Steve dann noch ermordet wurde, haben sie meinen Dad observiert und sind ihm Gott sei Dank bis zu uns gefolgt.«

»Und ihr?«, fragt sie und sieht wieder mich an.

»Deine Schwester hat rausgefunden, dass Shakira mich verraten hat, und wir sind sofort losgefahren, um euch zu holen. Und auch, wenn wir zu spät waren, waren wir immerhin schneller als das FBI.«

Das Lächeln, das ich ihr gern schenken würde, endet in einer gequälten Grimasse.

»Wir haben viel Glück gehabt.« Esmi streichelt ihr übers Knie, ihre Augen sind dabei auf mich gerichtet. »Sehr viel Glück.«

Ich lege meine Stirn zurück auf Elisabeths Hand. Sie ist alles, was ich zum Glücklichsein brauche. Sie ist alles, was ich seit meiner Kindheit an Glück erleben durfte. Wenn sie heute Nacht stirbt – der Gedanke macht mich so wütend. Sie sollte doch im Auto bleiben. Sie sollte in Sicherheit sein. Sie hatte verdammt nochmal nichts in meiner Nähe zu suchen.

»Mierda«, keuche ich und spüre, wie Tränen meine Wangen hinablaufen. Ehe ich den Kopf hebe, wische ich sie mit Zeigefinger und Daumen weg. »Du hättest nicht da sein sollen«, knurre ich und springe auf, ohne Kim oder Esmi anzusehen. Ich brauche dringend frische Luft.

Kein Stern ist am Himmel zu sehen. Der Rauch meiner Zigarette mischt sich mit dem dichten Nebel der Nacht. So frisch wie die Luft auch sein mag, sie kann meine Gedanken nicht aufklaren lassen. In meinem Kopf spielen sich so viele Szenen wie ein Film immer und immer wieder von vorne ab. Der Schock in dem Moment, in dem uns klar war, dass Shakira die Verräterin ist. Die unendlich lang andauernde Fahrt ins Ungewisse und dann schließlich die schreckliche Gewissheit. In Dauerschleife sehe ich meinen Vater, der die Waffe auf mich richtet. Sie hat sich einfach so vor mich geworfen. Elisabeth. Sie hat die Kugel abgefangen, die für mich gedacht war. Er hat ihr eine verdammte Kugel in den Bauch gejagt. Ich werde nie vergessen, wie sein Lachen erstarb, als sie ihn erschossen hat, während ich nur schockiert daneben stand wie ein nutzloser Idiot. Und dann die Genugtuung, wie seine Brust sich unter seinem letzten Atemzug hebt und dann für immer senkt. Elisabeth hat den verdammten Krieg für mich beendet. Das Mädchen, das noch vor wenigen Monaten in meinem Club stand und um einen Job gebettelt hat. Sie hat mich gerettet!

Noch immer sehe ich sie vor mir mit den ausgetretenen Schuhen und dem scheuen Blick. Nichts an der Frau, die sie heute ist, erinnert mehr an das junge Ding von damals. Sie ist eine Königin. Meine Königin. Die jetzt in einem stickigen Krankenhauszimmer liegt und stirbt. Und es ist allein meine Schuld!

Meine Faust rammt sich mit voller Wucht gegen den Beton der Krankenhauswand, und ich habe Mühe, nicht auf den verfluchten Gehweg zu kotzen. Ich sollte dort oben liegen. Nicht sie. Ich, verdammt!

»Das Krankenhaus zu zerschmettern wird dir auch nicht weiterhelfen.«

Ich fahre herum. Sehe in die müden Augen des Mannes, der mir all die Jahre mehr ein Vater war, als mein eigener es je hätte sein können.

»Parker«, keuche ich und kann mich in letzter Sekunde davon abhalten, ihm um den Hals zu fallen.

»Wie geht es ihr?«, fragt er und seine Hand durch den dünnen Stoff meines Pullovers zu spüren ist ein kleiner Trost.

»Sie hat viel Blut verloren. Sie haben sie direkt hergeflogen und operiert. Mehr können sie im Moment nicht tun.« Meine Stimme klingt kratzig und ich kämpfe um Fassung. »Die Ärzte sagen, die Nacht sei entscheidend.«

»Sie ist stark. Sie packt das.« Er klopft mir noch einmal auf die Schulter, ehe er die Arme vor der Brust verschränkt. »Deine Schwester hat dir alles erzählt?«

Ich schaue hinunter auf sein graues Haar und nicke.

»Ich kann es nur noch immer nicht fassen.«

»Du bist nicht der Einzige, der eine Menge opfern würde, um diejenigen zu retten, die er liebt.«

Scheiße noch mal, wenn er so weitermacht, werde ich flennend in seinen Armen enden.

»Dann hat sie also alles zur Aussage gebracht? Was bedeutet das jetzt?«

»Na ja«, er streicht sich die Falten auf der Stirn glatt. In seinem grauen Mantel und mit der zerzausten Frisur wirkt er wie ein alter Mann. »Elisabeth hat nichts zu befürchten. Esmeralda ebenso nicht.«

»Aber ich!«, schieße ich dazwischen.

»Nicht direkt. Deine Schwester weiß nicht, was du in den Staaten so getrieben hast, von daher hat sie nicht auf Straffreiheit gedrängt, als sie mit dem FBI-Agent verhandelt hat. Allerdings konnte ich eine Einigung erwirken.«

Sein Gesichtsausdruck verfinstert sich.

»Sag mir einfach, was los ist, Parker.«

Er deutet Richtung Eingang und wir schlendern nebeneinander her. Dabei schnippe ich meine Zigarette auf den feuchten Gehweg.

»Alexander und Sally Edwards gelten offiziell als

tot. Die Staatsanwaltschaft lässt sich darauf ein, es dabei zu belassen …«

»Wenn was?«, frage ich. Denn ein solcher Deal hat grundsätzlich einen Haken.

»Wenn die genauen Umstände, die zum Tod deines Vaters und deines Onkels geführt haben, nie ans Licht gelangen.«

»Sie wollen es vertuschen, dass die Stadt jahrelang von korrupten Schweinen regiert wurde.«

»Ja«, stimmt er mir zu und seine schwarzen Lackschuhe klackern auf dem Asphalt. »Das ist es wohl, worum es ihnen geht. Hinzu kommt, dass es nach wie vor eine Fahndungsmeldung für Carlos Alvarez gibt. Da sind einige Punkte auf der Liste, die sich nicht vertuschen lassen.«

»Dann geh' ich in den Knast?«

Es ist mir scheißegal, was mit mir passiert. Das Einzige, was zählt, ist, dass es Elisabeth gutgeht.

»Nicht zwangsläufig. Die Staatsanwaltschaft würde aus gegebenem Anlass von einer Anzeige absehen, wenn du deine Zukunft in einem anderen Land verbringst. Das ist nicht ideal, aber alles, was ich dir gerade anbieten kann.«

Mein Atem wird in der kalten Nacht sichtbar, weil ich so kräftig schnaube.

»Sie wollen mich loswerden. Und dazu sämtliche Spuren, die zu Familie Edwards führen könnten.«

Parker sagt nichts mehr. Wir beide wissen, wie falsch diese ganze Scheiße ist. Die Welt sollte erfahren, was mein Vater getan hat. Jeder sollte die Geschichte hören, wie meine Mamá zu Tode gekommen ist.

So sehr ich mich für Detroit verantwortlich

fühle, es macht mir nichts aus, die Staaten zu verlassen. Das hatte ich schon seit meiner Jugend vor. Allerdings geht es mittlerweile nicht mehr nur um mich. Ich werde Elisabeth nicht zwingen, ihre Familie zurückzulassen. Nicht noch einmal. Dann verrotte ich lieber in einer Zelle.

»Ich werd' darüber nachdenken«, knurre ich, als wir am Eingang des UHN Toronto Western Hospitals ankommen.

»Mach das, mein Junge, mach das.«

Parker und ich sehen uns an. Ich möchte ihm so Vieles sagen. Mich dafür bedanken, dass er Esmeralda geholfen hat. Nicht nur damals, als er sie gerettet hat. Ohne ihn wäre das FBI heute nicht mit einem Hubschrauber erschienen und Elisabeth wäre noch vor Ort verblutet. Wer weiß, was mit Kim geschehen wäre, hätte einer der Agents Shakira nicht ausgeschaltet, während ich hilflos versucht habe, das Blut aufzuhalten, das aus Elisabeths Bauch quoll.

Statt all das in Worte zu fassen, nicke ich ihm schlichtweg zu. Und er erwidert es.

»Wir hören voneinander«, sagt er, und dann bleibt mir nichts Anderes übrig, als dabei zuzusehen, wie er zwischen den Autos auf dem überfüllten Parkplatz verschwindet.

Ich hole noch einmal tief Luft, ehe mich der klinische Geruch nach Desinfektionsmittel erneut empfängt. Diese Nacht. Diese Nacht entscheidet über alles.

LIS

»Hey, Schlafmütze!«

Es sind hellblaue Augen. So strahlend blau wie der Ozean, den ich noch nie in meinem Leben tatsächlich gesehen habe. Sie schimmern in verschiedenen Nuancen, außen heller als innen.

Bislang wurde mir mein Leben lang eingetrichtert, grün sei die Farbe der Hoffnung. Das war eine Lüge. Es ist blau. Genau das Blau, das mir in diesem Moment ins Gesicht strahlt.

Ein krächzendes Geräusch verlässt meine Kehle. Eigentlich sollte es ein Satz werden. Oder zumindest ein Wort.

Carlos' raue Hände streicheln über meine Wange und schieben mir die Haare aus der Stirn. Am liebsten möchte ich genüsslich die Augen schließen, doch ich habe Angst, etwas zu verpassen.

Mein Kopf schmerzt, als ich versuche, ihn anzuheben.

»Langsam, Princesa. Ganz langsam. Hier.«

Ich lasse mich zurück ins Kissen sinken und beobachte ihn, wie er einen Trinkbecher in die Hand nimmt und mir den Strohhalm zwischen die Lippen hält. »Versuch einen Schluck zu trinken.«

Das Wasser rinnt über meine trockenen Lippen und trennt meine ausgetrocknete Zunge von meinem Gaumen. Das tut gut.

»Danke«, flüstere ich und die wunderschönen blauen Augen weiten sich.

»Du hast ja keine Ahnung, wie gut es tut, deine Stimme zu hören.«

Ich greife nach seiner Hand und ... na ja ... zu sagen, dass ich sie drücke, wäre übertrieben.

»Was«, ich muss mich räuspern, um überhaupt mehrere Wörter hintereinander herauszubringen. »Was ist passiert?«

»Schhh« Carlos beugt sich über mich und seine Lippen fühlen sich heiß an auf meiner Stirn. »Alles ist gut, mi amor. Du warst drei Tage nicht bei Bewusstsein. Lass es langsam angehen.«

Drei Tage? In meinem Kopf versuche ich zusammenzusetzen, woran ich mich erinnern kann. Bilder schießen an meinem inneren Auge vorbei. Esmi, wie sie von einem Kerl festgehalten wird. Carlos' Vater. Kim.

Das bislang monotone Piepen der Monitore um mich herum wird schneller.

»Kim!«, bringe ich atemlos hervor. Jedes Luftholen tut mir bis in die Zehenspitzen weh. Meine Schwester! Was ist mit meiner Schwester passiert?

»Es geht ihr gut«, beruhigt mich Carlos, soweit möglich. »Sie ist mit Esmi und Luca nur schnell was essen gegangen. Por favor, mi princesa, du musst dich beruhigen.« Seine Finger streicheln immer und immer wieder gleichmäßig über meinen Kopf und ganz allmählich wird das Piepen wieder langsamer. »Sie wird sich furchtbar ärgern, dass sie diesen Moment verpasst hat. Sie ist die letzten Tage keine Minute von deiner Seite gewichen.«

Ich versuche seine Finger fester zu drücken und jedes Wort, das ich sprechen will, bleibt mir im Hals stecken. Sie wollen einfach nicht an dem Kloß vorbei, der sich dort breitgemacht hat.

Daher nicke ich nur, und Carlos fängt eine Träne auf, die sich aus meinem Augenwinkel geschlichen hat.

»Komm«, sagt er und setzt sich auf meine Bettkante. »Ich erzähl' dir was, okay? Dann musst du nicht reden, und wir warten, bis Kim aus der Cafeteria zurück ist.«

Wieder nicke ich nur. Ich bin müde und fühle mich, als hätte mich ein Panzer überrollt.

Er sieht kurz aus dem Fenster und fährt sich mit der freien Hand durch die Haare. Sie sind locker am Hinterkopf zusammengebunden. So, wie ich es am liebsten mag. Sein Kinn ist rasiert, und der Geruch seines Parfums sorgt dafür, dass ich mich schon etwas besser fühle.

»Als ich ungefähr vierzehn war, hatte ich eine Freundin«, beginnt er zu erzählen. Die Erinnerung bringt ihn zum Schmunzeln. »Sie war hübsch. Ein echter Hingucker. Die Jungs in meiner Schule haben mich beneidet, weil sie nur Augen für mich hatte. Sie war die Tochter eines Bankiers.«

Wir sehen uns an, und ich verdrehe die Augen, so gut es mein Zustand zulässt.

»Jedenfalls, meine Mamá lernte Anna, so hieß

sie, eines Tages kennen. Wir aßen zusammen Kuchen, ich erzählte von einem Boxwettkampf, den ich zuvor gewonnen hatte, und Anna von ihrem Cheerleadertraining. Es war kein aufregender Nachmittag. Alles ging seinen Gang. Mamá kümmerte sich anschließend um die Einkäufe, und ich knutschte mit Anna auf meinem Bett rum, bis sie keine Luft mehr bekam.«

Sein kehliges, brummendes Lachen geht mir durch jeden Muskel und macht lebendig, was mein Körper längst tot geglaubt hat.

»Worauf ich aber hinauswill,«, er legt meine Hand in seine und küsst sanft meinen Handrücken. »An diesem Abend kam Mamá in mein Zimmer und riet mir, das Mädchen in die Wüste zu schicken. Ich hatte keine Ahnung, was das sollte, schließlich mochte meine Mutter so gut wie alle Menschen auf diesem Planeten. Sie war eine verdammte Mutter Teresa. Ich war gekränkt, fuhr sie an und wir stritten. Das, was sie an diesem Abend zu mir sagte, werde ich jedoch niemals vergessen, Elisabeth.«

»Sag es mir«, flüstere ich und kann nicht genug von den Berührungen bekommen, die er auf meiner Hand und meinem Arm hinterlässt. Sie heilen mich und lindern den Schmerz, der sich in mir festgebissen hat.

»Sie sagte: Mein Junge, du brauchst kein Mädchen, dass dich besser dastehen lässt. Du bist gut, so wie du bist. Und eines Tages, da wirst du eine Frau finden, die dich um deinetwillen liebt. Nicht für das, was du darstellst. Sondern einfach deines Herzens wegen.« Mit seiner riesigen Hand wischt er sich einmal über das Gesicht. »Weißt du, was das

Schlimmste an dieser wirklich tragischen Geschichte ist? Ich habe ihr nicht geglaubt. Ich habe sie angeschrien und ihr die Tür vor der Nase zugeschlagen. Anna habe ich trotzdem abgeschossen« Mit glänzenden Augen lächelt er mich an. Die Wärme seines Herzens hüllt mich ein. »Jeden Tag der vergangenen Monate wünschte ich mir so, ich könnte Mamá sagen, wie sehr ich mich geirrt habe.«

Bislang hat Carlos nie über seine Mutter geredet. Ich weiß, warum er es gerade jetzt tut. Sein Vater hat sie ihm genommen. Bei mir hat er es nicht geschafft.

»Ich liebe dich.« Denn das tue ich. Um seinetwillen. So wie seine Mom gesagt hat. Das habe ich von Anfang an. »Ich glaube, ich hätte sie sehr gemocht.« Meine Stimme klingt schon viel fester als noch vor wenigen Minuten.

»Ja«, gibt Carlos mir recht. »Das hättest du. Und sie hätte dich geliebt.«

Geräusche lenken ihn ab, und ich folge seinem Blick zu der breiten Tür, die wahrscheinlich in den Gang führt. Stimmengemurmel und Schritte sind zu hören. Mein Herz schlägt ein bisschen schneller, als die Türklinke heruntergedrückt wird.

»Oh mein Gott!« Esmi ist die Erste, die hereinkommt und mich sieht.

»Was ist?«, schreit meine Schwester und schiebt sich an ihr vorbei. Und dann steht sie direkt vor mir. Ihre dichten Locken auf dem Kopf zusammengebunden und meinen kleinen Neffen auf dem Arm.

»Kim«, schluchze ich und kann meine Gefühle keine Minute länger zurückhalten. Erst jetzt wird mir das Ausmaß bewusst, mit dem ich meine Schwester vermisst habe.

»Lissy!« Sie drückt Esmi ihren Sohn in den Arm und wirft sich um meinen Hals. Carlos hat sich von mir gelöst und gönnt uns diesen Schwesternaugenblick. Die Schmerzen in meinem Bauch ignorierend lege ich meine Arme um ihren Körper und bade mich in dem Gefühl, sie bei mir zu haben. Gesund und munter, mit rosigen Wangen und einem hübschen Strickkleid, das ich noch nie an ihr gesehen habe. Wir haben uns so viel zu erzählen.

Carlos gesellt sich mit seiner Schwester und Serge, der auf Krücken hinter ihnen her wackelt, zu der breiten Fensterfront.

Jetzt schließe ich doch die Augen. Genieße den Zustand, alle Menschen, die mir etwas bedeuten, in diesem einen Raum zu haben.

»Es tut mir leid«, murmele ich in ihr Ohr. »Ich konnte dir nichts sagen.«

Kim rückt ein Stück zurück und sieht mir ins Gesicht. Dicke Tränen kullern über ihr Gesicht.

»Schon gut«, beteuert sie, »die zwei haben sich gut um uns gekümmert.« Dabei sieht sie über ihre Schulter zu Serge und Esmi. »Mit dem Vortrag warte ich, bis es dir wieder bessergeht.«

Ich bemühe mich, meine spröden Lippen zu einem Lächeln zu ziehen. Luca gibt quietschende Geräusche von sich und ich habe für einen Moment nur noch Augen für ihn. Esmi kommt wie eine Elfe zu uns herüber geschwebt und reicht den Kleinen zu seiner Mutter auf mein Bett. Er ist so groß geworden. Sein dünnes Haar ist viel dichter und dunkler geworden und die Bäckchen sind sogar noch speckiger als vor wenigen Wochen.

»Hey, mein Süßer«, flüstere ich Luca zu und

strecke ihm meinen Finger hin. Ich habe mir in den vergangenen Wochen solche Sorgen um ihn gemacht. Ihn hier und jetzt munter und fröhlich zu erleben, mit Breiresten an der Wange und Babysabber, der von seiner Unterlippe tropft, ist so wunderbar, dass beinahe jeglicher Schmerz verschwindet.

Carlos redet im Hintergrund mit Serge, und mir entgeht nicht, dass dessen Hand die ganze Zeit über auf Esmis Rücken ruht. Hoppla. Wann ist das passiert? Alle scheinen so entspannt zu sein, reden durcheinander und lächeln mich an, als sei nichts passiert.

Das bringt mich zu nur einem Schluss.

»Er ist tot, oder?«, frage ich und blicke hilfesuchend zu Carlos. »Ich habe ihn getötet?«

Mit diesen Worten herrscht Stille im Zimmer. Nur Luca gluckst noch leise vor sich hin. Alle Augen sind auf mich gerichtet.

»Habe ich deinen Vater umgebracht, Carlos?« Dieses Mal richtet sich die Frage direkt an den Mann, in dessen Blick sich so viele Gefühle auf einmal mischen. Die Hände in den Hosentaschen kommt er auf mich zu. Erst als seine Oberschenkel die Matratze berühren, schaut er auf mich herunter.

»Ja.«

Noch immer schweigen die anderen. Kim sitzt nach wie vor auf meiner Bettkante. Eine Zeit lang scheint die Welt sich nicht weiterzudrehen.

»Danke.« Fünf einfache Buchstaben, die mein Leben noch nie so sehr aus den Angeln gerissen haben. Ich starre Esmi an. »Danke, Elisabeth«, wiederholt sie noch einmal. Ich sehe zwischen ihr und Carlos hin und her. Ich habe sie gerettet. Den Käfig gesprengt, in dem sie so lange einsam eingesperrt war. So, wie Carlos es bei uns getan hat, ganz ohne dass es ihm bewusst war.

»Ich habe mal gesagt, du sollst mir erst danken, wenn ihr alle in Sicherheit seid. Jetzt müssen wir uns bei dir bedanken, Princesa«, flüstert Carlos und ich sehe in seinen Augen die gleiche Dankbarkeit wie bei seiner Schwester. »Aber all das ist gerade nicht wichtig. Jetzt zählt nur, dass du gesundwirst. Und dazu hast du alle Zeit der Welt. Wir sind hier. Und wir gehen nirgendwo hin ohne dich.« Er zieht seine Hand aus der Hosentasche und verflicht seine Finger mit meinen. »Es ist vorbei, Elisabeth.« Er beugt sich vor und küsst mich auf die Stirn. »Jetzt können wir endlich ganz von vorne anfangen.«

Ich schließe, von einer schweren Müdigkeit gepackt, die Augen. Kim und Carlos jeweils an einer Hand, Lucas Babygeplapper im Hintergrund.

Wir haben es geschafft. Endlich hört das Weglaufen auf. Carlos hat recht. Wir können von vorne anfangen. Auch wenn ich keine Ahnung habe, was das für uns alle bedeutet. So viele Fragen häufen sich in meinem Kopf. Was genau ist beim Haus am See passiert? Was ist mit Shakira? Wie bin ich hergekommen und wie geht es weiter? Werden Kim und ich in den Trailer zurückkehren? Oder leben wir fortan im Velvet? Mit einem Baby? Und vor allem: Was ist mit mir? In den vergangenen Monaten ist so viel passiert. Ich habe einen Menschen getötet. Was sagt das über mich aus? Macht mich das zu einer schlechten Person?

Wer oder was will ich sein? Zwar haben sich die Sorgen von Carlos und seiner Schwester beseitigt, doch was ist mit meiner Vergangenheit? Bin ich über die Dinge, die mir zugestoßen sind, hinweg und wirklich frei im Kopf für einen Neuanfang?

Mein Kopf schwirrt bei all diesen Gedanken. Aber in einem hat Carlos recht. Das ist gerade nicht wichtig. Die Hauptsache ist: Wir sind alle hier. Der Rest wird sich schon irgendwie fügen. Ich öffne noch einmal die Augen und sehe meine Schwester an.

»Bleibst du?«, frage ich vorsichtshalber. Es gibt so Vieles, worüber wir sprechen müssen. Nicht nur Dinge aus den vergangenen Wochen. Ich weiß weder, wie ihre Reise war, noch, wie es ihr in Kanada ergangen ist. Nein, ich will auch mit ihr über unsere Kindheit sprechen. Sie soll alles wissen. Jedes noch so kleinste Detail. Denn ich brauche sie an meiner Seite. Kim ist kein Kind mehr. Ich muss aufhören, sie von allem fernhalten zu wollen.

»Ich gehe nirgendwo hin«, strahlt sie und legt ihren Kopf neben meinen.

Dabei sehe ich Carlos an, der nach wie vor meine Hand hält.

Er nickt, und irgendwie weiß ich, dass alles gut werden wird.

CARLOS

»Das war die Letzte.«

Simon zieht den Vertrag, den ich unterschrieben habe, über den Schreibtisch zu sich und nickt, während er auf das Papier starrt.

»Du wirst doch jetzt nicht flennen, Parker, oder?«

»Ganz sicher nicht. Ich bin froh, wenn du weg bist«, antwortet er schlagfertig und zwinkert mir zu.

»Ich werde dich auch vermissen«, necke ich ihn und lege den Stift weg, mit dem ich die letzte Unterschrift geleistet habe. Das war's. Ich habe alles verkauft. Meine restlichen Immobilien, das Haus in Kanada, die Motorräder und das Velvet. Parker hat mit dem Staatsanwalt einen guten Deal ausgehandelt. Ich habe einen Monat Zeit bekommen, meine Angelegenheiten zu klären und anschließend als Carlos Alvarez erhobenen Hauptes auf legalem Weg das Land zu verlassen. Dafür haben sie Aussagen von mir, Esmeralda und Parker über die Machenschaften meiner Familie. Für mich ein faires Geschäft.

Mit einem komischen Gefühl im Bauch lasse ich

den Blick durch mein Büro schweifen. Es sind nicht viele positive Erinnerungen, die ich mit dem Club verbinde, und doch fällt es mir schwerer als gedacht, von hier fortzugehen. Bevor wir nach Detroit zurückgekommen sind, habe ich den Club und die Wohnung so gut es geht auf Vordermann bringen lassen. Ich wollte, dass Elisabeth einen Ort hat, an dem sie sich erholen konnte. Die drei Frauen waren sich einig darin, dass sie nicht mehr zum Haus in Kanada zurückwollten und ich konnte sie verstehen. Serge hat ihre Sachen hergebracht, und ob ich es nun will oder nicht, der Tag des Abschieds rückt stetig näher.

»Und? Elisabeth will dich tatsächlich begleiten?«

»Sie wird kaum eine andere Wahl haben«, lache ich und halte meine rechte Hand nach oben. Seit neuestem bin ich stolzer Besitzer eines goldenen Eherings.

Als ich Lis vor vier Wochen aus dem Krankenhaus in Toronto abgeholt habe, waren die Ringe meine Überraschung. Zusammen mit einer gefälschten Heiratsurkunde. Sie ist so echt wie die Namen, die wir tragen. Wir brauchen keine Zeremonie und keinen Priester. Elisabeth wurde meine Frau in dem Moment, in dem sie sich entschieden hat, an meiner Seite zu kämpfen. Sie ist der erste Mensch, der mich bedingungslos liebt. Ihre Loyalität musste ich mir nicht erst erkämpfen oder gar kaufen. Sie schenkte mir sie, ganz ohne etwas dafür haben zu wollen. Um meinetwillen. Mehr kann ein Mensch einem anderen nicht geben.

»Und ihre Schwester?« Simon räumt zum letzten Mal seine Unterlagen auf meinem Tisch zusammen.

Nachdem mein Vater gestorben war, hat Parker seine Tätigkeit für mich ein letztes Mal aufgenommen und sich um die Verkäufe gekümmert.

»Sie bleibt vorerst hier. Sie und Esmi suchen gerade ein Haus für sich und das Baby.«

Er nickt nur, sicher sieht er an meinem Gesichtsausdruck, wie wenig mir das gefällt. Und damit liegt er vollkommen richtig. Es fuckt mich dermaßen ab, dass sich die beiden zickigen Gören nicht einfach unseren Plänen anschließen wollen. Aber Elisabeth sagt, wir müssen sie ihren eigenen Weg gehen lassen. Und ich vertraue auf ihr Urteil. So schwer es mir auch fallen mag.

»Hey!« Genau in diesem Moment streckt sie den Kopf zur Tür herein.

»Princesa«, seufze ich und winke sie auf meinen Schoss. Sie sieht gut aus. Kräftig und gesund. Ihre Haare sind viel länger geworden und sie hat sie wieder dunkel gefärbt. Eine Seite hat sie hinters Ohr geschoben, und ihr Lächeln strahlt so wie die ersten Sonnenstrahlen, die die dunkle Nacht vertreiben.

»Ihr seid solche Spielverderber. Drückt euch hier hinten einfach vor der Party! Bill erleidet jede Sekunde eine Alkoholvergiftung und Serge ist kurz davor, Buzz in Stücke zu reißen, weil er sich an deine Schwester ranmacht.«

Lachend kommt sie um den Schreibtisch herum und lässt sich auf meine Oberschenkel sinken. Jedes Mal, wenn sie mir nahekommt, frage ich mich, womit ich diese Frau verdient habe. Sie ist alles für mich. Mein Leben, meine Liebe, mein Frieden.

»Ich weiß nicht, was ich schlimmer finde, dass meine Schwester mit dem Russen fickt oder du diesen Wichser Buzz zu unserer Abschiedsparty eingeladen hast.«

Ihre zarten Finger legen sich um meinen Hals. In einem Anflug von Sentimentalität hat sie alle Menschen, die wir kennen, zu einer Party eingeladen. Sam legt im Club Musik auf und es ist schon seit dem Nachmittag die Hölle los. Irgendwelche Frauen aus dem Trailerpark wackeln über meine Tanzfläche, während Bill sich an Kim ranmacht, und ich mitansehen muss, wie Buzz meinen Club unter die Lupe nimmt. Dieser Spinner zieht ernsthaft in Erwägung, den Laden zu kaufen. Am liebsten wäre ich nur deswegen vom Verkauf zurückgetreten. Keine Ahnung, was Lis sich dabei gedacht hat, ihn ebenfalls einzuladen. Sie meinte, auch mit ihm müssten wir abschließen. Meinetwegen. Ich tue, was immer sich meine Königin wünscht.

»Simon«, wendet sie sich strahlend an Parker, »denken Sie, ich werde es jemals schaffen, Mister Alvarez seine ordinäre Ausdrucksweise abzugewöhnen?«

»Nein, Ma'am, ich denke nicht«, schmunzelt mein Anwalt und erhebt sich, während Elisabeth kichert.

»Sie bleiben aber noch ein bisschen, oder?«

So, wie sie mit den langen Wimpern klimpert, könnte niemand widerstehen.

»Ein Drink kann sicher nicht schaden.« Parker salutiert mit zwei Fingern gegen den Kopf und ich erwidere es lächelnd. Dann verlässt er mein Büro, und uns beiden ist klar, dass das hier unser Abschied ist. Simon Parker ist genau wie ich kein Mann großer Worte. Ich möchte wetten, wenn wir ihm in nur wenigen Minuten folgen, ist er bereits gegangen. Ferner bin ich sicher, er hat die beträchtliche Summe Geld auf seinem Konto längst bemerkt, ohne einen Ton darüber zu verlieren. Wir haben uns schon immer ohne Worte verstanden. Parker taucht immer dann auf, wenn es nötig ist. Ich verdanke ihm eine Menge. Und das weiß er.

Meine Brust hebt sich unter einem schweren Atemzug, als er die Tür hinter sich zuzieht.

»Alles okay?«, fragt Elisabeth und nimmt mein Gesicht in ihre Hände.

»Ja, alles okay. Mir wäre nur wohler, Kim und Esmi kämen mit uns, statt hier bei all diesen Spinnern zu bleiben.«

»Carlos«, mahnt sie. Wir haben diese Diskussion schon etliche Male geführt. Und ich verstehe es ja. Esmeralda hat das Stadtleben vermisst. Meine Schwester muss unter Leute. Sie gehört auf ein College. Genau wie Kim. Sie und ihre Schwester haben sich lange ausgesprochen und in den vergangenen Wochen jede freie Minute miteinander verbracht. Elisabeth akzeptiert ihre Wünsche. »Wir kümmern uns um sie. Die neue Nanny für Luca ist toll. Außerdem wird Serge immer auf die drei aufpassen.« Ich weiß, dass sie recht hat. Scheiße, sicher weiß ich das. Das Problem ist nur, ich will nicht, dass sie selbst gezwungen ist, das Land nur meinetwegen zu verlassen. Sie sollte mit Kim zusammen sein können. »Du kannst gleich damit aufhören.«

»Ich hab nichts gesagt«, knurre ich und meine Hände krallen sich fester in ihren süßen Arsch.

»Das musst du auch nicht. Ich sehe auch so, dass du mir ausreden willst, mit dir zu gehen und ich sage: Du kannst gleich wieder damit aufhören.« Sie streicht mir über die Wangen und führt meinen Kopf dicht vor ihren. »Ich liebe dich. Und ich werde unser neues Leben lieben. Das ist nicht nur dein Neuanfang. Vergiss das bitte nicht.«

Mein Blick wandert über ihr wunderschönes Gesicht. Über die fröhlichen braunen Augen und die rosigen Wangen.

»Ich weiß«, gebe ich ihr recht und schlucke.

»Nächste Woche startet ein ganz neues Leben und ich möchte das genießen. Also hör auf, so ein Griesgram zu sein.«

»Und du bist dir immer noch sicher, dass ich euch morgen nicht begleiten soll?«

»Jap.« Sie küsst mich auf die Nasenspitze. »Ganz sicher.« Der nächste Kuss landet auf meinen Lippen. »Wir müssen das allein machen, Carlos. Wir haben den Abschluss genauso verdient wie ihr.«

Ich setze zum Sprechen an, doch sie stoppt mich, indem sie mir ihre Zunge in den Mund schiebt.

»Hm«, stöhne ich und meine Hände wandern ihre Taille hinauf. Seit Wochen halte ich mich zurück, damit sie in Ruhe heilen kann, aber scheiße, lange schaffe ich es nicht mehr.

»Was muss ich tun, damit du endlich aufhörst, dich zurückzuhalten?«, fragt sie, nachdem sich unsere Münder nur widerwillig voneinander gelöst haben.

»Der Anfang war schon ganz gut«, flüstere ich und hebe sie vor mich auf den Schreibtisch. Verdammt, so niedlich das Gekuschel der letzten Wochen auch war. Es reicht mir nicht mehr.

»Ja?«, schnurrt sie. »Wenn dir das schon gefallen

hat?« Dabei stellt sie die Füße auf die Lehnen meines Stuhles und öffnet ihre Beine weit für mich. »Immerhin war das nur der Anfang meines Plans.«

»Heilige Scheiße«, knurre ich. Unter dem knappen Jeansrock habe ich freie Sicht auf ihre feuchte Pussy. »Sag mir, dass du nicht ohne Höschen vor Buzz rumstolziert bist.«

Ich ziehe meinen Stuhl näher an den Schreibtisch und senke meinen Kopf. Fahre mit meiner Zungenspitze die Innenseite ihres Oberschenkels entlang. Allein, ihren Geruch einzuatmen, macht mich so scharf, dass sie zu ficken ein nicht kontrollierbarer Drang wird.

»Verdammt, mi amor«, flüstere ich und sammle mit der Zunge ihre Feuchtigkeit auf, »du schmeckst so gut.«

Elisabeth legt stöhnend den Kopf in den Nacken, und ich tauche mit meiner Zunge so tief in sie ein, wie es nur geht.

»Carlos«, keucht sie, und ich hebe den Kopf, noch immer die Angst im Nacken, etwas könnte ihr fehlen. Verschlagen sieht sie mich an und ein fieses Grinsen breitet sich auf ihren rosigen Wangen aus. »Wenn du mich nicht sofort fickst, kannst du allein nach Costa Rica fliegen.«

Mit einem lauten Scheppern landet der Stuhl auf dem Boden, von dem ich aufgesprungen bin. Doch Misses Alvarez lacht nur und beobachtet voller Sehnsucht, wie ich meinen Schwanz aus der Jeans befreie.

»Was willst du, Princesa?«, frage ich und reize ihre Klit mit meiner Schwanzspitze.

»Dich«, stößt sie atemlos hervor. »Es bist immer

nur du, den ich will. Als Ersten, als Einzigen und als Letzten.«

Und mit diesen wunderschönen Worten schiebe ich mich in sie hinein und bin endlich wieder zuhause.

LIS

»Du weißt, wie ungern ich deinem durchgeknallten Kerl recht gebe, aber ich bin tatsächlich auch nicht sicher, ob das hier eine so gute Idee war.«

Carlos war von dem Ausflug unter Schwestern ganz und gar nicht begeistert. Und noch weniger davon, dass er mit Esmi gemeinsam für zwei Tage auf Luca aufpassen muss. Egal, wie oft er es leugnet, ich sehe, mit welchem Blick er ihn ansieht. Er liebt den Kleinen von ganzem Herzen, auch wenn er sich ständig über volle Windeln oder Babyspielzeug beschwert.

Durch die Windschutzscheibe von Carlos' AMG blicken wir beide auf den weißen Gartenzaun, der schon seit Jahren keinen Anstrich mehr erhalten hat.

»Kim, wir können erst von vorne anfangen, wenn wir mit den alten Geschichten abgeschlossen haben. Und das geht eben nur hier.«

Meine kleine Schwester seufzt so laut, dass ich

fast gekichert hätte. Aber eben nur fast, denn hier zu sein, fällt mir genauso schwer wie ihr.

»Und wenn er …« Sie kaut auf der Innenseite ihrer Wange herum und zieht dabei ihre Nase kraus, so wie immer, wenn ihr etwas nicht passt. Doch sie spricht nicht weiter.

»Ich bin nicht mehr so schwach wie damals, Kim. Die Dinge haben sich geändert.«

»Du hast dich geändert«, verbessert sie und ich lege meine Hand kurz auf ihre.

»Ich weiß, es war in letzter Zeit nicht einfach für dich.«

»Du meinst mit begehbarem Kleiderschrank und Whirlpoolwanne? Na ja«, lacht sie und ihre Augen strahlen, »ich versuch' mich daran zu gewöhnen.«

»Ich mein' das wirklich ernst, Kimi. In den vergangenen Wochen ist viel passiert.«

Carlos hat sie und Luca zusammen mit Esmi in einem Hotel untergebracht, solange wir noch kein geeignetes Haus oder Apartment gefunden haben. Die beiden sind inzwischen ein unschlagbares Team. Ich bin froh, dass sie einander haben. Das macht es einfacher, ohne sie wegzugehen.

Für mich stand es keine Minute außer Frage, dass ich zusammen mit Carlos das Land verlasse. Mein Platz ist bei ihm. So sehr ich es auch möchte, ich kann Kim nicht zwingen mitzugehen. Das muss sie selbst entscheiden. Die Zeiten, in denen ich über ihr Leben bestimmt habe, sind vorbei. Das habe ich verstanden. So sehr ich sie auch vermissen werde, ich weiß, es wird für sie gesorgt. Das beruhigt mich etwas. Und sie kann jederzeit nachkommen. Es wird immer einen Platz für sie und Luca an meiner Seite geben. Immer!

Keine Ahnung, wie viele Immobilien Carlos verkauft hat, aber Geldsorgen wird so schnell keiner von uns bekommen. Wir haben endlich die Chance, das zu tun, was wir möchten.

»Das geht schon in Ordnung, Lissy. Ich sehe, wie sehr du ihn liebst und wenn er nicht gerade die Macho-Gangster-Nummer abzieht, ist er auch gar nicht so übel.« Trotz der Situation, in der wir uns befinden, ist das gerade wahrscheinlich das Netteste, das Kim bisher über Carlos gesagt hat. Die beiden sind ein eigenartiges Gespann. Sie lieben sich, doch können sie nicht eine Minute zusammen sein, ohne sich gegenseitig zu ärgern. Esmi und ich haben schon mehrmals das Weite gesucht und die beiden Streithähne sich selbst überlassen. Die zwei wichtigsten Personen in meinem Leben sind sich so ähnlich in ihrem Sturkopf, dass sie sich in Grund und Boden diskutieren. »Nun wisch dir den Sabber vom Mund, wir haben Wichtigeres zu erledigen.«

Sie zwinkert mir zu und anschließend schauen wir wieder gemeinsam aus dem Fenster. Beim Anblick des in die Jahre gekommenen Häuschens werde ich erneut ernst.

»Es sieht viel kleiner aus als damals.«

»Und wir können uns nicht einfach so von hier aus, quasi mental, verabschieden?«

»Um mich mental zu verabschieden, hätten wir keine neun Stunden im Auto sitzen müssen.«

Wir sind mitten in der Nacht in Detroit aufgebrochen und haben für heute Abend ein Zimmer in Woodbridge reserviert.

Mir ist es wichtig, mit meiner Vergangenheit ein für alle Mal abzuschließen. Und es gibt nur einen Weg, das zu tun.

Mit dem kleinen Päckchen aus der Mittelkonsole fest in meiner Hand öffne ich die Autotür und sehe Kim noch einmal an, ehe ich aussteige. »Du kannst auch hier warten. Niemand sagt, dass du das machen musst.«

»Wir machen das zusammen«, sagt sie und lächelt schmal. »*Du und ich für immer* – schon vergessen?«

»Nein!« Ich schüttele den Kopf. »Das werde ich niemals vergessen. Egal, wie viele Meilen zwischen uns liegen.«

Sie presst die Lippen aufeinander, und wir nicken uns noch ein letztes Mal zu, ehe wir aussteigen. Ich umrunde den Geländewagen und ergreife die Hand meiner kleinen Schwester, während wir auf die Haustür unseres Elternhauses zugehen.

Tapfer drücke ich die Klingel und schlucke alle Erinnerungen herunter, die in mir brodeln, seit wir auf dem Weg hierher sind.

Ich bin nicht mehr die kleine wehrlose Lis, die er kennt. Die Angst vor meinem Vater ist weg. Hier und heute ist mir klar, dass ich ihn problemlos besiegen könnte. Körperlich. Was mir mehr zusetzt, sind die alten Dämonen, die auf meiner Seele liegen und die ich endlich loswerden will. Die Zukunft, die vor mir liegt, ist vielleicht ungewiss, aber sie ist hell. Schimmernd klar scheint sie mir entgegen und bietet mir nichts als Licht. Geliebt zu werden und zu lieben ist ein Fundament, auf dem alles stehen kann. Man muss nur genug Mut haben, es zu bauen.

»Oh Gott«, flüstert Kim, als hinter dem milchigen Glas unserer Haustür ein schemenhafter Umriss zu sehen ist.

Ich atme noch einmal tief durch.

Das Erste, das mir auffällt, ist, wie klein mein Vater wirkt. Oder bin ich größer geworden? Als Jugendliche habe ich mich stets vor ihm geduckt. Heute strecke ich den Rücken durch und sehe direkt in seine leeren gräulichen Augen.

»Dad«, bringe ich hervor. An meiner Hand spüre ich, wie Kim sich verspannt.

Unser Vater sagt kein Wort. Er ist alt geworden. Beinahe schon klapprig. Man sieht ihm den Alkoholmissbrauch mehr denn je an.

»Wir sind hier, um uns zu verabschieden.«

Erstaunt blicke ich zu Kim. Ich hätte nicht gedacht, dass sie den Mut findet, zu sprechen.

»Ist das ein dämlicher Trick?«, fragt er und reckt den Hals, um an uns vorbeizusehen. »Was soll der Scheiß?«

»Hier.« Ich halte ihm Moms Tagebuch vor die Nase. Ich will es nicht länger haben. Viel zu lange lasten die Geschehnisse, von denen sie in diesen Seiten berichtet, auf meiner Seele. Heute bringe ich sie zurück zu ihrem Ursprung. »Das war unser Druckmittel gegen dich.« Es fällt mir unglaublich schwer, ruhig zu sprechen. »Mom hat viele Jahre Tagebuch geführt. Auf diesen Seiten steht genauestens beschrieben, wie du unsere Familie zerstört hast.« Er nimmt es entgegen. Hält es in der Hand, als könne es ihn verbrennen. »Aber wir wollen es nicht mehr. Denn du gehörst nicht länger zu uns.« Mit meinem Daumen spiele ich an meinem Ehering, den ich nie wieder abnehmen werde. »Wir haben jetzt eine eigene Familie …« Der Rest meines Satzes bleibt mir im Hals stecken.

»Ich habe einen Sohn«, übernimmt Kim für mich und zieht mich ein bisschen enger an sich. »Lis hat einen Mann, und wir haben nicht vor, dich je wieder in unserem Leben zu akzeptieren.«

»Was bildet ihr euch ein?«, brüllt mein Vater und schleudert plötzlich Moms Tagebuch vor uns auf den Boden. »Kommt hierher in mein Haus und wagt es, mich zu beleidigen?«

Ich wusste es. Er hat sich kein Stück verändert. Ganz gleich, wie alt er geworden ist. In seinem Gesicht steht nach wie vor die gleiche Grausamkeit, unter der er mich so viele Jahre lang hat leiden lassen.

Triumphierend verzieht sich mein Mund zu einem Lächeln.

»Du machst uns keine Angst mehr«, sage ich ganz ruhig. »Nie wieder.«

Ich drehe den Kopf zur Seite und sehe meine kleine Schwester an. Den Menschen, für den ich alles geben würde. Vielleicht habe ich sie zu lange hinter mir versteckt. Doch jetzt stehen wir nebeneinander. Seite an Seite bilden wir eine Einheit.

»Sollen wir?«

Auch sie lächelt und nickt, während wir uns ansehen.

»Ja, gehen wir.«

Ohne weiter auf die Schmipftiraden unseres Dads zu achten, drehen wir unserem Elternhaus den Rücken zu und gehen. Es war nicht wichtig, was er hätte sagen wollen. Wir sind losgeworden, was wir wollten. Allein darum ging es. Keiner von uns zuckt zusammen, als die Tür hinter uns laut ins Schloss knallt.

»Du hättest es mit der Post schicken sollen.«

»Ja, vielleicht hast du recht«, lache ich. Das hier war leichter als gedacht. Ohne es zu merken, haben wir uns längst von unserer Vorgeschichte gelöst. Wir haben so viele Jahre gekämpft. Für das hier. Für den Moment des Triumphes, um stärker zu sein als alles, was er je getan hat. Als ich Kim von den vielen Geschichten erzählt habe und sie Moms Tagebuch gelesen hat, haben wir gemeinsam geweint und uns davon gelöst. Das hier war nur noch das Ausrufezeichen hinter dem Ende!

»Ich habe gehört, in Woodbridge soll es einen total verrückten Club geben«, plappere ich munter, während wir Hand in Hand über den Gehweg schlendern.

»Oh ja. Aber vorher lassen wir uns einen Masseur aufs Zimmer kommen und trinken Champagner im Whirlpool« kichert Kim. Um unsere vorerst letzte gemeinsame Reise zu etwas Besonderem zu machen, habe ich uns eine Suite in einem schicken Hotel gebucht.

Als wir gerade einsteigen wollen, halte ich inne und gehe hinüber zu ihr auf die Beifahrerseite.

»Kim«, unterbreche ich sie, da mein Blick am Auto vorbei auf den Banktower Hill fällt. Die Hänge sind schneebedeckt und die ersten Kinder versuchen im Schneematsch zu rodeln.

»Hm?«

»Ich …« druckse ich herum. »Ich muss vorher noch eine letzte Sache erledigen.« Wir sehen uns an und ich lege ihr den Autoschlüssel in die Hand. »Was hast du vor?«, fragt sie und legt ihre Stirn in Falten. In der gelben Daunenjacke und dem dicken Schal sieht sie viel jünger aus, als sie ist.

»Es gibt da noch jemanden, von dem ich mich nie richtig verabschiedet habe.«

Ihre süße Nase zieht sich kraus.

»Bist du sicher?«

»Ja.« Vielleicht ist es gar nicht das Verhältnis zu meinem Dad, das so schwer wie Blei auf meine Seele drückte.

»Soll ich dich begleiten?«

Ich sehe noch einmal über die Hügel Richmonds. Dabei schüttele ich den Kopf.

»Nein. Das muss ich allein machen.«

Sie drückt kurz meine Hand.

»Ich besorge was zu Essen und tanke den Wagen. Dann hole ich dich am Parkplatz ab, okay?«

»Danke.« Ehe sie gehen kann, ziehe ich meine kleine Schwester in eine feste Umarmung. Ich werde sie jeden einzelnen Tag vermissen.

Der Weg über die Hügel bis hinüber zum Friedhof ist nicht weit genug, um das zu sortieren, was in meinem Kopf vor sich geht. Seit dem Tag der Beerdigung war ich nicht mehr am Grab meiner Mutter. Es fühlt sich komisch an, hier zu sein. Richtig, aber dennoch macht es mir mehr Angst als das Zusammentreffen mit meinem Vater. Mit ihm habe ich vor langer Zeit abgeschlossen. Ich brauche keine Vergeltung. Ihn tot zu wissen würde mir nicht helfen.

Carlos weiß das. Nur deshalb hat er mich das hier allein machen lassen. Mein Dad hat es nicht geschafft, mich zu zerstören. Ich war stärker als das, was er mir angetan hat. Jede noch so kleine Narbe an meinem Körper beweist das.

Doch eine Sache, die habe ich nie überwunden und es wird Zeit dafür.

»Hi, Mom«, murmele ich, nachdem ich das rostige Eingangstor durchquert habe und am Grab meiner Mutter stehe. Der Schnee verdeckt den erbärmlichen Zustand nicht gut genug. Ich räuspere mich und stelle sicher, dass niemand in der Nähe ist. »Ich weiß, es ist lange her.« Das ist schwerer als gedacht. Ich wische mir mit beiden Händen über das Gesicht. Dabei spüre ich meinen Ring an der Nase. »Ich bin jetzt quasi verheiratet«, heule ich. »Nicht wirklich eigentlich. Aber für mich fühlt es sich echt an.« Langsam gewinne ich meine Fassung zurück. Ich ziehe meinen Mantel vor der Brust etwas enger zusammen und trotze dem kalten Wind. »Er ist der Richtige, Mom. Ich fühle mich sicher bei ihm, und ich weiß, er wird meinen Kindern eines Tages ein guter Vater sein. Und das ist doch schließlich die Hauptsache, oder nicht?« Ich bücke mich, um den Schnee vom Grabstein zu schieben, auf dem ihr Name steht. »Aber deshalb bin ich nicht hier. Eigentlich bin ich nur aus einem Grund hergekommen«, gestehe ich und bleibe in der Hocke. Kurz schließe ich die Augen, ehe ich sie wieder öffne und spreche aus, was ich hätte sagen sollen, als sie noch lebte. »Ich wollte dir sagen, dass ich dir verzeihe.« Neue Tränen bahnen sich einen Weg und ich lasse ihnen freien Lauf. »Ich verzeihe dir, dass du mich nicht beschützen konntest. Ich verzeihe dir, dass du nicht für mich da warst. Ich verzeihe dir«, wiederhole ich immer und immer wieder.

»Lis?« Ich zucke zusammen.

»Kim«, schluchze ich, stehe auf und lasse mich in ihren Arm fallen.

»Ist schon gut, Lissy. Ist schon gut.« Sie streichelt mir über den Kopf. Ich klammere mich an ihre Jacke und lasse mich zum ersten Mal von meiner kleinen Schwester trösten. Denn stark zu sein, bedeutet auch, Schwäche zuzulassen. Das habe ich mittlerweile begriffen.

Eine ganze Weile stehen wir am Grab unserer Mom und weinen Arm in Arm. So, wie wir es vor vielen Jahren hätten tun sollen, als sie von uns gegangen ist.

Erst als dicke Schneeflocken um unsere Gesichter tanzen, löse ich mich von Kim, um sie anzusehen. Ihre Augen sind rot, genau wie ihre Wangen. Dennoch strahlt sie.

»Jetzt sind wir endlich frei, Lissybär.«

»Ja«, lache ich mit Tränen in den Augen. »Ja, Kimmy-Jimmy, das sind wir.«

Und dann gehen wir. Verlassen den Friedhof und verlassen Richmond. Als starke, selbstbewusste Frauen. Als Mutter und Ehefrau. Zusammen. Denn ganz gleich, was Carlos einmal zu mir gesagt hat. Es gibt ein ›Für die Ewigkeit‹. Daran glaube ich ganz fest.

EPILOG

CARLOS

Für alle, die auf ein kitschiges Ende unter Palmen gehofft haben

»Ich werde das Gefühl nicht los, du bist nicht bei der Sache, Mister Alvarez.«

»Discúlpame, mi amor.« Widerwillig richte ich meine Aufmerksamkeit wieder auf Elisabeth. »Es ist nur …«

Hätte ich meine Hände nicht auf ihrem runden Hintern, würde ich sie zu Fäusten ballen, so frustriert bin ich.

»Carlos«, mahnt sie.

»Ich weiß, ich weiß.«

Die Sonne brennt vom Himmel und das Strohdach der Bar kann uns nicht wirklich vor der Hitze retten. Ich liebe das Wetter in Santa Teresa. An Tagen wie diesen. Wenn die Flugzeuge, die die letzten Touristen zurück in die Heimat bringen, die einzigen Spuren am endlosen Horizont hinterlassen.

Wir sind im Paradies. Anders kann ich es nicht sagen. Meine wunderschöne Ehefrau im Arm zu halten, sie zu den sanften Klängen der Musik zu wiegen. Was will man mehr?

Dabei zuzusehen, wie der Schweiß zwischen ihren prallen Brüsten hinunterläuft, ist jedoch einfach nicht Ablenkung genug. Ein weiteres Mal drehe ich uns im Kreis, um Richtung Ozean zu sehen.

»Mierda«, flucht sie. Inzwischen redet sie häufig Spanisch und ich liebe es. Allerdings nicht, wenn sich ihr Fluch gegen mich richtet. »Mann, Carlos!« Sie verpasst mir einen Schlag gegen die Brust und wir unterbrechen unseren Tanz. »Weißt du, wie unhöflich es ist, beim Tanz mit seiner Frau nur Augen für eine andere zu haben?«

Elisabeth hat mich schon lange an den Eiern. Die Tage, an denen sie vor mir gekuscht hat, sind Geschichte.

»Komm schon, Lis. Sieh ihn dir an. Er ist nicht der Richtige für sie.«

Vor Wut schnaubend verdreht sie die Augen und lässt mich einfach stehen. Ohne sich noch einmal umzudrehen, marschiert sie geradewegs hinter die Theke und macht weiter damit, die Gläser zu spülen. Ich selbst habe noch das Geschirrtuch auf der Schulter. Es passiert unzählige Male am Tag, dass wir die Arbeit einfach liegen lassen und tanzen. Das Leben ist kurz. *Man sollte tanzen so oft es geht*. Das hat meine Mamá früher immer gesagt und sie hatte recht.

Allerdings kann ich mich nicht entspannen, solange in meinem Rücken Dinge vor sich gehen, die ich nicht akzeptieren kann. Und auch nicht werde.

Deswegen wende ich mich Richtung Strand und

gehe die paar Schritte, bis ich den Sand zwischen meinen Zehen spüre.

»Hey, Cielo«, sage ich und lasse mich auf die kleine Mauer nieder, die unsere Bar vom Sandstrand trennt.

»Hey, Daddy«, murmelt mein kleines Mädchen, ohne mich anzusehen. Der kleine Scheißer, der noch bis vor zwei Sekunden dabei war, um sie herum zu schleichen, ist abgehauen, sobald er mich gesehen hat.

»Was machst du da?«

Breitbeinig sitzt sie im Sand. Umringt von Wassereimern und Erde versucht sie, Muscheln mit einem Stein kleinzukriegen.

»Paco und ich bauen eine Festung und ich darf das Kanonenfutter bauen.«

»Darfst du das, he? Paco ist nicht dein Chef, Cielo!«

»Nein Daddy«, sie hackt voller Inbrunst auf der Muschel herum, die einfach nicht zerspringen will. »Er ist mein Freund«, plappert sie und die dunklen Locken fallen ihr immer wieder in die Stirn. Mit den sandigen Matschfingern schiebt sie sie zurück und verschmiert dabei die braune Pampe in ihrem zauberhaften Gesicht. »Wenn ich groß bin, heirate ich ihn.«

»Madre mía«, flüstere ich.

»Daddy«, schimpft sie und hat, trotz des blauen Glanzes in ihren Augen, denselben Blick drauf wie ihre Mutter.

»Theona, du bist erst sechs Jahre alt. Können wir das mit dem Heiraten noch ungefähr vierzig Jahre verschieben?«

Sie kichert. Herrgott, ihr Lachen ist das schönste Geräusch auf dieser Welt.

»Dann bin ich doch viel zu alt, Daddy.«

»Theona!«, ruft Elisabeth von der Bar aus, »Schnapp dir deinen alten Papá und hol dir ein Eis ab.«

Ich seufze resigniert. »Dieses Gespräch ist noch nicht beendet, junge Dame.«

Mein kleiner Engel schiebt ihre dreckigen Finger kichernd in meine Hand und ich lasse mich bereitwillig von ihr zur Theke ziehen. Sie ist so klein und zerbrechlich und doch zeigt sie dieselbe Willensstärke, die ihre Mom ihr täglich vorlebt. Eines Tages wird sie eine mutige Frau. Eine mutige Frau ... die Paco hoffentlich die Eier abreißt.

Dass ausgerechnet ein kleiner siebenjähriger Macho unser Nachbar werden musste, passt nicht gerade in meine Traumvorstellung, aber ich war machtlos.

Als wir vor vielen Jahren herkamen, hat Elisabeth sich Hals über Kopf in das verfallene Haus direkt am weißen Sandstrand verliebt. Wir haben es umgebaut, ausgebaut, angebaut und schließlich eben eine Bar daneben gebaut. Das ist jetzt unser Leben. Wir sind stolze Besitzer einer vollkommen legalen Location. Tagsüber trinken die Touristen hier Cocktails und essen Shrimps. Abends und in der Nacht tanzen sie zusammen mit den Einheimischen zu lateinamerikanischen Klängen. Wir haben die Bar *Loto* genannt. Stellvertretend für die Lotusblüte, das Logo des Velvet. Ich bin zwar nicht mehr der King der Nacht, doch ich bin der glücklichste Mann in ganz fucking Costa Rica.

Die Urlaubssaison ist so gut wie vorbei und es ist wenig los momentan. Ein Glück. Wir können alle eine Pause gebrauchen. Diese Saison war anstrengend. Dennoch lieben Elisabeth und ich all das hier. Wir reden nicht oft über unsere Zeit in Detroit. Zu tief sitzen noch manche Wunden und es bringt keinem etwas, sie wieder und wieder aufzureißen. Wir haben sie verheilen lassen und schaffen uns mit jedem Tag neue Erinnerungen. Glückliche, strahlende Geschichten, die für immer genug Licht in unsere Herzen bringen.

Anfangs hatte ich Sorge, eine Bar zu leiten und gleichzeitig ein Kind in die Welt zu setzen. Generell waren wir beide skeptisch, ob wir es schaffen können, liebevolle Eltern zu sein. Mein Vater wollte damals in Kanada unsere Blutlinie ausrotten, und für ein paar Jahre habe ich auch daran geglaubt, es sei das Beste, wenn ich keine Kinder mit seinen Genen auf diese Welt setze. Doch dann hat das Schicksal für uns entschieden und uns einen Engel geschickt. Und ich habe es keine Sekunde bereut. Theona macht unser Leben bunter. Sie ist das Beste, was uns jemals passiert ist. Abends, wenn Elisabeth bei ihr im Bett liegt und ihr Gutenachtgeschichten erzählt, dann stehe ich im Türrahmen und danke dem Himmel, dass wir die Möglichkeit haben, ihr dieses wundervolle Leben zu schenken. Tage voller Glück und Liebe und vor allem ohne Angst. Denn unsere Tochter soll sich niemals vor ihren Eltern fürchten. Sie soll diskutieren, bocken und sich gegen uns wehren, wenn ihr etwas nicht passt. Doch niemals soll sie sich fürchten, mit uns zu sprechen. Das ist die oberste Familienregel im Hause Alvarez.

»Mommy, Daddy sagt, ich darf Paco nicht heiraten.«

Mein kleiner Schatz klettert auf einen der Barhocker und nimmt die riesige Portion Eis entgegen, die ihre Mutter ihr zuschiebt.

»Daddy ist nur eifersüchtig, weil Paco dich eines Tages mitnehmen wird in sein wunderschönes Haus. Er wird dich lieben und dir viele Babys schenken.«

Vor Wut schnaubend starre ich Elisabeth an.

»Dein Ernst?«, forme ich mehr mit den Lippen, als es zu sagen. Sie lacht nur und besänftigt mich minimal, weil ihre Zunge genüsslich über eine Kugel Eis leckt.

»Werd ich dann auch so dick wie du, Mommy?«

Jetzt bin ich derjenige, der laut lacht, doch beim Blick ins Gesicht meiner wunderschönen, aber nun mal auch kugelrunden Frau, versuche ich wieder ernst zu werden. Hormone sind nicht zu unterschätzen. Etwas, das ich in den vergangenen acht Monaten erneut lernen musste.

»Wahrscheinlich, mein Liebling«, presst Elisabeth hervor.

»Mommy ist nicht dick«, verteidige ich sie. Mein Grinsen hinter vorgehaltener Faust versteckt, schlendere ich gemächlich um den Tresen herum. Von hinten beiße ich ihr knurrend in den Hals und lege meine Hände auf ihren riesigen Bauch. »Dein Bruder wird ein starker Junge, deshalb sieht Mommy vielleicht gerade so aus, als wäre sie dick. Aber sie ist es nicht.«

»Sehr clever rausgeredet«, stöhnt sie und legt

den Kopf noch weiter zur Seite. Ich küsse ihre zarte Haut und massiere dabei ihre Taille.

»Ieehhh«, quiekt Theona und hält sich die Augen zu. »Das ist so eklig, Daddy.«

Elisabeth und ich müssen beide lachen, doch ich habe keine Skrupel, ihr Gesicht zu mir zu drehen und sie leidenschaftlich zu küssen. Meine Tochter soll ruhig sehen, wie sehr ich ihre Mutter vergöttere.

Elisabeth schmeckt nach Zitroneneis und Sommer. Sobald unsere Lippen sich voneinander lösen, strahlen wir uns an. Das ist unser Leben. Strahlende Tage und funkelnde Nächte.

»Ich glaube, Mister Alvarez, wir zwei haben heute Abend ein Date.«

»Hmmm«, brumme ich und lecke an dem Eis, das sie nach wie vor in der Hand hält. »Das klingt gut, Misses Alvarez.«

»Theona«, wendet sie sich an unser Mäuschen. Schokoladeneis tropft auf ihren pinken Badeanzug, doch sie bemerkt es nicht mal. »Magst du rüber zu Paco gehen und fragen, ob du heute bei ihnen übernachten darfst?«

Sofort verspanne ich mich.

»Elisabeth«, mahne ich, doch sie taucht nur ihre Zunge ins Eis und zwinkert. Sie weiß genau, wie sie mich herumkriegt.

»Sie sind erst sechs, Carlos. Entspann dich.«

»Soll ich sagen, weil du mit Daddy knutschen willst?«, unterbricht unsere Tochter, die schon von ihrem Hocker geklettert ist.

»Nein«, sagt Elisabeth, ich rufe gleichzeitig »Ja« und schon flitzt sie über den Holzsteg, der über den Sand zu unseren Nachbarn führt.

Wir lachen nur und ich schiebe ihren Körper ein Stück auf die Seite.

»Hör auf zu arbeiten, mi amor. Du musst dich mehr ausruhen.«

»Es geht mir gut«, erwidert sie. Und ihr Gesicht beweist, dass sie die Wahrheit sagt. Sie sieht topfit aus. Bis vor drei Wochen ist sie jeden Morgen joggen gegangen, doch so langsam wird der kleine Carlos junior zu schwer dafür.

»Das hoffe ich, denn wenn meine Kleine schon bei unserem schmierigen Nachbarsjungen übernachten muss, erwarte ich dich nackt und bereit. Die ganze verdammte Nacht. Ich will dich schreien und stöhnen hören, Princesa.«

Früher habe ich immer gedacht, der Sex ließe mit den Jahren nach. Bei uns ist es anders herum. Je länger wir uns kennen und umso vertrauter wir uns sind, desto besser wird unser Sex. Außerdem leben wir im Paradies. Wir schwimmen im Geld und werden jeden Morgen von der aufgehenden Sonne geweckt. Wer wäre da nicht den ganzen Tag lang scharf? Schwangerschaft hin oder her.

»Das war der Plan«, lacht sie und wirft mir das Geschirrtuch vom Tresen ins Gesicht.

Ein guter Plan. Ja, das war es. Mit Elisabeth nach Costa Rica zu ziehen und uns ein Leben nach unseren Vorstellungen aufzubauen, war ein guter Plan.

Natürlich schwappen hin und wieder Bruchstücke unserer Vergangenheit über den Ozean zu uns herüber. So zum Beispiel, als Elisabeths Vater vor zwei Jahren verstarb. Es war seltsam. Nicht traurig und auch nicht befreiend. Einfach scheiße.

Hin und wieder erzählen Esmi oder Kim Dinge

aus Detroit und wir werden beide nachdenklich. Aber im Grunde genommen wissen wir, dass wir hierhergehören. Und unsere Schwestern funken öfter in unser Leben, als mir lieb ist. Kim promoviert nächsten Monat. Sie wird Chirurgin. Nachdem wir die Staaten verlassen haben, hat sie die Ärmel hochgekrempelt und ihr Leben in die Hand genommen. Das kleine Biest hat sich unglaublich entwickelt. Wir streiten nach wie vor bei jedem Telefonat, aber nur, weil es unsere kleine Tradition ist. Es macht mir Spaß, sie zu reizen, und ich weiß, wie sehr sie es genießt, die Krallen auszufahren. Sie ist eine selbstbewusste Frau, die weiß, was sie will. Ihr Zeitplan ist straff, daher kann sie uns nur selten besuchen, chattet dafür aber nächtelang mit meiner Frau. Luca, der mittlerweile ein strammer Bursche ist, verbringt all seine Ferien bei uns. Wir haben ihm ein eigenes Zimmer eingerichtet. Elisabeth war es wichtig, dass er sich bei uns zuhause fühlt und das tut er inzwischen. Er ist uns jederzeit willkommen. Theona liebt ihren Cousin. Esmi und ihr beknackter Ehemann allerdings müssten, wenn es nach mir ginge, nicht so oft kommen. Der Kerl ist irgend so ein Wichser aus der Buchbranche und ich hasse ihn. Ich könnte schon kotzen, wenn er mit seinem karierten Hemd und den schicken Schuhen aus dem Flieger steigt. Da war mir Serge an ihrer Seite lieber, aber nun ja. Mich hat diesbezüglich leider niemand gefragt. Dafür liebe ich meine drei Neffen umso mehr. Sie kommen eindeutig nach Esmeralda und nicht nach diesem langweiligen Pisser.

Seufzend lehne ich mich gegen den Tresen und beginne in aller Ruhe, die Gläser zu polieren. Dabei sehe ich meiner Frau hinterher, wie sie ihren dicken Bauch vor sich herschiebt und auf eine der Liegen zuwatschelt. Bevor sie sich niederlässt, zwinkert sie mir noch einmal zu.

Ihre braune Haut glänzt in der Sonne und das weiße Kleid lässt sie strahlen wie eine Königin. Meine Königin. In meinem kleinen Königreich mit Palast am Strand. Ich habe eine zickige Prinzessin und schon bald einen Thronfolger. Scheiße. Mein Leben ist verdammt nochmal perfekt!

Ende

DANKSAGUNG

Protagonisten gehen zu lassen, tut weh. Und bei Carlos und Lis ist es besonders schlimm.

Darker und *Brighter* sind absolute Herzensbücher für mich und bedeuten mir sehr viel.

Daher gilt mein erster Dank dem gesamten Team des Federherzverlages. Ihr habt der Reihe nicht nur ein zu Hause gegeben, sondern sie mit eurer Liebe zum Detail zu etwas ganz Wundervollem gemacht. Ich bin wirklich froh, ein Teil von euch zu sein. Ich möchte gar keine einzelnen Namen nennen, denn der Verlag hat so ein tolles Team und jede noch so kleinste Unterstützung ist mit Gold nicht zu bezahlen.

Ein dickes fettes Dankeschön geht an meine Testleserinnen und meinen Lektor Johannes Eickhorst. Keiner hat sich so mit Carlos und Lis beschäftigt wie ihr. Ich danke euch für jede Anmerkung, jedes nicht gesetzte Komma und für die tolle Kritik meiner Rohversion, die den Roman erst zu dem gemacht hat, was er heute ist. Eva, Feli, Theona, Daniela, Tina, Kathrin, Lis, Reni, Jenny und Nelli. Es hat mir wieder einmal so viel Freude gemacht, eure Nachrichten zu lesen (oder zu hören). Es rührt mich, wie ihr mitgefiebert und mich daran habt teilhaben lassen. Ich bin euch unendlich dankbar.

Und wie nach jeder Danksagung kommt das Wichtigste zum Schluss. Meine Leser und Leserinnen. Ohne euch wäre alles umsonst. Jedes Buch steht und fällt mit seinen Lesern und Leserinnen. Ich danke euch für eure Unterstützung, für jede liebe Nachricht oder Rezension zu meinen Büchern. Es ist so wundervoll zu hören, wenn ich euch mit meinen Geschichten erreichen konnte. Ein besseres Geschenk kann ein Autor nicht bekommen.

Darker und *Brighter* sind beide in einer schweren Zeit entstanden. Einer Zeit, in der die Welt plötzlich stillstand und niemand mehr leben konnte, wie man es gewohnt war. Das vergangene Jahr hat uns Vieles genommen. Umso wichtiger finde ich es, gerade in solchen schweren Stunden, für das dankbar zu sein, was man hat. Ich bin dankbar dafür, einen so wundervollen Beruf zu haben, in dem ich Abenteuer erlebe, mich verliebe, Schmerz überwinde und am Ende jedes Mal das ganz große Glück finde. Ganz gleich, wie sehr wir eingeschränkt werden. Unsere Gedanken und Fantasie haben keine Grenzen. Niemals. Ich wünsche mir für uns alle, dass schnell wieder Normalität einkehrt und jeder einzelne von euch auf den Messen oder ähnlichen Treffen seine wohlverdiente Umarmung erhält.

Liebe Grüße, eure Mica